U0640138

# 蒙 陕 情 缘

严明亮　著

北京日报出版社

**图书在版编目（CIP）数据**

蒙陕情缘 / 严明亮著. — 北京：北京日报出版社，
2023.11

ISBN 978-7-5477-4451-2

Ⅰ.①蒙… Ⅱ.①严… Ⅲ.①散文集－中国－当代
Ⅳ.①I267

中国国家版本馆CIP数据核字（2023）第007257号

**蒙陕情缘**

出版发行：北京日报出版社

地　　址：北京市东城区东单三条 8-16 号东方广场东配楼四层

邮　　编：100005

电　　话：发行部：（010）65255876

　　　　　总编室：（010）65252135

印　　刷：三河市中晟雅豪印务有限公司

经　　销：各地新华书店

版　　次：2023 年 11 月第 1 版

　　　　　2023 年 11 月第 1 次印刷

开　　本：710 毫米 × 1000 毫米　1/16

印　　张：17.5

字　　数：227 千字

定　　价：79.80 元

# 序

## 寻找丢失了的自己

自诩"鄂尔多斯府谷人"是因 1959 年年底，父母人到中年才携全家从陕北府谷来到鄂尔多斯，而我出生在东胜（现为鄂尔多斯市东胜区）。

我很早就有一个文学梦，想做一个用文字讲故事和记录人生的人。

2000 年，母亲七十五岁生日前夕，有感而发，写了一篇《母亲》。时隔一个月，感恩父亲，又写了一篇《认识父亲》。两篇小文被《鄂尔多斯日报》采纳，提升了我的写作信心。之后十几年，断断续续又有十几篇"豆腐块"见诸报端。临近退休，有了闲暇，再次提起了笔，多篇情感类文章在《西部散文选刊》、鄂尔多斯各媒体和公众平台发表，受到了文友特别是同时代人的好评。谬赞下，有了出一本"合集"的想法，书名暂定为《鄂尔多斯与陕北的故事》。2020 年初春，我有幸拜会了中国西部散文学会主席刘志成。刘主席阅后，对文章给予了肯定和鼓励，并即兴赐名《蒙陕情缘》。

从清末到 21 世纪初，陕北和鄂尔多斯地区经历了从原始的农耕、游牧文明到工业化、现代化、信息化过山车般的飞跃与巨变，我的祖辈、父辈、兄妹、儿女四代人经历了完全不同的社会环境和人生境遇。这一阶段亲历和听到的故事积淀在脑海中，自然浸润了纸张，成了我笔下的鄂尔多斯与陕北的故事。

自评文章格局、视野狭窄：记录了父亲、母亲、爷爷、姥爷、家乡、亲人、朋友、邻居、同事和经历的酸甜苦辣及一些肤浅的人生感悟；空间从陕北到鄂尔多斯，时间跨度一百来年；写作手法稚嫩，思维笨拙，没有才情，也无技巧，更不华丽，仅用土得掉渣的六十余篇短文描述和记录了自己的内心真情和所见所闻。

我生长在一个陕北的移民家庭。20世纪50年代末，全家从老家初来鄂尔多斯时两手空空。不识字的父母从陕北的农民转型为城市的工人，长年干着最底层的重体力活。他们忍辱负重、日夜操劳，用智慧和辛勤的汗水换来微薄收入含辛茹苦地拉扯大了身心康健的八个儿女。二十多年里，全家人一直挣扎在温饱边缘。重压下，父亲严厉、沉默，对儿女严厉又放养。这种家庭环境塑造了我们敏感、谨慎甚至有些自卑的性格。在家乡，母亲经历了大难和生死，有一颗博大而慈爱的心。母亲用她的宽容和慈爱将破旧的家打造得充满温馨和爱，给儿女幼稚的心灵里照进了阳光与温暖，让我们在饥饿和寒冷中有了安全感，享受到了童年的纯真与快乐，也让我对生活充满幻想与憧憬。

三十岁那年，第一次回到家乡，感受了家乡的美好和淳朴的民风。之后，随着交通条件的改善，几乎每年都要回一次老家，走遍了家乡的山山水水后，开始探究父母和前辈的历史。随着对父母和前辈从前苦难的了解，知道了今天美好生活的来之不易，开始反省自己年轻时的肤浅与无知，开始记录昨天，用文字忏悔，祈求天堂的父母原谅，也让晚辈牢记前辈经历的苦难，感恩父母给予我们的天大的恩情。

快乐不需要理由，春花秋月、阴晴雨雪都有幸福的意义。

漫步在东胜的每一个清晨与黄昏，陪伴小城慢慢生长，一路观赏小城的美丽，将风霜雨雪浸润在秋冬春夏里，慢慢熬成一釜先涩后甘的美好回忆。

光阴太快，回忆会让我们慢下来。回忆那些纯真美好的过去，犹如孩子在追逐一只美丽的蝴蝶。静坐夕阳下，回头看看那些渐渐远去、模糊了的过往，是对不可逆生命的尊重与敬仰。

当然，除了美好，逆境也是生活的一部分。就是这一路的酸甜苦辣、波折坎坷、阴晴雨雪、寒来暑往，汇成了我们眼中的那个色彩斑斓的梦幻世界。

希望我的故事吸引你，我的真情打动你，让我的那些善良、幼稚、愚笨的故事，带着你开始一段时空旅行，与我一起度过或快乐、或悲伤的难忘时光。

严明亮

2022 年 3 月

# 目　录

# 亲情底片

降临于这个世界，黄土大地、青青草原，
就将她的春水夏花、秋月冬雪、蓝天白云、日月星辰
全都赠予了我。
在我睁眼的一瞬，她已一无所有。
从此，
我须用尽一生，将自己还给大地。

# 母亲

　　母亲个子不高，母亲的脚是裹了又放开的那种，比普通女人的脚小，比小脚女人的脚大。

　　我家兄弟姊妹八个，我排行老六，下面还有两个弟弟。

　　小时候家里非常贫困，饥饿让我和两个弟弟放学后坐在门口等母亲回家成了习惯。远远看见母亲的身影，我们会一拥而上，把母亲的衣兜翻个遍，每次都能翻出些糖果一类的好吃的。

　　母亲一回家，家里就有了炊烟、有了温暖。我们几个趴在锅沿旁，看着母亲飞快熟练地做饭，我感到母亲做饭的声音是那么悦耳动听。有时炉子冒烟，呛得我们鼻涕眼泪直流，但我们不在乎，只要母亲在家，一切都是美好的。

　　偶尔，母亲会带回一些肉，我们更是欣喜万分。等不到饭熟，我们就会可怜兮兮地伸着手，央求母亲给一点肉吃。母亲半是嗔怪半是怜爱地说一句"一群馋猫"，却言不由衷地给每人夹了一块。我们用双手捧着肉，吹一吹，闻一闻，舔一舔，夸张地咂巴着嘴，然后，互相挑逗比谁的更大一点。认为大一点的会夸张地哈哈大笑，认为小一点的会闷闷不乐地噘起嘴。这时，母亲抄起擀面杖，声音大而怒气小地"呵斥"我们。于是，我们一哄而散，开始在外面"疯跑、疯跳、疯吼"，用一种原始的方式宣泄着心中的快乐，但都很注意地听着母亲开饭的呼唤声。

　　有时，我趁两个弟弟不注意，飞快地溜回家中，上气不接下气地央求母亲再给一点儿。此时，母亲的眼中有泪光在闪动。而我却顾不了这些，接过母亲递给我的肉，快速地吹两下吞入口中，猛嚼几口，囫囵咽了下去，用脏兮兮的袖口迅速擦两下嘴，又飞快加入他们的行列中，以防他们发现后效仿。

母亲在一个大集体单位做搬运工，单位离家有五六里路，由于家里买不起自行车，只能步行上班。每天清晨我们起床，母亲已不在身边。

暑假里的一天，母亲带着我去上班。上班路上，我总是跟不上母亲的步伐，只能一路小跑追随在母亲后面。母亲繁重的工作让我对父亲产生了敌意——为什么不给母亲找一个轻省一点的工作。但我从未听到过母亲抱怨。

有几回，母亲从单位带回了"先进工作者"的奖状。这时的母亲非常高兴，边做饭边跟我们不停地说话。睡觉时，母亲会用她只会写自己名字的文化水平给我们讲童话故事，我们却已经在她讲过多遍的故事中很快进入了梦乡。

我们兄弟姊妹八个没有一个因贫困而辍学，虽然家里穷得有时连饭都吃不饱，母亲却从未拒绝过我买书的要求。母亲经常边缝补衣服边静静地坐在一旁看我们做作业，等我们做完，母亲会让我们念课文给她听，母亲听我们念课文的神情安静而庄重。有时，母亲让我们教她写字，而母亲用那多年操劳的、粗糙的手很难写好一个简单的字，在我们的嘲笑声中，母亲遗憾地、有些羞涩地说："这辈子我是学不会了，你们可要好好学！"

母亲从来没有打骂过我们，她用深爱的方式潜移默化地教育和影响着我们。如果我做错了事，母亲会直接给我指出来或给我一个嗔怪的眼神，我就会感到非常愧疚，觉得再犯错很对不起母亲。如果母亲的心情不好，见了我一句话也不说，我会感到特别地恐慌，因为这可能意味着家里发生了大事，幸亏这种情况在我的童年的记忆里很少出现。

长大后，我继承了母亲乐观、豁达和坚韧的性格，这种性格时刻影响着我，让我随时随地能够感到生活的美好，敢于直面工作和生活的种种艰辛，一步步地走到今天。

随着长大，日子一天天好起来。童年的稚气因工作和生活的琐事日渐消磨，童真的笑容因频繁碰壁深深地藏在了无形的面具后面。但每次回到母亲身边，总能找到儿时的感觉，母亲的神情和笑容让我有一种说不出的温暖和安然，和母亲在一起，浑身的疲惫和心的负累也会悄然消失。

今年的阴历六月二十八是母亲七十五岁的生日，有一种无形的力量推动着我提起笔来写写母亲，当作送给平凡而伟大母亲的生日礼物。

亲爱的妈妈，祝您生日快乐，祝您在有生之年天天快乐！

# 母亲的眼眸

与母亲在一起是快乐的，母亲的善良、慈祥、宽容让我们一见到母亲心情就会"多云转晴"。最神奇的是母亲的眼神，母亲的眼神我们能读懂，这是多年后兄弟姊妹在一起相聚时的共识。

母亲一生操劳，历尽坎坷与磨难，拉扯大了八个儿女，但生活的重压却没有改变她平和、宽容的性格。母亲没念过书，话也不多，但她的每一句话都富有哲理。她总是面带微笑，正视着我们，平和地提出对我们的要求，我们感到她深沉慈爱的眼神里有一种不可抗拒的威严。

如果母亲很长时间不说话，说明母亲心情不好，那是母亲在艰难困苦的年代遭受到了重大打击、遇到了重大难题时表现出的一种状态。这种情形在我记忆里仅发生过两次。这时，我会不由自主地拉着母亲的手，不声不响地靠在她的身边，不时地抬头看她，心里充满恐惧和不安，多么希望微笑重新回到母亲的脸上。看得出，母亲怕她的情绪影响到我们，尽力地装出若无其事的样子，眼神里透出歉意，母亲想尽力扯出微笑，但由于太过抑制反而让她的心情掺入了丝丝酸楚而泪如泉涌。

由于兄弟姊妹众多，在那个物资极度匮乏的年代，母亲带回的一些小吃不可能满足每一个人。有时，母亲下班回家，会悄悄拉过我的手，给我手里塞一样东西。我还没有看清是什么，母亲马上将我的手合起来，递给我一个眼神。我心领神会地向屋外跑去，心情激动地猜想着手里攥着什么。多数时候，我能根据形状和手感猜出个八九不离十，但心还是像怀里揣着一只小兔一样怦怦乱跳。跑到了没人的地方展开手，有时是一两块糖果，有时是一小块冰糖，有时是两颗枣，有时是一个果子……此时，我的心里充满对母亲的感激。虽然我知道，母亲不只对我一个偏心，但我宁愿执着地认为：母亲是最爱我的。

小学的暑假里，我陪母亲去上班。坐在母亲推着的平板车前控制着车的平衡，这样母亲推着会轻松一点。闻到远处"红灯笼"香瓜扑鼻的香气，我忍不住回头可怜巴巴地看着母亲，母亲用眼神制止我——用一种无奈和怜爱的眼神。我理解母亲，扭转脸狠狠地咽回就要流出的口水，暗暗发誓，长大后一定不再让母亲伤心，要让母亲天天吃好吃的。

虽然从来也没向母亲提起，但我一直牢记着那个诺言。在我有了能力后，我会满足母亲的每一个要求。母亲不提，我也会根据母亲的喜好给她买东西。有时买得多了，母亲怕浪费，说我又不听，母亲就会用责备的眼神看着我，才让我有所收敛。

我曾计划让母亲有生之年去一次北京，登上天安门城楼，以实现母亲多年的愿望。但母亲晕车很严重，于是，在周末的好天气里，我组织家人在东胜周边景区和康巴什、伊金霍洛旗一日游。用轮椅推着母亲在公园、景观道上一路观风景，摘野山桃，与母亲一起拍照。孩子们光着身子在小溪里快速地奔跑、打水仗，在小河里捞小鱼。在溅起的片片水花里孩子们阵阵欢乐的笑闹声不断传来，母亲坐在轮椅上，看着儿孙们快乐地嬉戏，眼里露出对我赞许的微笑。

八十八岁的母亲身体每况愈下，眼神已不似以前明亮，但依然有着一种无形的力量。

我去二姐家看母亲，二姐对我说："妈妈让我给你做饭！"

我说："没听见妈妈对你说什么呀？"

二姐说："你没看见妈妈看我的眼神？！"

# 怀念母亲

2013年11月9日凌晨4时30分，从此，我们再也不会忘记这个时间，母亲在她的儿女的怀抱中安详地走了，告别了她生活了八十八年的人间，离开了让她尝尽酸甜苦辣的世界，给我们留下了无尽的遗憾。

母亲一生经历了太多的坎坷。

母亲四岁时生母去世。十六岁嫁给了与她同岁的父亲。

母亲先后生育了十一个儿女。在家乡时，两个儿子还未成年就死在了母亲身边。母亲的一个儿子，在三岁时，遭到了狼的伤害，二十天后，死在了母亲的怀中。三十八岁，母亲跟着父亲来到东胜（现为鄂尔多斯市东胜区），先与父亲在煤矿和建筑工地打工，后来，做了十几年连男人都喊累的搬运工作。忙完工作，母亲还得赶回家，给一大家子人洗衣、做饭，忙家务，生活极度贫寒和忙碌。但母亲无怨无悔地跟着父亲，用她曾裹过的小脚和弱小身体承担起了常人无法承担的重任，用微薄的收入抚养大了八个心智健全的儿女。

母亲是一个非常平凡的人，她没念过书，一生只会写自己的名字，到了晚年还忘记了，母亲甚至连自行车都不会骑。

母亲是一个非常宽容、善良的好人。我从没见过母亲与别人争吵，遇到与母亲交往过的人，无一例外会对母亲做出高度评价，他们从不吝惜对母亲的赞美之词。他们见到我们会说："你母亲是一个好人，在年轻时为你们吃尽了苦、受够了罪，你们要好好善待你们的母亲。"与母亲年龄相当的老同事、老邻居更是直言告诫我们："一定要对你们的母亲好，否则天理不容！"这些叮嘱我们牢记在心，对母亲更加孝顺，也更加崇拜。

母亲是一个充满了智慧的人，在我心中还有一些传奇色彩。

我写文章赞美母亲，总感觉我言词贫乏，我真的无法清楚、准确地表达出对母亲的崇敬之情，我只能告诉别人：母亲汇集了世界上所有好母亲的优点，但她又与别人的母亲有些不同。特别是到了晚年，更加让我感受到母亲的智慧。她的坚强、她的忍耐、她的宽容、她的勤劳、她的从容淡定、她的一颦一笑，都让我觉得她就是经历了人生坎坷后修炼得道的一位生活大师。

母亲从不发火，也没有打骂过经常犯错的我。母亲会用家乡的寓言纠正我们的言行，用最深沉的爱教我们做人，用传统禁忌教我们做事。在母亲讲的故事里，在母亲鼓励的眼神中，我们慢慢地学会了一种朴素的人生哲学：要与人真诚相待，要与人和睦相处，要做一个宽容的人、一个诚实的人、一个有规矩的人、一个认真做事的人、一个不怕吃亏的人……

母亲的话不多，但母亲的眼睛会说话。当我做了好事，会在她的眼神里得到鼓励；我们做出了成绩，会在她的眼神中得到奖赏；当我做了错事，能深切地感受到母亲的那种带着爱怜的责备。

在母亲多年的这种深爱教育下，我们形成了坚忍的性格。当遇到坎坷时，有一种慈祥的目光让我坚强，有一种温暖始终包裹着我，有一盏明灯在照着我前行；当我碰壁后伤心时，回到母亲身边，就能找回以前那颗平静的心。

现在，母亲走了。

我还以为母亲不会离开我们，我一直以为母亲会永远守在我们身边，但母亲真的走了，我们再也没有妈妈了，老天剥夺了我们做儿女的权利。

我原以为我很坚强，原以为五十岁的我再也不会哭了，但母亲走后，才发现我是多么脆弱无助，没有母亲在身边，我原来是那么不堪一击。

一家人因您的离去而沉浸在悲痛当中。妈妈，您看到了吗？您真的忍心离开您的儿女吗？我们还有很多事需要您的帮助，您不用说，您只要看着我们就行了，只要您在，我们什么困难都能克服，您走了，我们该怎么办？

我们每天把孝顺挂在嘴上，向人们宣扬：母亲在世的时候要多陪陪母亲，我们没有做好，我们为什么不能再多陪陪妈妈？现在说这些还有什么用？

对不起妈妈，请原谅儿女的不孝，请您再一次用您的宽容原谅儿女的不孝……

妈妈，您一路走好，愿您早日与仙逝的爸爸团聚。我们知道，以你们的品德，以你们的付出，一定能够享受到天堂的阳光与温暖，享受到比人间更加美好的生活。

# 母亲的故事母亲的歌

小时候，我们吃了晚饭，做完作业，都钻入了被窝。

天已很晚，母亲终于结束了一天的辛劳，疲惫地睡下。

而我们还没有睡着，央求母亲给我们讲故事。母亲不推辞，用她一贯温和的语调开始给我们讲。

母亲的故事不多，有的故事我们已听过多遍，但我们还是会安安静静地、认真地听母亲讲。

母亲讲的大多是一些陕北民间流传的神话，给我留下深刻印象的，有两个非常单纯而美好的爱情故事。

第一个故事：

一天，王母娘娘的七个女儿结伴私自来到人间。她们一起在湖水中沐浴嬉戏，被一个农民后生看见。他偷偷将最漂亮的小仙女的衣服藏了起来。仙女没有衣服穿，回不了天宫，只得留了下来，与那个农民结成了一对夫妻。他们恩恩爱爱、形影不离，生活得美满幸福。

第二个故事：

一个光棍汉，孤苦无依。每天干完农活回到家中，寒家冷灶，倍感凄凉。一次，他在集上买回一幅美女画像。回家后，挂在墙上，天天盯着看，梦想着画中的美女能下来做他的婆姨。一天，干完农活回家，他发现桌上摆着热腾腾、香喷喷的饭菜。一连几天如此，为弄清原因，农民像往常一样去下地，中途返回藏在了窗台下。接近晌午，他发现画中的美人飞了下来，开始给他做饭。他激动地冲进家，抱住美女，央求她留下来。然后，农民烧掉了那幅没有了仙女的画，不让美女再回到画中。从此，他们双宿双飞，一起过上了幸福的生活。

以上是故事的梗概。母亲讲故事时声调舒缓动情，讲得非常有画面感，让我们身临其境。

我与母亲相差三十八岁，母亲没有留下年轻时的照片。那些年，为了保障一家人的基本生活，母亲忙碌得完全没有了自我。儿时的印象中，母亲就是一个身材矮小、相貌平平、衣着朴素、从不打扮的中年妇女。

但在母亲讲的故事里，在母亲讲故事的情绪中我看到了一个有着少女情怀，充满幻想，对美好生活满怀期待的年轻、单纯的母亲。

母亲讲的另外两个故事也让我记忆深刻。

很久很久以前，谷子、麦子、稻子等的果实一直从根儿结到顶。风调雨顺，粮食大丰收，人们过着奢侈富足的生活。人们吃喝玩乐、不思进取、极其懒惰，不珍惜粮食。用母亲的原话：红枣熟了不摘，躺在树下等着掉到嘴里，枕头用馒头做，躺着就可以吃。玉皇大帝看到后非常生气，决定惩治这些堕落的人类。他派神仙下界，将谷穗、麦穗、稻穗等全部捋掉。神仙手下留情，保留了顶尖上的一点。最后捋到荞麦时，神仙的手被划伤，染红了荞麦秆（荞麦秆是红色的），这才住了手。接下来的几年，连年的天灾，粮食极度短缺，人们无论怎么辛勤劳作，还是饥寒交迫，再也没能回到那个丰衣足食的时代。

母亲一生经历了人世间极端的苦难。

1926 年，母亲出生在陕北的一个小山村，十六岁与父亲成家后，一直在家务农。其间，经历了几次大饥荒。母亲的头两个儿子在三四岁时就夭折了。在艰难生活的逼迫下，人到中年与父亲在一个寒夜带着儿女举家逃离了家乡，一路打工来到东胜。后来，母亲在"搬运社"工作十几年，干着连男人都吃不消的拉板车送货的重体力活。初到东胜，两手空空。经过二十多年打拼，终于有了自己的家，抚育了八个身心健康的儿女。

经历过大难的母亲，用神话的故事告诫她的儿女：不要懒惰，不能浪费粮食，要珍惜来之不易的幸福生活，否则，会再次回到黑暗的贫穷日子。

母亲的第四个故事寓意深刻：

人类初始，玉皇大帝派牛仙下凡，给人间传旨：每天要"一吃饭，三打扮"。可牛仙错传成了"三吃饭，一打扮"。造成人间粮食短缺。玉皇动怒，把牛仙一脚踹下凡间，让它终身为人做苦力，去弥补它粗心犯下的过错。牛掉落凡间，磕掉了两颗门牙（牛没有门齿）。从此，牛的一生，终日干着世上最苦、最累、最脏的活儿。

母亲的儿女有一个共同优点：做事认真、谨慎、诚实、守信。我认为，这种性格的形成与母亲的故事不无关系。因为，我们都会从母亲的故事里悟出一些人生的道理：我们会因为一次粗心，造成命运的重大转折。

小时候，母亲反复给我们讲这些美好的或包含寓意的神话故事，潜移默化地对我们产生着影响，慢慢地让我们树立起正确得价值观，引导着我们人生的方向。

母亲还讲过一个故事，像《聊斋志异》和《小红帽》的结合体，只不过，故事里的"狼外婆"成了"狐狸精"，小红帽成了三姐妹。故事的大概是：

妈妈留下三姐妹去看生病的姥姥，半路被狐狸精吃掉。狐狸精变成妈妈返回家中，骗她们开了门。深夜里，狐狸精吃掉了单纯的、挨着它睡的三妹。大姐、二姐察觉后，借机溜出家门，藏在井里召唤，最终淹死了狐狸精。

母亲一直未改乡音，把"狐狸精"说成了"狐六鸡儿"。年幼的我一直不明白母亲讲的是一个什么怪物。成年后，才知母亲讲的是《聊斋志异》中的"狐狸精"。从这个故事中可以看出，出生在陕北农村的、没上过一天学的母亲，骨子里却浸润着中国古典文学和西方童话故事里的元素。

母亲相信人有来世。母亲给我们讲过一些关于地狱鬼怪、阴阳轮回、因果报应的故事，教育我们要积德行善，不能做坏事，但因历经多年，那些故事已走失在了我脑海深处，再也无法完整地记起。

一贫如洗的家，八个饥饿的儿女，繁重的工作和家务，让母亲一生艰辛。多年的生活重担，将母亲锻造成了一个不停干活的机器，但母亲从不抱怨。

母亲会唱歌，但我只记得母亲经常唱二人台《方四姐》的片段《十二月忙》。

母亲唱歌带着乡音，歌声很轻，像在自言自语。有时，正做着家务，母亲会突然轻轻哼唱起来。

正月里忙，实在是忙，请人换帖我顾不上。叫一声舅舅你告诉我的娘，不要把我想。二月里忙，我真是忙，飞针走线绣鞋帮，一天两双天不长，针针刺心肠。三月里忙，我还是个忙，织布纺线顾不上。叫一声舅舅你告诉我的娘，我也把她想。四月里忙，我还是个忙，厨房帮工受紧绑，一日三餐都是我来忙，谁也帮不上。五月里忙，我更是个忙，庄稼地里换新装，提耧种地锄搂忙，四姐我顾不上。六月里忙，热难当，汗珠滴滴湿衣裳，长工地里阳坡晒，四姐我送水忙。七月里忙，更是个忙，金黄的麦子上了场，四姐在场面上拉辘轴，浑身痛难当。八月里，秋风凉，于家大小要衣裳，针线缝不住深秋夜，灯下想亲娘。九月里，九重阳，重阳的日子忙加忙，于家姑娘去登高，四姐守前堂。十月里，树叶黄，西风阵阵降寒霜，四姐我推碾围磨更是顾不上，四姐实在忙。十一月也忙腊月更忙，于家杀猪又宰羊，四姐我蒸糕压粉还是顾不上，回家没想望。天天忙、月月忙，无情的日子长又长，舅舅你告诉我的娘，莫把四女想。

唱到哀泣处，母亲撩起衣襟，抹一下被烟熏了的泪眼。

母亲的经历与"方四姐"高度契合，母亲的苦累就是"十二月忙"。因此，我清晰地听出，母亲是在借用这个唱段诉说着自己的苦难，用唱歌来释放积郁心中的苦楚。

2013年，八十八岁的母亲走完了辛劳、苦累的一生。

母亲的晚年苦尽甜来。母亲非常知足，经常对我们说："做梦也想不到，这辈子我还能过上这么好的日子。"

母亲走后，母亲的故事、母亲讲的故事、母亲的歌声经常会在我的脑海里萦绕、回响。

静静的夜里，我又一次想起了母亲，想起了母亲的故事，想起了母亲讲的那些美妙、充满智慧的故事，想起了历尽艰难，但仍然慈祥、勤劳、坚韧、智慧的母亲。

重温母亲的故事和母亲唱的那首凄苦的歌，回想起母亲一生的辛劳和苦难，不觉间，我已泪流满面。

# 认识父亲

我得承认，我曾经瞧不起我的父亲。

因为，在我小时候的记忆里，父亲整天不在家。偶尔见他，他也不会对我们嘘寒问暖，甚至不给我们一点好脸色。特别可气的是，如果我们在外面与别人发生了争吵或打了架，他知道后，会不问青红皂白，对我们一顿臭骂。有了几次这样的经历，我们再也不敢在外面惹事，甚至受了别人的欺负也只能忍气吞声。从此，看见父亲我们就尽量躲避。

我经常想：我怎么会有这样一个父亲？

另一件让我看不起他的事是他对领导的绝对服从。

父亲是一个建筑单位的泥瓦匠。我亲眼所见，领导给他们的施工班组安排完任务转身走后，他开始认真地、艰苦地埋头苦干，而几个年轻工人却在抽着烟聊天，还拿他的认真当笑料。而我的父亲好像早已习以为常，对眼前的"现实"视而不见，充耳不闻。

我在一旁暗暗地想：长大以后我决不会做这样的父亲。

对父亲的这种印象至少在我懂事后的脑海里维持了二十年，以至于在叛逆期与父亲顶嘴几乎成了我与父亲对话的唯一方式。

我的老家在陕北的一个小山村里，父亲是爷爷的长子。父亲和母亲成家后，因生活所迫，只身来到内蒙古。给人扛长工、打短工，挖过煤，烧过瓷，做过小生意。1959 年年底，不顾违反政策和爷爷奶奶的阻拦，在一个寒夜里，带着母亲和两个哥哥、两个姐姐毅然离开了家乡，几年后，在鄂尔多斯东胜安了家。

1994年，我三十岁那年，随母亲第一次回到老家。侯爹领着我看了父母的旧居，给我介绍了家乡的情况和父亲从前的经历。侯爹敬佩地对我说："你'大爹'（父亲）的胆子真大！两手空空就领着全家离开了老家，他是一个有本事人！"

我吃了一惊，心中暗想：难道父亲年轻时胆子也大过？还有让人佩服的本事？

父亲退休那年，我看了父亲的档案。档案中夹着一份别人替父亲代笔的检查。大概内容是：在二十世纪六七十年代，父亲在老家与东胜的往返途中，多次贩卖牲口，犯了"投机倒把"的错误。这在当时可是一个不小的错误，要不是我家的"成分"低，父亲的人缘好，就有可能定罪、被批斗甚至坐牢，这种事在那个年代可没几个人敢干。

哎呀！父亲原来的胆子还真不小！

还有一件事虽然不大，但给我留下了深刻的印象。那年，我高中毕业，四弟正好初中毕业，我们俩同时参加了父亲所在单位上级主管部门组织的升学资格考试。考完几天后，父亲意外地早回了一次家。远远看见，父亲手里拿着两页纸，满脸喜气地冲着我们直直地走过来。这种反常的举动让我和两个弟弟不知接下来会发生什么，一时手足无措地愣在原地盯着他。父亲满脸通红，情绪激动，有点结巴地、第一次在我们面前说出了最长的句子："你们俩一个考了第一，一个考了第二，领导把我叫去，让我把'准考证'给你们捎回来了。你们俩真行！给咱们家增了光！"说完，双手微微颤抖着将"准考证"递到了我的手上。

我接过"准考证"，很奇怪地盯着父亲看，忘了移开视线。我突然才意识到，父亲其实也会对我们笑，也会为我们取得成绩而激动和骄傲。我有点伤心地想：父亲其实也是爱我们的，只是过多的责任和生活的重担使他不敢轻易表达对我们的爱，看到了我们的上进和成绩，他才会如释重负，爱终于写在了他的脸上。

这件事以后，父亲对我们的态度有了很大的转变，也不再对着我们发脾气。我对父亲也有了一些同情和理解，没有了以前那么大的抵触。我们相互之间的态度平和了很多，开始有了对话。

随着对父亲从前的了解，知道了父亲的艰难。回想起父亲对我们的那一幕，心里会有一种说不出的酸楚，觉得自己以前对父亲不公平，甚至很对不起父亲。

父亲退休后，中国走向了市场经济。这时的父亲好像焕发了第二次青春，有了用武之地，游刃有余地干起了"投机倒把"的老行当。

父亲下海后，我们家的生活一天天地好了起来，我和两个弟弟体面地、让哥哥嫂嫂羡慕地成了家。父亲也像换了一个人，脸上经常挂着笑，每天都要坐在炕头喝上两口酒，话也变得多了起来，时不时还和同行们开几句玩笑。

我常想：小时候印象里的那个凶巴巴的父亲哪去了？

在我成家有了自己的孩子后，我才深深地体会到，父亲就像是一本深奥的书，让我读了三十多年才读懂。如今，我感觉自己的性格越来越像父亲了，也越来越敬佩父亲。

因为我终于知道了：是父亲用他那双脆弱的肩膀担起了一个大家的重担，用他的智慧和汗水，从陕北到鄂尔多斯一路打拼，为我们开拓出一条宽阔的大道。是父亲用他的严管让我们平安健康地成长，是父亲用他的努力让我们衣食无忧。

看着父亲那张饱经沧桑的脸，看着父亲那皲裂的双手，我深深知道，父亲是我们这个十口之家的大功臣，平凡的父亲真的很伟大。

# 侠骨柔肠的父亲

二十年前，我写过一篇《认识父亲》，站在我的视角对父亲做了一些自以为客观的评价。

十年前，看了另一篇写父亲的文章。文章出自父亲的侄儿"继文"之手。他比我小一个月，在陕北家乡长大，后来考上了大学，飞出了大山，现在在榆林报社任主任编辑。在文章中，我的叔伯弟弟对父亲的评价是：一位"亦工、亦农、亦商、亦侠"的人。

我承认，用"亦工、亦农、亦商"评价父亲还算"靠谱儿"，但"亦侠"这个评价远远超出了我对父亲的印象。

随着与家乡人交流次数增多，对父亲以前经历的了解进一步加深，我越来越觉得弟弟文章非常专业、严谨，他对父亲的评价是准确的，是有依据的。

我与父亲相差三十八岁，如隔代人。在我懂事后，父亲已年过五十岁，那时的父亲在生活的重压下比起盛年锐气已大打折扣。这时，我好像才有点明白：其实，我根本不了解年轻时的父亲，我对父亲的评价存在一定的局限性和片面性，甚至对父亲充满偏见。

20世纪40年代，父亲十六岁与同龄的母亲成家后，不甘面朝黄土背朝天在老家贫瘠的土地上混个温饱，毅然走出大山，一路向北向西，向着广阔的内蒙古中西部草原进发，带着豪情壮志开始了他跑江湖、闯世界的生活。用他的双脚走遍了陕北和内蒙古西南地区，最远走过黄河，到达了包头和巴彦淖尔盟（现为巴彦淖尔市）等地。1959年年底的一个傍晚，父亲没有告诉爷爷奶奶，领着全家离开了陕北老家，步行五天来到鄂尔多斯东胜安了家。

闯荡江湖十几年后，毅然带领着全家离开了家乡，有生活逼迫的客观原因，但仅用胆大、勇气、勇敢几个词去描写父亲的魄力，也实在是单薄了点儿。

遥远的西口外，寄托着走西口人未知的希望。但西口外，危机四伏，生死只在一线之间。在走西口的出发地，曾流传过"烧离门纸"的习俗。出发前，要烧一些纸钱，那些纸钱是烧给即将走上西口路的自己的。因为每次走出西口，都是一次赌博，赌注就是自己的那条薄命。站在口子的高处向西北瞭望，眼前是一片迷茫的荒漠之地。走出口外，没有方向，没有目的地。前方的路上，有张着黑洞洞大口的煤窑，吞噬了不知多少前来讨生活的"口里人"。数九寒天里的毛乌素、库布齐大漠，朔风呼啸翻卷着漫天黄沙和狂风暴雪，掩埋了无数迷失了方向的陕北游魂。

年轻时的父亲沉默寡言，很少和我们谈起他闯江湖的事。

母亲给我讲过父亲的一次生死经历。1947年秋，父亲与同伴在包头麻池给地主收割。主人丢了"洋烟"，雇佣警察用灌油辣子、烙铁烧等酷刑对他们进行了拷问。父亲的同伴"穆学子"（母亲的口语）被恶警用烧得火红的烙铁在小腿上烙出一个大窟窿，第二天便没了踪影。父亲机智地侥幸逃脱了那个险地，连夜跑了七十多里山路逃离了那个生死之地。

除此之外，我再没听过父亲走西口、跑江湖时遇到的惊险。但在那个兵荒马乱、灾难频发、土匪横行的年代，父亲一年几次往返于内蒙古和陕北人烟稀少的山谷沟壑之间，经常担着货物独自一人走在偏僻的乡村小道上。夜黑风高、风雨交加、前不着村后不着店的荒野经历的故事肯定少不了。但见父亲处理问题的云淡风轻，解决矛盾的举重若轻，我猜想：凭着父亲的豪侠义气、聪明机智和好人缘，一旦遭遇险境，肯定会有贵人相助，每次定能化险为夷。

年轻时，父亲就显露出了做生意的天分，在方圆百公里交流会"中间人"圈儿里小有名气。能够在精于算计的买卖人之间做到左右逢源、火中取栗，还能让买卖双方皆大欢喜，那可是需要极高智慧的。

我一直认为：父亲算不上是一名有着精湛技术的工人，但绝对是一名有着精明头脑的商人，而且这种精明里带着一股豪侠之气。

父亲做买卖讲价分毫不让。有一次，因为一块钱谈崩了买卖。父亲面带微笑将对方客气地送出大门，转身进门上炕，顺手拿起酒瓶，咬开瓶盖，嘴对着酒瓶抿了两口。一抹嘴，半躺在"锅头"眯着眼睛打起了盹儿，一副胸有成竹、怡然自得的神态。

过了一会儿，对方返回。父亲赶忙起身，笑脸相迎，热情地招呼他们上炕。买卖自然是成了。

父亲让母亲准备两个小菜，给客人做饭。然后，重新拿出提前热好的新酒开始招待客人。

喝酒间，对方双手端杯，举过头顶，一膝点地向父亲敬酒，伸出大拇指一个劲儿夸赞父亲做人老到、做事实在，讲道行、有义气，是一位令人敬佩、可深交的老大哥，父亲面带笑容连声客气地摆手。几个人喝得兴高采烈，不断爽声大笑。

事后，母亲问父亲："因为一块钱你就吹了买卖，但给人家喝酒吃饭可不止十块哇？"父亲眯着眼微笑着对母亲说："这你就不懂了，买卖是买卖，人情是人情，买卖不成情义在！"

在父亲年富力强的年龄，断断续续做了十八年矿工。一次下井，父亲为救工友，被冒顶的煤炭打伤了腰。

1964 年，东胜县招收建筑工人，父亲毅然决定离开煤矿。在他的号召下，十几位工友与父亲一起来到东胜。

多年同甘共苦，父亲与工友们结下了深厚的情谊。遇到谁家的红白事宴，父亲会主动前去帮忙。谁家遇上难题，工友会自发地聚集起来出主意、想办法。1974年夏天，一场大火烧毁了我们的家。父亲没有招呼，工友们就齐聚我家，把准备为自己盖房的材料拿了出来，不到五天，重新为我们盖起了新房。

父亲有着深深的悲悯情怀。在东胜扎根后，我家成了驿站，家乡人频繁上门，父亲每次都热情接待。虽然我们还饿着肚子，父亲也要让母亲给他们做一顿白面。来找工作的，父亲腾出房间让他们住下，然后帮他们找营生。上门讨饭的陕北人，父亲会给他饭吃，临走再让他带一点。

父亲的信条是："饭要给饿人吃！"父亲常说："困难时帮人一把，他会记你一辈子！"父亲对穷苦人的这种态度和同情，应该是父亲从他们的身上看到了曾经的自己。换句说法，父亲肯定也曾经历过这样的潦倒与悲凉。

中年出走的父亲很恋乡，非常爱帮助家乡人。在东胜，遇到家乡人或同姓人，聊上几句后，肯定能攀成亲戚或本家。在以后的婚丧嫁娶中，父亲会以本家或娘家人的身份出席，并慷慨解囊。逢年过节，父亲会安排我们给东胜的长辈拜年。

父亲有着极强的是非观，经常告诫我们要远离赌博。听母亲讲，父亲年轻时也参与过"碰和"，当看清了耍钱人的骗人伎俩，断然远离了赌场。父亲对毒品更是深恶痛绝，曾有人向他推荐"安钠咖"生意，被他当场一顿奚落，逐出了家门。

小时候，我一直认为父亲是一个沉默寡言、心硬如铁的汉子。年轻时，从没见父亲流泪，甚至没见过父亲遇到难题愁眉苦脸。但年过七十岁，父亲得了脑萎缩后，完全成了另一个人，变得非常脆弱，经常流泪。特别是见到亲人和老邻居、老同事，更是泪流满面，哭得像个孩子。

这时，我才深切地感觉到，支撑着我们这个大家庭的顶梁柱、曾有着钢铁意志的父亲强大背后的脆弱。

父亲走后的一个黄昏，恍惚间，抬头见年轻的父亲迈着矫健的步伐从太阳落山的方向大步向我走来，在夕阳祥云下，父亲的四周喷射着七彩霞光，映衬着父亲高大伟岸的身躯。我用力睁大眼睛想看清父亲的相貌，伸出双手想拥抱父亲，眼前的一片云蒸霞蔚突然飘散开去。

　　我急得大声呼喊着从睡梦中惊醒，汗水、泪水已打湿了我的枕头。

# 父亲是个"文化"人

父亲他们那一代人，没念过书的占到百分之八十以上。

20世纪70年代以前，读过几天书、能写会算的就是文化人，中专以上学历的在小县城非常稀少。

那时候，有文化的和没文化的职业大不相同。有文化的，在县镇，不是干部就是老师；在农村，当不了公家人，也能给人看个风水、算个吉凶、"平个事儿"。没文化的，在城里只能干一些体力活，在农村只能种地、放羊。

按说，父亲是否有文化这事用不着探讨。因为父亲没上过学，新中国成立以后，也没上过"东书"和"夜校"一类的扫盲班。父亲一生，先种地、放羊，后出门打工，再后来，当了半辈子的矿工和泥瓦匠，其间，穿插做着一些小买卖。所以，没念过书、从事了一辈子体力劳动的父亲就是一个没有文化的受苦人。

但随着义务教育的普及，学历和文凭已不再是评判是不是"文化人"的唯一标准。因为，在现代社会，高文凭的人群里混杂了许多"低水平"的没文化人。现代社会，要求"文化人"具备文明、遵纪、诚信、善良、自律等社会价值观。另外，在这个信息爆炸、知识快速更新的时代，要求人们持续学习才能保持不落伍，终身有文化。

站在这个角度上分析：父亲也可称得上是一个"文化人"。

父亲"好像"会写字。

为什么说好像？因为父亲做完买卖后会记账。我很好奇，想看看不会写字的父亲怎么记账，但每次都被父亲婉言拒绝。父亲一直将那个小账本随身携带，没给我留下偷看的机会。于是我猜想：父亲可能会写一些字，要不就是他自己发明了一种符号，像古人发明甲骨文，但未亲眼所见，最终成了一个谜。更让我感到神奇的是，多年里，父亲的账目从未出过错。

还有一件事，也能显示出父亲有点"文化"。

20 世纪 60 年代以前从陕北老家出来谋生的族人，很多将"严"改成了"闫"。主要原因是不识字，落户口时，别人写错也不纠正。而不识字的父亲会不断提醒写他名字的人："我姓严，不是门里三横'闫'，是'斗斗严'！"父亲口中的"斗斗"，说的是繁体"嚴"字上面的两个"口"字像两个"斗"，是前辈族人留下的一种说法。在当时的人看来，父亲似乎有些较真儿，因为在生存都成问题的年代，谁还管得了这些？现在看来，在那个颠沛流离、衣食无着的极端艰苦的生存环境下，父亲一直以不容错的态度让姓氏得以保存和延续，这是父亲对宗族文化的一种严谨的态度。

父亲是一个文明人。作为一个体力劳动者，父亲长年处在一个相对底层的环境。我曾跟随父亲一起干活儿，也曾参与父亲的买卖，亲眼见过、亲耳听到父亲周围有些人粗俗的言行，但我从未听到过父亲说粗话。父亲应该是被一种无形的规矩和原则约束着，让他一生未改儒雅、文明的言行。父亲与人交往有"洁癖"，与父亲经常来往的、父亲邀请来家做客的朋友都像父亲一样文质彬彬。虽然逃脱不开那个赖以生存的大环境，但父亲与那些说话粗鲁的人始终保持着一定的距离。

父亲对待工作非常较真儿。我曾与父亲一起干活儿，父亲对上级的安排言听计从，对待工作一丝不苟、任劳任怨。父亲对我说："我们是在为自己工作！""用汗水换来的钱才是自己的！"

父亲是一个十分讲诚信的人。小时候，我们非常贫困，但我从未见过有人来家里追账。父亲做生意精打细算，但只要与对方说好，即使明知吃了亏也决不食言。

父亲是一个负责任、孝顺的男人。作为家中的老大，父亲一直努力地工作，主动担负起了家庭和家族的重担，虽然贫困，但也要想尽办法资助家乡的亲人。爷爷奶奶在世时，每年春节前，父亲都要徒步很远的山路，赶回老家与家人一起过年。父亲从不给自己过生日，但会提前三天出发，从东胜赶回陕北的那个小山村给爷爷过寿。

父亲对我们非常严厉。他从不给儿女出头，甚至会偏袒外人。只要我们在外面惹了事，无论是否有理，都会受到他的一顿训斥。把我送到学校，父亲会跟老师交代："我的孩子要是不听话，你们'齐打'！"

——在现代社会，这种做法也许会引起很多家长的反对。而我却非常理解父亲：面对着一个八个儿女的大家庭，父亲用这种办法才能不让"后院起火"，才能没有后顾之忧地为家人的吃穿奔忙。这种方法非常有效，对我们的安全、健康长大起到了至关重要的作用。

别人认为父亲太善良："人家无理都要争三分，你是有理也让人！"父亲回答："善人善不死，你看看，人老了，牙掉了，可舌头还在。"

在日常生活中，父亲经常会用家乡的传统规范我们的言行。

父亲和母亲经常要求我们：要站有站相、坐有坐相；吃饭不能换碗；有客人时不要扫地，如果需要扫，要先从门口开始；茶壶嘴不能对着人；递刀剪要递把儿；开饭时，要让老人先动筷；不能躺着吃东西；鞋子不能翻转……父亲告诫我们："从小偷针，长大了偷牛！""占小便宜会吃大亏！"父亲有两句口头禅："娃娃勤，爱死人，娃娃懒，狼吃了也没人管！""你们要努力做事，要不，长大后，会'讨吃'连棍也拉不动！"父亲有一句名言："倒塌庙是个儿盖的！"……

对我们的不礼貌行为，父亲会及时予以纠正。

一天，一位中年男人上门来找父亲，在门外大声问："老严在家吗？"

姐姐随口反问："谁是你姥爷？"大家哄堂大笑，将来人弄了一个大红脸。父亲听到，当场训斥姐姐"没大没小"。回身赶忙向客人道歉，并嘱咐他，以后要称呼"严师傅"或直呼他的名字。

父亲话不多，很少长篇说教。在我人生的关键点，父亲总能用最简短的语言一针见血提出他的看法。多年以后，父亲的预言在"不撞南墙不回头"的我身上都实实在在得到了验证。见我走歪了路，父亲会用他的"狠心"让我在"尝苦"中得到反省，每次都能让我刻骨铭心，让我从此再也不敢犯傻。

父亲用他的言行给我们树立了是非观，教会了我们如何做人做事，让我们在日后的生活中少走了很多的弯路。

多年后，与兄弟姊妹谈起父亲做人做事的智慧和真理般的教诲，我们都佩服得五体投地。父亲的智慧让念了多年书、自称"半个文化人"的我难以望其项背、自愧不如。

今天，我才确定：父亲其实就是一位传统文化底蕴深厚的智者，一位具有"仁义礼智信"思想、具有君子风度、有着高超人生智慧的"文化人"。

# 父亲的乡愁

1926 年正月，父亲出生于陕西府谷县镇羌（现新民镇）一个叫石家庄的小山村。十六岁与同龄的母亲成家后，一心想发家致富的父亲知道，在靠天吃饭、十年九旱的家乡贫瘠的土地里刨食，根本无法实现他发财致富的梦想。于是，父亲开始跟着别人外出打工。从此，像一只风筝，以石家庄村的家为原点，由近及远，一路向北向西，走出"口外"，来到内蒙古，在鄂尔多斯、包头和巴彦淖尔等地给有钱人扛长工、打短工，做点小买卖。十几年里，出行的线路朝西北方向形成了一个三百多公里范围的扇形区域。

1959 年年底的一个无月的寒夜，父亲终于挣断了爷爷奶奶牵着的那根线，赶着两头毛驴，带着简单的盘缠，携妻带子连夜出逃，步行五天来到鄂尔多斯东胜。先在东胜"酸刺沟煤矿"和"白泥渠瓷窑"打工，后来到东胜县城当了一名建筑工人。几年后，盖起了一处平房小院，在东胜定居了下来。

小时候的记忆中，父亲是一个高大强壮、严肃刻板的汉子。初到东胜时，正值壮年的父亲，背负着一家十口人的生活重担，不知疲倦地干活，忙碌得两头不见太阳。在父亲的脸上，看不到愁苦与无奈，也未曾感受到他有什么思乡之情。

像大多数的陕北男人一样，父亲有着根深蒂固的"大男子主义"。父亲没念过书，但经常在交流会上看大戏、听人说书，义气云天的关云长在他的心中深深地扎下了根。父亲认为：男人就应该顶天立地，就应该有男子气概，不能英雄气短、儿女情长。所以，以父亲的这种观念肯定不会轻易显露自己脆弱的情感。年轻时的父亲，从来没有在我面前说过他经历过的苦累与艰险，也只口不提让他无法割舍的、爱恨交织的家乡旧事。

但思乡之情像一根隐形的线，牵扯着父亲经常回到家乡。

举家离开家乡前，父亲从石家庄村出发，没有目标，没有距离，信马由缰地在西北大地上摇曳。在东胜安家后，父亲的线路固定成了两点一线，从东胜回到石家庄村，再从石家庄村回到东胜。

那些年里，父亲一年回家几次，有时独行、有时与人结伴，有时徒步、有时驾着牛车、有时赶着牲口，经常行走在回乡或回家的路上，一个往返就是十几天。在东胜和家乡之间，父亲用他的足迹，标注出了几条拥有自己"版权"的思乡小道。

几年中，父亲将出走时丢在家乡的老家具一件件拉回了东胜。

离开的最初几年，父亲回到家乡，行走在那片厚重的黄土地上，瞭望熟悉的沟沟坎坎、一草一木和飘荡的炊烟，吸吮着家乡的味道，耳闻村庄里的鸡鸣犬吠，听着亲切的乡音和父老亲人呼唤他的乳名，父亲的心情十分温暖、舒畅又踏实。每次回到家乡，父亲都要带上一些小礼物，去看望曾经养育和一直关心着他的亲人。

十几年后，随着姑姑远嫁，爹爹分家，爷爷奶奶先后离世，窑洞再无人照料。又是几年，窑洞被风雨剥蚀出沧桑，门窗掉色、变形、漏风，土地荒芜，院里院外被杂草侵占，烟囱塌陷，房角被流沙覆盖，通向窑洞的那条父亲走了千万遍的小道被洪水冲断。再次回乡，父亲只能寄宿在亲人家中。

家乡人对父亲的称呼也在悄然转变，由"'牛小子'从内蒙古回来了？"变成了"内蒙古人回来了？"。父亲发现，在家乡人的心中，他已是内蒙古人，是远方归乡的客人。起初，父亲还有些抵触，心里有点儿堵。父亲在这里出生，在这里长大，他不愿承认自己是家乡的客人。多年后，父亲不得不痛苦地承认：家乡的确没有了他的家，家乡已不再是他的家，家乡已成了他再也回不去的故乡。

父亲原本不想永远离开家乡，但现在已成无法改变的现实。出走时，父亲肯定没有想到，那一次离开，竟然是他与家乡永远的别离。

年少时，父亲四处漂泊，但无论走到哪里，总是要回到石家庄村的那个父母妻儿守望着的家。现在，家乡没有了家，他成了远方的客，这种变化让父亲无比纠结，也在父亲心中播下了一颗思乡的种子。随着时光流逝，那颗种子开始发芽，随着步入老年，豪情不再，那颗思乡的种子在父亲的心中"泛滥成灾"。

20世纪80年代末，终年的苦累让年近六旬的父亲显出了老态，没有了精力用双脚去丈量那段崎岖漫长的回乡路。但那颗思乡的心一直"纠扯"着父亲，让父亲想尽办法每年都要回一趟家乡。有时，搭同乡的牛车，有时，坐着破烂拥挤的班车。父亲的外甥刘桂花是一个有本事人，有一辆212吉普车。他深知父亲思乡心切，每次路过东胜都要捎上他的大舅。父亲像电影里的首长一样，坐着外甥的吉普车，在黄土、沙石、冰滩的路上爬坡下洼，走上一整天，颠簸得浑身像散了架，脸上却始终洋溢着自豪与归乡的喜悦。

年过六旬，父亲回乡的次数更少，但会用另一种方式寄托思乡之情。

家乡的亲人上门，父亲终于有了闲暇，悠闲地盘腿坐在炕上与他们慢慢地聊天。他们一起抽着旱烟，抿上一口烧酒，话题围绕着家乡的年景、土地的收成、老人的身体、亲人们的近况。说起家乡又遭了灾，又有人走上了"西口路"，父亲会发出声声叹息，然后，长时间地相对无言。我真真切切地看见，缕缕乡愁从烟锅里飘出，在父亲和亲人的头上萦绕盘旋，久久不散。

爷爷奶奶去世后，每到清明和立冬，父亲都要给老人烧纸，以后，又加入了七月十五和过年。每到这几个节令的头一天黄昏，父亲会带回两叠麻纸，让我与他一起打纸钱。这时的父亲，变得"寒碎"（啰唆），反复地教我如何打纸钱。打好后，认真地一张张叠好，盯着我用毛笔工工整整写上家乡的地址和爷爷的官名。第二天凌晨，父亲带着我来到十字路口，我们一起朝着家乡的方向下跪。父亲不停地絮叨着老人的好，检讨着自己的不孝，将纸钱尽数细心地燃尽。

古稀之年的父亲得了脑萎缩，身体显得越来越单薄，像一片飘落秋风中的落叶。此时的父亲，彻底放下了刚强与矜持，变得脆弱而无助。再见到家乡的亲人，遇到同乡和同事，谈起过去，说起家乡，父亲老泪纵横，哭得像个孩子，引得母亲也跟着一起抹泪。

弥留之际，父亲归乡的期盼更加强烈。父亲曾委婉地提出：希望百年之后能回到家乡，回到那个他出生的地方，回到那片他深深眷恋着的黄土地，回到爷爷奶奶的身边，回到那个他日夜思念着的故乡的怀抱。

2000年腊月十四，七十五岁的父亲走完了他艰辛苦累的一生，去了那个他心中的极乐世界。

那年的冬天冷得彻骨，老天为父亲的离去悲伤地落下一场十几年未遇的大雪，阻断了父亲归乡的路。

十三年后，母亲与父亲团聚。按照母亲的遗愿，儿女们在东胜陵园为二老置办了一处朝着家乡方向的"新居"，将父母安葬在了他们生活了四十多年的第二故乡。

亲爱的爸爸妈妈，希望你们有儿孙们经常的探望与陪伴，能时时远望家乡，愿你们那颗思乡的心永远不要再孤单。

# 父亲的"房梦"

陕北民间有一种说法：男人一生有"三大事业"——盖房子、娶媳妇、生儿子。我认为，父亲就是这样一个陕北男人，他有五个儿子，为儿子盖一院好房子就是他一生中最大的梦想。

成年后，帮助乡亲砌筑窑洞也是一个陕北男人日常的一部分。我猜想，家乡的那一处老窑洞肯定也有父亲的功劳。

全家从陕北来到东胜前，父亲已在外面探了十几年的路。1959 年 12 月，举家来到东胜"酸刺沟煤矿"时，父亲把家人安顿在工友武地生的两间四面漏风的土房内。

第二年开春，父亲就开始实施他筹谋已久的盖房计划：参照着家乡的做法，在煤矿东北方向大山阳面的半坡上挖一孔窑洞。

听了父亲的计划，工友好心相劝："这里的土质与陕北的不同，不适合挖窑洞！"但性格倔强、为挖窑洞考察了很长时间、瞅准了地方的父亲已下定了决心，按计划动了工。

挖到第三天，窑洞果然塌了。做了多年矿工、经验丰富、身手敏捷的父亲提前察觉到了危险，与工友一起全部安全逃脱。

事后，谁也没有埋怨父亲，但父亲却像遭受了重击，几天里一言不发。

在母亲看来，父亲是因为损失了半袋儿白面和十几块钱而懊恼。

而我认为：父亲是一个有梦想的人，挖窑洞失败，就相当于破灭了他的理想，那段日子里，父亲是因为理想的破灭失去了方向，才一蹶不振。

为了让全家度过寒冷的冬日，父亲尽力修补着那两间千疮百孔的破屋。

此后两年，父亲再也没提盖房的事，父亲对无法实现他理想的酸刺沟煤矿没有了留恋。

1964年夏天，东胜县"泥画社"（建筑公司）招工，三十八岁的父亲毅然辞掉了工资待遇不错的国营煤矿工作，与十几位工友结伴来到了泥画社，改行成了一名大集体单位的泥瓦匠。

我分析，父亲之所以毅然转行，其中有一个原因，当泥瓦匠能让他尽快实现盖房的梦想。

1965年，全家跟随父亲寄居在东胜南郊、晚上能看见星星的一间废弃了的铁匠砖窑内。

1966年，沙尘暴过后的一个空气中弥漫着尘土味道的春日，父亲花了八十元钱买下了第二完全小学南头临街的一间土房，随即全家搬了进去。那是东胜老户郭挨羊院内的一间南房，门面向北，后墙与街道有一片二十多米的空地。

此后，父亲不再空手回家，起早贪黑地积累着各种建筑材料。几个月里，积攒的砖瓦、石块、旧门窗，柳条、木棍、破椽檩堆满了土房的南墙。

秋天，在工友的帮助下，贴着土房的南墙，用土打垒盖起了一间朝阳的土房。

房子一封顶，将炕烧干后，父亲在新旧房之间半米厚的土墙上开了一个洞，洞的两侧是两盘大炕。我们钻过新房里吃饭，在旧屋里睡觉。

童年的我，在那个洞钻来钻去，觉得新奇又刺激，那是我初始的一段最快乐的记忆。

此后，父亲用废旧建筑材料在新房的两侧不断扩张和标识出自己的领地。第二年夏天，正房成了两间，年底成了三间，有了南房和院子。

三年后，一个四间正房、五间南房、占地二百多平方米的小院生长在了那里，成了我们稳定的家。从此，全家人结束了四处漂泊、居无定所、寄人篱下的生活，在东胜牢牢地扎下了根。

封堵了土洞，卖掉了初始的那间南房。

在我们的那个大院里，有三十几户陕北的打工者，他们的房子和我家的房子一样，有着鲜明的移民特色。院子周围和房顶上堆满了废旧建筑材料，房子高低错落，门窗样式不一。门有合页的、有转轴的。窗眼有纸糊的，有用旧玻璃拼接的，有钉着三合板、塑料布和纸片的。屋檐呈波浪形，露着长短不一的黑色椽头。室内屋顶裸露着灰黑色的房梁，下雨时，漏下的雨点敲击着锅碗瓢盆"叮叮当当"作响。屋顶的泥被雨水冲下，慢慢抬高了院子，让室内地面成了圪洞。为防雨水倒灌，门边堆起土坎。为跨越院里的积水，间隔半米，用砖铺出一条通向大门的"跳脚路"。

我对中年改行的父亲的手艺不敢恭维。改行十几年后，同事对父亲的泥瓦匠技术最认可的一句话是："严师傅盘得一手好炕！"

虽然学艺不精，但在一家十口人捉襟见肘的生活逼迫下，父亲什么苦都能吃，什么活儿都肯干，什么活儿都敢接。除了泥瓦匠老本行，父亲拉过板车，修过上下水道，当过油工、木匠……更让我吃惊的是，我还见过父亲"画腰墙子"。

虽然只是几根粗细的线条和转角两个"卍"字形状，但有一点美术功底的我知道，用油漆在墙上画平滑的直线是很难的。我至今也不知道，不会写字的父亲是怎么做到的。

也许是父亲对他用捡来的建筑材料盖起的土房不满意，于是，他一边用尽全力养家糊口，一边用现学的手艺和工地的剩余材料改造和美化着他的"作品"。

二十多年里，父亲用白泥把内墙抹平，画上"腰墙"；给室内屋顶糊上麻纸，刷上白灰；在外墙包上一层旧砖，用油漆涂抹门窗，将玻璃换成大块的……父亲费尽心思想把那座房子美化成他理想中的样子，但那就是在麻袋上绣花——底子太差，直到1999年院子整体拆迁，也没有达到父亲满意的效果。

我成家时，单位分给我两间家属房，是那种美观、高大、整洁的砖瓦起脊房。宽大明亮的门窗，清爽的水泥地面，家里有沙发、茶几、圆桌和时髦的家具，还有一台洗衣机、一台收录机和一台14英寸日立彩电。

那几年，家乡来人，父亲会带着他们参观我的家。在家乡亲人的夸赞声中，父亲脸上泛着红光，写满了成就感。

世纪之交，单位分给顶替了父亲工作的五弟一块儿宅基地。弟弟盖房的那段时间，年近七旬的父亲一刻不离地守在那里，用了整整一个夏天，招呼着工人为他的小儿子盖起了一座高大宽敞的独院砖瓦起脊房。

五弟乔迁之喜，全家在一起相聚。父亲站在大门外，仰头长时间看着那座他亲自参与建起来的漂亮的房子。路过的同事给父亲道贺，父亲热情地邀请他们进屋喝茶，神情中流露着压抑不住的骄傲与自豪。

那天，父亲喝多了酒，第一次讲了那么多的话。但由于场面嘈杂，我没能听清父亲讲话的全部内容，也没有能够完全理解和真切感受到父亲当时的心情。

直到今天，在经历了人生的熙攘喧哗后静心回想，我才顿悟：原来，那天父亲之所以那么激动，是因为就是在那天，古稀之年的父亲终于实现了为他的儿子盖一座好房的人生梦想。

# 父亲教我做汤面

父亲是远在异乡的一个十口之家的顶梁柱，重体力劳动下的父亲饭量很大，但对吃什么从来没有提出过要求。在那个艰苦的年代，天天玉米面窝头就着咸菜、稀粥，父亲也吃得津津有味。

父亲从来没有对我说过他最喜欢吃什么，在我参加工作有了经济来源后带父亲出去吃了几次小吃，我发现父亲偏爱面食。

小时候，吃面食是一种奢侈，天天能吃白面就是那时我最大的人生理想。

人都是因爱变勤，因勤而精。

自认为我是家中最馋的一个，尤其馋面食。只要母亲一做面食，我就会主动给她打下手，帮着和面、切土豆、揪面片。十三四岁，我就学会了蒸馒头、做汤面。再后来，由胃牵引着竟无师自通地学会了做面食的一些小窍门，受到了家人的夸赞。

因为特爱吃汤面，尤其爱吃面片，天长日久，锻炼了一手特殊才能：揪面片的速度让人叹为观止，至今未找到过对手。

父亲和大多数那个时代的陕北男人一样，是一个典型的大男子主义者。在外面受多大的苦，受再大的气从来没有一声抱怨，父亲认为，那是男人的本分和责任，但父亲从来不屑做家务。

二老年过六十五岁后，兄弟姊妹安排每天轮班去照顾父母。

第一次见我做饭、收拾家，父亲有些不适应，像是对着我，又像自言自语："那敢是些女人营生哇！（怎么干些女人做的事呢？）"

第一次见我熟练地做汤面，快速地揪面片，父亲好像发现了新大陆，一副吃惊的神态，不由自主地上前观看。

我发现，父亲像是想给我指点。父亲在一旁小声地絮絮叨叨。起先，我没太在意，也不理他，手上不停。有意无意间听到的无非是：面要和软一点，面要擀得薄一点，面片要揪得小一点。我撩起眼皮看了父亲一眼，父亲马上止了声。我嘴上没说，心中却暗笑：标准是"公鸡谈下蛋经验"了！不受他影响地做好面后，端给他一大碗。

父亲不再说什么，像一个老师面前的小学生，听话地端起了碗，埋头不紧不慢地吃完。

随着父母的牙口越来越不好，父亲对汤面的偏好更加明显。每次回去，我都要给二老做一顿汤面。

做汤面时，已显出老态的父亲还是爱盯着看。有时，很着急的样子，但又怕我反感，欲言又止。此时，我开始同情脆弱的父亲，主动提出让他给我点儿建议。有了我的同意，父亲来了自信，从和面一直说到出锅，说得还挺细。

这一次指点后我确定：父亲真的会做汤面。

我想，父亲肯定是出门后，住车马大店经常给自己做汤面，只是回到家里，骨子里根深蒂固的大男子主义指挥着他的行为，让他从来没有给我们展示他烹饪技巧的机会。

几次指点后，我确信：父亲不但会做，而且是一位做汤面的民间高手。

父亲告诉我，揪面片是汤面里最好吃的一种，府谷人称揪面片叫"活捉面"。

冬天，从凉房拿回面要醒一会儿。要用温水和面，和面要软但不能沾手。和好面后要醒半个来小时，擀面前要再揉两次，揉面不急，擀面要慢，要薄厚均匀，揪面片要快，揪的面片如指头那般大。要掌握火候，做到面擀好、切好，水正好开，要直接将面片揪入开水中。

最好用带皮的五花肉熬汤，用中火逼出五花肉中的油后，放入葱花、姜末炝出第一波香味，然后，用酱油二次炝锅给五花肉上色，在热锅里放入调料第三次炝锅后添水，水开后，放入姜丝和盐。

土豆切成丁，用冷水浸泡，去掉土豆表皮的淀粉。炝锅后，先倒醋或放入去了皮的西红柿后再放入土豆。这样做出来的臊子土豆成形、汤清水利。

猪皮煮烂，起锅后撒上葱花，这叫"生葱熟料"。

做好汤后再煮面，让臊子自然地凉一会儿与面片产生一点温差。面煮熟后，直接捞入汤中，这样面才能入味。

要用大碗盛面，最好一碗正好吃饱，有一种说法叫"第一碗面好吃"。

按照父亲的指点做好了面，我与父母正好每人一大碗。

倒点醋，就着蔓菁丝，父亲吃得很快，发出"呼噜呼噜"的声响。一会儿，父亲的碗底儿朝天，没留下一点汤汁。

从父亲吃面的情形我看得出，我们的配合相当成功，父亲非常地享受。

在那一段幸福时光里，我做汤面的水平有了质的提高。

有时，我会与汤面爱好者谈起做汤面的技巧，一向低调的我会向他们吹嘘：如果下了岗，我就开一家小面馆，肯定生意兴隆。

后来，虽然家里做饭越来越少，我还会偶尔显露一下我的做面食的水平。大家都很喜欢我做的汤面，但他们不知道，这汤面里浸润着父亲的教诲，饱含父亲的味道。

如今，我特别怀念那时与父亲一起做汤面的过程，怀念父亲津津有味吃我做的汤面的情景。

假如父亲还在，我一定会主动请父亲再次对我做的汤面进行点评。当然，如果真的还能有这种机会，我会非常认真地倾听父亲讲述他的人生经历，虚心向父亲请教做人做事的经验。我要尽全力把我做汤面的技巧展现给父亲，为他老人家做上一大碗他最喜欢吃的汤面。看着父亲津津有味地、用缺了牙的嘴快速吃完一大碗我们一起做的汤面，那将是一件多么幸福的事啊！

衷心地祝愿天堂里的父亲天天能吃到自己最喜欢的汤面！

## 倔强的爷爷

1905 年，爷爷出生在陕西府谷县镇羌石家庄村一个家境殷实的农民家庭。爷爷是他们那一代的长子。为了让爷爷长命，爷爷的父亲给他戴银锁、拴石狮子。

爷爷是一个机智勇敢的少年。

辛勤的老爷爷买下了村里一个光棍的土地。光棍好吃懒做，卖光家当后，穷得"锅都揭不开"了，隔三岔五来爷爷家里找后账。善良的老爷爷每次不让他空手，反而让他变本加厉、频繁上门，家人不堪其扰。

一天，他又一次坐在了爷爷家的炕上，愁得全家人直叹气。爷爷从厨房拿出一把杀猪刀，在大门口的磨石上使劲地磨。邻居路过，问爷爷要干什么。爷爷回答："我要杀了那个泼皮！"邻居急忙进屋，告诉光棍："他可是一个敢说敢干的人！"吓得光棍央求邻居拦着爷爷，从侧门落荒而逃，从此再没敢踏进爷爷家的门。

那年，爷爷十四岁。

爷爷读过几年"冬书"，在当时也算是能写会算的文化人，但与他的弟弟没法比。二爷爷绥德四师毕业，当过多年老师，在府谷"古城"任过六年校长。早期，在学校参加了革命，见多识广，对时事有着独到的见解。所以，遇到难题，爷爷会主动请教弟弟，让弟弟给他拿主意。

年轻时，爷爷和二爷爷一起做过几件轰动地方的事，五十多年后，当地的老一辈人还会经常提起。

最有名的是：爷爷与二爷爷一起策动了乡民"闹牌事"。当时，府谷镇羌分东、西、南、北四大牌,石家庄村属北牌。乡长伙同手下贪污了村民的税款,弟兄俩联合乡民一起到乡里"查牌",后去府谷县上访,上榆林府告状。经过长时间的斗争,终于取得了胜利,维护了自身和乡民的利益。

20世纪20年代,爷爷和二爷爷如一文一武的侠客,经常为乡民打抱不平,受到了乡民的称赞和拥戴。

说千道万,民以食为天,爷爷是个农民,种地才是他的本业。按照家乡的传统,长子要继承家族事业,成年后的爷爷不负众望,"顶着父亲的帽子",继承了前辈的种地事业。

爷爷是一把种地持家的好手。爷爷和二爷爷分家后,爷爷几十年如一日,面朝黄土背朝天辛勤劳作,耕种养殖。置农具、买牛羊,扩大着自己的土地,滋生着牲畜,增加着产业,置办了娶聘用的"骡驮轿",对外出租,一步步实现着自己的发家致富梦。十几年后,成了本地拥有最多土地的富裕户。

那个年代,在陕北的黄土地上奋斗,是一个负责任男人的"灾难"。

20世纪三四十年代,陕北大地十年九旱、党派纷争、天灾人祸不断。正值壮年的爷爷,面对乱世,在恶劣的环境中艰难地奋斗着。爷爷的生活水平也随着陕北的气候、土地的收成和时局变化而变化着。

爷爷勤劳、节俭,又精于算计,遇上好年景,在当地也算是有点名气的富裕户。但苛捐杂税、兵痞搜刮,遇上灾年也会断了粮,无奈地走出口外去逃荒。耗尽毕生精力,奋斗了几十年,连一家人的温饱都难以为继,从富裕到贫困几番起落,折磨得这个血气方刚、顶天立地、从不服输的汉子性格有些暴躁。

爷爷曾来过东胜,那时我两三岁,没留下印象,但听过很多关于爷爷的非常有个性的故事。

父亲讲,九岁时,他给家里放羊。一天,他抱着刚下的羊羔跑回家让奶奶看，转身回去，狼咬死了一只大羊。气得爷爷摔死了羊羔，指着父亲一顿臭骂。

母亲说，一次，爷爷对奶奶做的饭不满意，埋怨了几句，一向好脾气的奶奶回了一句，爷爷端起锅连锅里的饭菜一起扔到了院子里。过了一会儿奶奶收拾了"战场"重新再做。

好脾气、慢性子的侯妈，一直陪伴在爷爷奶奶身边。侯妈微笑着给我讲爷爷的故事：她想用爷爷筛烟叶的筛子筛米，在石碾上用力磕掉上面残留的烟末。一旁的爷爷认为儿媳在"摔打"他，一把夺过筛子，摔成稀巴烂，扬手将筛子扔下了门前的深沟里。

爷爷与奶奶吵架，叫着他岳父的名字"撅"（陕北方言，骂的意思）奶奶。侯妈不让爷爷骂她的爷爷（奶奶是侯妈的姑姑）。爷爷认为姑侄俩一齐与他作对，气得拿起一根绳子说要在门前的那棵树上上吊。侯妈跟在后面，微笑着看着爷爷，慢声说："你要是吊上去，我可是放不下来！"爷爷蹲在院子里生了一会儿闷气，用力将绳子摔在地上，扛起锄头，到后山的地里侍弄他的庄稼去了。

听了这些故事，我想：这也许就是一位承担着一大家子生活重任的、压力大的年轻农民的一种减压方式吧？！

像许多有着大男子主义思想的陕北男人一样，爷爷从不给别人说好话，他用鲜明的性格和直脾气来表达对晚辈的关心和爱。

刚进腊月，侯爹给六岁的二哥钉了一辆冰车。二哥在门前的河川里玩到黄昏还没回来。爷爷一天没见孙子，急得直"转磨磨"。天黑透了，二哥才扛着冰车回家。爷爷一把夺下冰车，指着侯爹大声训斥："冰还没冻结实，你为甚要给孩子做这么危险的东西！"然后，也不管二哥哭闹，用斧头将冰车砸成了一堆柴火。

二姐五岁时，跟母亲回到老家。推开爷爷家的院门，一只红公鸡向二姐发起了攻击，吓得二姐大哭。爷爷一个箭步上前，抓住那只公鸡，将它的头拧了下来。一个多小时后，那只威风凛凛的大红公鸡便成了招待母亲和二姐的晚饭。只是，那几天二姐一直不敢靠近爷爷。

在许多这样的故事里，我看到了有着鲜明个性的爷爷，也找到了家族那种独特性格的源头，从而对爷爷产生了一种血脉相连的亲近感。

五十岁以后，爷爷开始变得有些佛性，很少说话，也不再发脾气。

此后，爷爷出门，要随身携带一把铁锹。在那个时期，家乡人经常看见，羊肠小道上，一位农民一边走路一边修补道路。这种行为成了爷爷的标志，伴随着爷爷度过了下半生。

我想，这把铁锹，就是有些侠客心理的爷爷的一把剑，是爷爷修行的器物，爷爷用它行走江湖，也用它积德行善。

过了耳顺之年，爷爷愈发地沉默，除了与孩子还有些话说，再不与人争辩，但脸上也难见笑容。

在那片贫瘠的黄土地上，爷爷经历了天灾与战乱，亲历了饿死人、狼吃人、人吃人的黑暗岁月。爷爷用一个人的肩膀，扛起了一大家人生活重担。经过辛苦付出和不懈努力，也曾让家人接触过富裕，达到过小康，但最终理想破灭，重返贫困的起点，这些经历让爷爷彻底失望。爷爷也想离开那片看不到希望的土地，也曾经走出大山，来到"口外"，但终究故土难离，一直守护着那片让他伤心又无法割舍的土地。

五十多年的努力和艰辛，还是一无所有。残酷的现实终于打垮了那个刚强的男人，将爷爷变成了一个不敢想、干不动、再也不发脾气的孱弱老农，那个曾经天不怕地不怕的热血男儿终于向命运交了枪。

晚年的爷爷终日坐在院子里，望着眼前的大山深沟发呆，任由生命如水般流淌。

不知晚年的爷爷是否还有故事，没有人再对我说起。

可以算作爷爷晚年的一件大事的是：1984年，父亲以爷爷长子的身份从东胜步行三天赶回老家，招集家族全体成员给爷爷操办了一次"规模较大"的八十大寿。

现在看来，这是一件极普通的事，也谈不上规模大，但在那个困难的时期，在当时的交通条件下，以父亲不识字的文化水平，能做到那个程度是相当不容易的。

这件事后，爷爷的脸上终于露出了久违的笑容。到第二年爷爷去世前的那段时间里，爷爷爱与人聊天，变得亲切又和善。

我知道，让爷爷感到欣慰的是，在他的有生之年，终于看到勤劳善良、尊老孝道的家风在他的身上得以延续。

今天，看着黑白照片里爷爷消瘦慈祥的面容，我想：这就是那个少年机智勇敢，年轻时顶天立地、敢作敢为，晚年时沉默寡言，为家庭付出了毕生努力的负责任的男人，是经历人间苦难、临终前完成了使命，带着微笑走完了圆满一生的我的爷爷。

我认为：爷爷和爷爷的爷爷就是我们的根，就是我们这个家族枝繁叶茂的原因。

爷爷是那个时代一大批陕北农民的典型，就是爷爷这样的一大批最底层农民，用他们的善良、正直、勤劳、朴实，用他们单薄的身躯、微小的力量，筑成了推动中国社会不断前进发展的稳固基石。

# 姥爷的传奇

来到东胜以后，爷爷奶奶曾经来过，但我没有印象。姥姥我只在照片里见过，只有姥爷的形象还深刻地留存在我的记忆中。

姥爷一连几次翻越山路从府谷老家专程赶来，用奇特的方式给我的家人治愈了疑难杂症，给我留下神秘的记忆。母亲经常用崇拜的神情给我们讲她父亲的故事，更加深了我对姥爷的印象。

按母亲的年龄推算，姥爷应该出生在清末民初。

姥爷的身材高大、偏瘦，喉结、颧骨突出，两腮塌下两个坑，两只能看穿人心的眼睛深陷在眼窝里，下巴上留着一撮山羊胡，嘴里仅剩几颗黄牙，说话漏风，说话时，下巴的胡子跟着一撅一撅的。姥爷的前额秃着，头顶后面留着"二毛子"，应该是留过辫子后来剪了。

在我眼里，姥爷有点儿古怪，但也很和善、很可爱，我和两个弟弟都不怕他。姥爷说话一板一眼，满口的府谷乡音。我们跑到他跟前，他会立马收起严肃，堆出一脸笑容，蹲下来摸我们的头，并轻声嘱咐："小孩儿！慢慢地，可不敢碰了。"

姥爷住在距府谷县新民镇南十几里地的杨庄子村。听母亲讲，姥爷识文断字，年轻时，当过保长还是甲长一类职务，在村子里很有威信，说一不二。

姥爷从小聪慧好学，精通中医，还顶着个"神"。

我一出生，母亲就得了一种怪病，大夫也查不清病因，一个多月不见好转。无奈，父亲把姥爷请来。姥爷经过诊断、掐算，用中医和一种独特方法给母亲进行了治疗。几天后，母亲的病神奇地好了。

记忆里，姥爷给我们做过针灸，点过艾草，拔过火罐，放过手指血。

父亲是姥爷忠实的粉丝。姥爷走后，我们有些头疼脑热，父亲也学着姥爷的样子给我们拔火罐、放手指血。

大姐在十四岁时得了重病，在医院住了一个多月一直不见好转，医院下了病危通知书，这可吓坏了母亲，又一次捎话给年近七十岁的姥爷。姥爷急匆匆赶来，马上去医院察看了已几天"水米不打牙"的大姐。

姥爷绕着大姐的病床转了两圈，仔细观察了大姐的面色后，对父亲说："回哇！"听到姥爷的指令，当天，父亲就用板车拉着大姐回了家。

半夜里，我被一阵奇怪的声音吵醒。看见地上香烟缭绕，姥爷左手拿一条黄纸，右手拿一只锅刷样的物件，嘴里念念有词，走着一种奇怪步伐，转一圈，在大姐的头上点一下。母亲见我醒来，示意不要出声，我缩在被窝里偷偷地看，感觉姥爷从装扮、动作和声音都变成了另外一个人。

天亮后，姥爷给大姐把了脉，开了药方，做了针灸。

姥爷离开后不久，奇迹再次发生。

看见大姐坐在门口晒太阳，在院子散步，住在后院的大夫见了都问是怎么做到的。父母口径一致，回答："可能是液体输多了！"

作为一个唯物主义者，我猜想：其实，通过多年学习与实践，姥爷的中医水平已经可以治疗很多疑难杂症。但为让患者和家属放心，智慧的姥爷还要借助神的光环制造出一种"神秘感"。这样，一旦没有达到预期疗效，可以为自己找一条退路或解释的理由。除非，冥冥中真的有一种神奇的存在，那就不是我的水平能理解和解释清楚的了。

父亲带全家来东胜也与姥爷有一定的关系。

互助组、合作社、人民公社时期，父亲违反规定长年在外打工，村里人在背后指指点点，公社说要割了父亲这个"资本主义尾巴"。另外，土地和私产转为集体，农活由村队派给，村民种地挣工分。家里就母亲一个壮劳力，挣的工分少，一个人带着三个孩子累得昏天黑地。受气、受累又受饿，母亲一狠心，把两个儿子丢给了爷爷奶奶，带着还在吃奶的大姐回了娘家。

几天后，父亲来接母亲，姥爷盘腿坐在炕上抽着烟袋长时间不说话。

抽罢两袋烟，姥爷边在鞋底磕打烟锅边对父亲淡淡地说："养不活就不要往回接了！"

回家的路上，父亲对母亲说："咱们离开这哇！"

从那天开始，父亲和母亲不动声色地完善着他们的出走计划。

1959 年年底的一天，父亲拉着两头毛驴在太阳落坡时分悄悄回到家，母亲快速收拾了一些简单的盘缠。天暗下来，夫妻俩驮着两个女儿，领着两个儿子离开了家乡，顶着初冬的寒风，一路躲藏，晓行夜宿，第五天才来到了东胜"酸刺沟煤矿"。走时，父亲没敢跟爷爷奶奶打一声招呼。

姥爷是一个心胸宽阔的人。20 世纪 60 年代末，姥爷被打成了"牛鬼蛇神"，经常被批斗。一天，父亲和二哥一起去看望姥爷，路过小镇，看见戏台上正在开批斗会，其中就有姥爷。他们靠近戏台，戏台上的姥爷也看见了他们，给他们使了个眼色，让他们等一等。一会儿，批斗会结束，姥爷摘下牌子下了台，整理了一下衣服，像什么也没发生，平静地领着父亲和二哥回了家。

三十岁那年，我第一次陪年近七十岁的母亲回到母亲的娘家。

母亲领我看了她从小生活的家：一处已经荒废多年、长满野草、背靠大山、几孔门面用石头砌筑的窑洞。窑洞的门窗还在，低头进入，等着慢慢适应了里面的光线，看清布满了灰尘的母亲原来的家。一半是坑坑洼洼的土地面，一半是一盘两米多深的大炕连着一个发黑的灶台，穹形的屋顶烟熏的痕迹从炉台向外扩散开来。

东侧的炕沿边，向上开辟出一条半米宽的窄道，顺着土楼梯向上超过穹形屋顶上的位置有一个小阁楼，摆着面南坐北的佛龛，上面放着香炉和一盏油灯。

站在门口回头，恍惚间，眼前展现出一幅温馨的画面：姥爷和姥姥盘腿坐在炕桌的两面，年幼的舅舅坐在姥姥的怀中，少年的母亲趴在姥爷的背上，姥爷和姥姥慈祥地冲着我们微笑。

陪母亲以老宅为中心向外扩展着看，母亲指给我她儿时玩耍的地方，说着她的快乐童年。又一次提起了她敬佩的，袒护她、保护她、无条件帮助着她的好父亲。

站在大山之巅远眺遥远的天际线，我想，年轻时的姥爷肯定也曾站在这里胸怀大志、壮志云天。

明媚的阳光照耀着大地，空气中弥漫着野草、腐叶、苔藓混杂的味道。一阵劲风吹过，带起了山峁上的一绺黄沙，在山洼处打起一个旋儿，一路向前，摇动着荒草、屋后土地庙的旗幡和山梁上的一棵红枣树，来到我的耳边轻轻呜咽，仿佛在向我诉说那些久远的过去和逝去故人的往事。

如今，年过五十岁的我，对姥爷有着更深刻的理解：作为一个顶天立地的男人，总想让自己生出三头六臂，用神一般的能力为家人遮风挡雨，保护亲人的幸福与平安。

当了姥爷的我，对我的姥爷有了切身理解：无论多么艰难、遭遇多么不堪，只要外孙向我的怀中扑来，我就会张开双臂把他紧紧揽入怀中，张开缺了牙的嘴，眼里泛着幸福泪水，脸上展现出灿烂的笑容。

# 我的侯爹侯妈

父亲是爷爷的长子，有一个姐姐、两个弟弟、两个妹妹。二爹二十来岁因病去世，那时，我还未出生，侯爹就成了父亲唯一的亲弟弟、我唯一的亲爹爹。

侯爹比父亲小二十五岁，比我的大哥还小两岁。

侯爹主要在家乡务农，四十年前农闲时，曾上东胜打过几夏工。

年轻时的侯爹高大健壮，走起路来落地有声。常年的风吹日晒和重体力劳动，把侯爹和善的面容和一身的腱子肉吹晒得黝黑，脸上早早地就有了皱褶。两只蒲扇般的脚上常年穿一双陈旧的黑条绒布鞋，十根手指裹满灰黑色的胶布。"打面相"，比我大哥要年长几岁。

侯爹在东胜打工时，我不到十岁。

侯爹跟着父亲当过泥瓦匠，做过油工、木工、水暖工，跟着父亲母亲赶过畜力车，拉过平板车。

听家乡人讲过一段"薛仁贵征东"的故事。说薛仁贵力大无穷，一抱粗的房梁用胳肢窝夹两根还能健步如飞，一人能干十二个人的活儿，一顿也能吃十二个人的饭。年幼的我听这个故事时，认为他们就是在说我的侯爹。

当时是计划经济，粮食按城市人口配给。

母亲常说："你侯爹在咱家就没真正吃饱过！"招呼侯爹开饭，他总说正在忙，让我们先吃。等我们吃完，每次他都能将剩下的全部倒在一起一扫而光。看着比她的儿子还小的侯爹，母亲心疼地叹口气说："唉！

'春牛'今天又没吃饱？！"

前几年回到老家，年近七十岁的侯妈笑着给我们说起了侯爹。一天，你侯爹说他有点儿不舒服，我陪他到镇上的门诊看大夫。大夫问他："你哪里不舒服？"你侯爹说："这几天有点吃不下饭。"大夫问："一顿能吃多少？"你侯爹回答："三几碗！"大夫以为他在开玩笑，又问他："那你平时能吃几碗？"侯爹回答："五几碗哇！"

侯爹的饭量大，也是大家公认的大力士，而且干活从不惜力。暑假里，母亲会带着我上班，见过侯爹和另外几个人装卸货物。一百斤重的水泥别人扛一袋，而侯爹扛着两袋疾步如飞，快速往返。一次，见侯爹与几个大男人往车上装木头，侯爹一个人轻松地扛一根粗大的松木的大头，而另外两个男人却费劲抬着细小的那头。

一年，父亲弄了两袋化肥，让准备回家收秋的侯爹带回老家。那时，化肥是稀缺物资，禁止跨省运输。侯爹就扛着一百斤重的两袋化肥步行了一百多公里崎岖的山路，走了三天回到了陕北老家。

年轻时的侯爹身手敏捷。一天，侯爹与母亲一起赶着畜力车运送木头。母亲在后面推，侯爹在前面一手扶着车辕、一手拉着骡子的缰绳。经过一段刚被雨水冲刷过的坑洼的斜坡，车轮猛一颠簸，突然侧翻，侯爹快速蹲闪，几根粗大的松木从侯爹头顶飞过，发出轰隆隆的巨响滚落到路边的壕沟里。侯爹起身，掸了掸身上的尘土，竟然毫发未损。一旁的母亲看着眼前的一幕惊得目瞪口呆，定在原地张着嘴半天说不出话来。而此时，侯爹已将骡车倒回，重新开始装车。当晚，与父亲提及此事，母亲的声音还有些颤抖。

侯妈不但漂亮，而且性格温和，特别贤惠，对爷爷奶奶非常孝顺。与侯爹成家后，一直守在爷爷奶奶身边，直到爷爷奶奶百年。

侯爹侯妈被四邻称赞为牛郎织女般的好夫妻，两人相濡以沫、夫唱妇随、一生恩爱。侯爹与侯妈说话和气，总是面带笑容，我从未见过侯爹和侯妈争吵。侯爹侯妈共同养育了三个聪明可爱的儿女，但美中不足，他们的大女儿一出生腿上就有残疾，成了侯爹侯妈最大的愁肠。我猜想，这也许与侯爹侯妈是亲姑舅（我奶奶是侯妈的姑姑）有关。那时，在偏远山区，"姑姑做婆""姨姨做婆"是很平常的事。好在如今，两个女儿都已出嫁，都能自食其力。

20 世纪 90 年代，侯爹侯妈来东胜搭礼。知道我只有一个女儿，侯妈把我和妻子拉到僻静处，一脸严肃地对我们说："没儿子可不行！老了你们就知道了。让你婆姨怀上后回老家住两年，等孩子大一点再回来！"我们不能违反政策，又丢不起工作，笑着给侯妈解释。侯妈说服不了我们，有点儿不高兴地叹道："唉！不知道你们这些城里人是咋想的。没有儿子怎么能行？以后老了谁侍候你们？要是想通了，你就让你婆姨回来！"

侯爹侯妈只有一个儿子，儿子师范大学毕业，与儿媳在府谷县城教书。儿媳连着生了三个女儿，这可是急坏了侯爹侯妈。他们想尽了办法，终于如愿让儿媳生了一个"带把的"。

儿子儿媳让侯爹侯妈放弃那片贫瘠的土地去城里享享清福，顺便给他们带带孩子。但住惯了窑洞的侯爹极端不适应城市的嘈杂，住不惯不接地气的楼房。没待几天，就独自回了村子，一个人住在老家的那个新盖的石窑里。这可难坏了侯妈，这边孙子没有人看，怕影响儿子儿媳的工作，那边又担心已年过七十岁、浑身病痛的侯爹。

去年初秋，我与二哥和三姐又一次回到老家。

一进村子，远远看见侯爹一个人站在院外的菜地里，下巴挂着锄头手搭凉棚瞭望我们。朗朗晴日下，古稀之年的侯爹弯了腰，消瘦的身影比以前小了一号，像极了晚年时的父亲。

听说我们要回来，侯妈提前从县城赶回来，将院里院外打扫得干干净净，把家收拾得利利索索。

一进院子，我们就闻到屋子里飘出炖羊肉的香气。

侯妈忙碌了一生，操劳成了习惯。我们进门擦洗上炕，侯妈一会儿端水，一会儿倒茶，一会儿到地里摘黄瓜、西红柿等各种时蔬，接着给我们煮玉米、大豆，然后蒸南瓜、炒鸡蛋、捞咸菜……不一会儿，摆了满满一桌。侯妈手上不停，亲热地和我们拉着话："唉！我们就是受罪的命，不能闲，一闲下来，就浑身不舒服，像得了病一样。"转身，又说起了侯爹："你侯爹是个实在人，年轻时不惜力，受下一身毛病，经常说他浑身疼。现在，为了止痛、解乏，止痛片成了必备药，每天得吃几片。"

我们与侯爹侯妈有一种天然的亲近，因为我能从侯爹侯妈身上找到父亲母亲的影子。侯爹侯妈与父亲母亲有着极其相近的嗓音、口气和那种让我感到非常亲切的乡音，那种长辈对晚辈的关心与呵护，让我每次见到侯爹侯妈感觉就像父亲母亲就在身边。

每次回到老家，我们都要在侯爹侯妈家里住几天。第二天一大早，与侯爹一起去看父亲母亲住过的那个沧桑的土窑洞。看看老屋门前那棵母亲亲手栽下的红枣树，看看爷爷奶奶和父亲母亲曾经耕种过的那片已荒废了多年的土地，看看那些被荒草覆盖着的石盘、石碾、石磨。来到后山，参观父亲曾经洒下过辛勤汗水的"丈八崖"和"二尺窑"煤窑旧址，听侯爹讲父亲母亲年轻时的苦难经历。在晴朗的好天气，我们坐在院外，遥望视野中波澜壮阔、苍茫厚重的黄土地，聊起那些久远的、酸甜苦辣的过去和如今的幸福生活。黄昏里，我们围着炕上的小方桌，喝着小酒，品尝着侯妈为我们准备的农家美食，聊着家族的故事和家乡的传说。

夜里，我们睡在一盘大炕上彻夜聊天，没有一丝睡意。不觉间，已是又一个黎明。

每次回到老家，回到侯爹侯妈身边，感受着父母在身边的那种久违的温情，一串串欢乐的笑声在侯爹侯妈的那个温暖的窑洞里不断响起，久久地回荡。

# 星星点灯

故乡散发着青草香，
袅袅炊烟在古老村庄弥漫，
屋顶的小道指向远方，
那里是我修行的道场。
一轮明月高高挂在天上，
照亮了黄土大地，照亮了辽阔草原，
抚慰着游子的忧伤，
也照亮了那段苦涩、快乐的时光。

## 听妈妈讲那过去的事情

　　八十七岁的母亲几年前得了脑血栓，活动需拄双拐或坐轮椅。为了让母亲不觉的孤独，有空我会让她给我讲述她以前的经历。母亲不糊涂，但耳背得厉害，看着口型猜我的问题，有时会答非所问，我也随她。在断断续续的讲述中，母亲的经历在我脑海中串在了一起……

　　我十六岁就嫁给了和我同岁的你大爹（父亲）。

　　我娘家住在府谷县沙沟岔（又称镇羌，现新民镇）杨庄子村，你姥爷是庄子上的主事人。我1926年6月28日出生，四岁时没了娘。六岁时，你姥爷给我娶了个后妈。娶回后妈的头天晚上，我四岁的弟弟睡了一觉就再没醒过来，听大人说是上"庙儿"时"动土"了。

　　后妈给我讲："和你大（父亲）结婚前，我已经许给了人家，还没过门，女婿看戏掉进井里淹死了，我就成了'女儿寡'。"

　　后妈给我和她做糠窝窝，给你姥爷蒸玉米面窝窝。

　　后妈来了后开始给我裹脚，疼得我一整夜睡不着，十二岁时，你姥爷见我可怜，骂住你姥姥让给我放开了。

　　从我记事，你姥爷和你爷爷就给我和你大爹定下了娃娃亲。提亲时，你爷爷给了你姥爷八块银洋。我十岁时，你五爷爷带人抬来一口猪。娶我时，我坐在毛驴上，是你老舅打井塔村把我送到了离家二十多里路的石家庄村你大爹家。

　　进门时，你奶奶正坐月子。

　　和你大爹成家后，我和你爷爷奶奶在家种地，你大爹隔三岔五跑出去打工、做买卖。

我总共生了十一个儿女，一个没抱起，有两个在三四岁时死在了我的怀里，只存留下你们八个。

我生第一个小子的时候是民国三十二年（1943年）。

民国三十四年（1945年）夏天的一个下午，我和你奶奶在锄地，我三岁的儿子在附近的地垄上玩。太阳偏西时，我和你奶奶锄到地头，突然听见我那儿子发出一声惨烈的号叫，回头一看，吓得我张嘴说不出话，在原地不会动了。我看见一只灰色的大狼嘴里叼着我的儿子跑了。你奶奶一把扯住我的衣袖，一手提着锄头，拽着我朝狼跑掉的方向追。我们一边追一边大声哭喊，你爷爷和你大爹听见从另一个方向迎面跑来，与狼打了个照面，把狼夹在了中间。狼惊慌地扔下了娃娃一眨眼跑得没了踪影。

我赶忙抱起我的儿子，见他身上有血，衣服被扯烂几处。仔细检查才发现，后脖颈上被狼咬出一个不大的洞，不住地往外渗血。

我儿子眼睛圆睁、目光呆滞，浑身不停地颤抖，不住气地对我说："妈妈，有'怕怕了'！妈妈，妈妈，有'怕怕了'！……"

从那天开始，我抱着我的儿子再也没撒手。我那可怜的儿子在我的怀里不住气地说："妈妈，妈妈，我听话呀！""妈妈，妈妈，有'怕怕了'！""妈妈，妈妈，我再也不调皮了！"……

那几天，我不由自主地身上发冷，浑身打战，眼泪像断了线的珠子。唉！可能是那次泪流得太多了，以后，我很少再流泪。

二十多天后，你大爹看了一眼浑身发紫的儿子，叹了口气对我说："不要守着了，留不住了！"

我起身，把准备过几天给儿子过生日的二升软米全部蒸成糕角子，一家三口吃得"光光的"。

第二天，我的儿子就走了。

——晚年的母亲对死亡没有丝毫畏惧。也许是母亲一直认为人有来世，死亡只是给她换了一个住的地方。也许是不止一次近临死亡的经历让母亲看淡了生死，修炼得心若止水。但一提起家乡的狼，母亲的神情还会变色，声音有些战栗，眼神也有些呆滞。

父亲是家族叔伯弟兄的老大，按照家乡的传统，家族墓里留着父母的位置。父母七十岁以后，爹爹从家乡来，谈起父母百年之后的安排，要求父母回去。有一次，我问母亲："您想不想回去？"母亲很坚决地回答："不！"我问："为甚？"母亲回答："我怕狼了！"

我生第二个小子，是民国三十四年（1945 年）。

那几年"遭下时候"了。连续三年大旱，地里没一点收成，到了第三年，野菜、沙蒿都挖完了，连树皮也扒光了。你大爹外出打工没回来，你爷爷领着一家老小到口外逃荒要饭去了，我带着不到两岁的娃娃走不了。我们几天没吃饭，饿得浑身浮肿，只能在炕上躺着。

临近村子的一个媳妇背着一个两三岁的"女女"上门要饭，对我说："嫂子，把我的'女女'给你留下当童养媳哇，我养不活了！"我有气无力地说："家里甚吃的也没了，我也不知道能不能熬过这几天。"那个媳妇弱弱地叹了口气，挪着碎步摇晃着转身走了。后来听村头人说，那天晚上，看见那娘俩倒在了村头的路旁，第二天就不见了，可能是让狼吃了。

临近晌午，你大爹回来了，他看了一眼饿得眼都不睁的儿子说："给娃娃弄上口吃的哇！"我强打精神爬起来，用你大爹带回来的一把小米和瓮底的麸皮搅了半碗稀糊糊喂给了娃娃。娃娃吃完细声对我说："妈妈，我还没吃饱！"

当天晚上，我的那个儿子就走了。

——每次讲这段经历的时候，我感到母亲极度地虚弱。母亲的嘴唇有点儿发黑，身子微微颤抖。讲到后面，母亲把头慢慢地向下低去，不断地发出叹息声！母亲自认为犯了一个再也无法挽回的错误，深深地陷入了悲伤、懊悔和自责当中。

那段苦难清晰地烙刻在母亲的记忆中，有时我不问，母亲也会反复提起这段悲惨的经历。每次讲述，不但情节相同，而且语句、口气和情绪几乎完全一样。那段伤心的旧事仿佛就发生在昨天，就发生在眼前，母亲伸手即可触摸。

在离开家乡前，我又生了两儿两女。

十几年后的一个初冬的寒夜，你大爹在外面提前探好了路，带着一家老小，驴驮、步行离开了老家，来到了东胜。你大爹在东胜"酸刺沟煤矿"当矿工，我们就在矿区生活。四年后，你大爹又来到东胜（县城）当了泥瓦匠，我们又跟着来到了东胜县城。离开家乡后，我又生了一女三儿。虽然有时候也吃不饱、穿不暖，起早贪黑地受苦受累，但我们在东胜有了自己的家，看着你们一个个健康长大，还能上学读书，我就很知足了。

那时候，我做梦也没想过能过上今天这么好的日子。

你们不要嫌我唠叨，你们要珍惜现在的生活，要知感恩，好好给公家做事，不要怕吃亏，不要贪占小便宜……

你们可不敢糟蹋粮食。如果那时候有上一碗小米，就能救下我那儿子和那个女儿的命了……

——晚年的母亲修炼得慈祥、豁达、平和，生活中的问题在她看来一切都是那么云淡风轻。遇到一些世事不公，母亲都能淡然处之。一次，看着晚辈争吵，母亲在旁边一言不发，争吵结束，母亲面带微笑，问："你们谁赢了？"

为减轻儿女的负担，母亲主动要求去敬老院。

七个月后，母亲说她想回家了。我们收拾好母亲的衣物，与母亲一起走出房间，看见楼道两侧站满了母亲的老伙伴和敬老院的服务人员，他们自发站在门口送母亲。他们给予母亲很高的评价，对母亲的离开依依不舍，有的还落下了眼泪。

——谨以此文纪念受尽了苦难，坚韧、豁达、慈爱的母亲。

# 无言的教诲

打记事起，他基本上见不着父亲。父亲每天早出晚归，也不知他天天在忙些什么。父亲话少，对他们很凶。他与父亲之间没有什么沟通，也无法沟通，因为父亲从不关心他的学习与生活中存在的问题和困难，只会用简单的方法——教训他的过错——来解决他与小伙伴之间的矛盾。他不知道父亲脑子里天天在想什么。他认为，父亲在他成长过程中是缺位的、不负责任的，他与父亲就是两条道上跑的车。

但在青少年时期，父亲让他吃了几次苦，就彻底地改变了他的观念和他的人生轨迹。

第一次是在小学三年级，那年他十一岁。

母亲是一个单位的搬运工，他家的院子里，长年停放着一辆手推平板车。

暑假里的一个凌晨（也许是后半夜），父亲突然把他和两个姐姐摇醒，让他们帮他去干活儿。

从睡梦中惊醒，虽然很烦躁，有一百个不情愿，但还是被迫坐在了父亲拉起的平板车上。一路上，他一直处于半迷糊状态。

在一片漆黑里颠簸了约半个小时，平板车停在了郊区东沙渠村的一个山沟边。

父亲招呼他们下车，顺着沟口下到十几米深的沟底。父亲弯腰抱起一颗西瓜大小的鹅卵石，朝着沟口向上爬。他们也学着父亲，抱起一颗哈密瓜大小的石头跟在父亲的身后。

对他来说，空手爬上那个松软的陡坡已很艰难，怀里抱着石头更加困难。他用力向上三步，却退后两步，石头脱手滚下山沟返回身捡起重新开始。终于完成了一次，把石头放上车，见父亲已往返了几趟，装了小半车。第二次爬上沟口，车已装满。此时的他已满头大汗、双腿打颤。

父亲拉起装满了卵石的平板车，让他们在后面推。轮胎被一车卵石压瘪，像钉在了沙地上。父亲身体前倾，肩上的拉带被父亲揪得"嘭嘭"响。

艰难地一点点挪出沙坑上了砂石路，将卵石快速拉到造纸厂的一处建筑工地，卸在正建厂房的地基旁，码成一米多高的长方体。然后，父亲拉着他们再次返回沟口，再装、再拉、再卸。

卸下第三车，天已大亮。

当他以为这种苦累会无止境时，父亲推着他们快速回了家，转身骑上那辆破旧的自行车上班去了。

他又累又瞌睡，浑身瘫软，东倒西歪地重新睡下。一觉醒来已是中午，腰酸背痛，身子像散了架，颤抖的手端不住饭碗。

在暑假里，父亲让他参加了三次这样的劳动。从此，他初步知道了父亲每天在干什么。

大哥在达拉特旗当了几年知青，后去乌海当了矿工；二哥在卫生局参加了工作，常年在牧区搞防疫。他成了家里吃闲饭的最大的男子汉。小学五年级他十二岁那年，承担起了家里的担水任务。

无论春夏秋冬、寒暑雨雪，每天三担水让未成年的他苦不堪言。

一天，他问母亲："为什么父亲从不担水？"母亲温和地对他说："你父亲要挣钱养家，顾不上。"但他还是不能理解，经常愤愤地想：真的忙得连担一担水的时间都没有吗？但见母亲急火火地从单位赶回来就开始忙家务，他心疼母亲，尽量压着火气不情愿地应付着他认为本不应该在他这个年龄承担的重任。

在那几年里，父亲从没替他担过一担水，他心里怨恨父亲，但也无可奈何。天长日久，苦累消磨着他的愤怒，慢慢地，他不再抱怨，也放低了心里的诉求：他只盼着父亲能为他担一次水，哪怕就担一担水，他想以此来证明父亲是否真的爱他。

一个秋日的黄昏，远远地看见父亲担着担子朝家的方向走来。他心里一热：父亲终于帮他担水了。当父亲进了院子，放下了肩上的重桶，将一担沙子倒在空地上，一股悲凉和憎恨的情绪在他的身上快速弥漫开来。他心中暗恨父亲，认为父亲的心里根本没有他，认定父亲根本不爱他，让他从小就干这么重的活儿，而且从不为他分担。从此，他与父亲的那道沟更加地深了。

他的学习成绩一直没让家人操过心，因此，母亲和家人对他有些放任。

从初中三年级开始，他爱上了书法和绘画。练字和绘画占据了他的业余时间。偶有闲暇，也是在与同学谈政治、谈梦想、谈自由，讨论印象派、抽象派和轻音乐、摇滚乐中度过。他曾与同学商量：要离家出走，走遍天下，成就一番大事业。

他的成绩一路下滑，贴着分数线考上了高中。

中考后，父亲让他去建筑工地锻炼一下。那时，他有使不完的力气，自信地、快乐地接受了父亲的建议。

建筑工地的活儿主要有搬砖、抱瓦、筛沙，担沙灰和苒泥、勾砖缝……工作时间从早晨七点到晚八点，中午休息两小时。一个月能挣三十七块。

担起一担沙灰他才知道：担水原来是一件轻松活儿。

他以为，干完老板交付的任务就可以休息了。但筛完了一大堆沙子，将几千块砖码在师傅脚边刚一坐下，就听到身后一阵叫骂。他快速起身，接着去干老板安排的新任务，心里暗想：这可是新社会，怎么还有比

《半夜鸡叫》里的"周扒皮"还恶毒的工头？

将一堆小山一样的胶质泥和干草搅拌在一起，摊成水槽，灌满水洇着，早早来到工地，穿上齐膝深的雨鞋在泥里来回走，将干草踩入泥中，用铁锹和叉子翻几遍，和成均匀、软硬适中的一堆。苒泥和好后，已眼冒金星，满身大汗，像洗了一次桑拿。

几天后，锹把将十个指头和掌心打起一串串水泡，接着磨成死肉，搬砖又将死肉磨掉变成裂口。然后，手指被水泥腐蚀、泡烂，用胶布裹住，一沾水，钻心地疼。

站在四五米高、45度斜坡的屋顶传送泥包和瓦片，让有些恐高的他两腿打颤，害怕把屋顶踩漏掉落，担心踩上软泥滑下去，心里有一种跳下去的冲动。

中午回家，端着碗就发出了鼾声。晚上一进家门，倒头就睡。母亲轻声叫他吃饭，扒拉两口又打起了盹儿。

两个多月的重体力劳动彻底颠覆了他对现实的认知，严重打击了他自以为是的自信心。他终于明白：当画家、书法家对他来说就是一个虚幻的梦，梦想是需要物质支撑的。他不应该将那些爱好当成主业，要在这个年龄脚踏实地，努力学习，才能找到自己的位置，承担起自己的责任。

经过此次劳动，他彻底理解了父亲：父亲为了这个大家，多年里一直担负着重担，付出了一生的艰辛与苦累。

从此，他一改懒散习惯，开始默默地努力，高中毕业，终于考上了分配工作的技工学校。毕业后，如愿找到了自己喜欢的工作。

有那几次的重体力劳动打底，有美术、音乐基础，他在工作中如鱼得水。他非常珍惜，从不懈怠每一项工作任务。他不求回报的工作态度得到了大家的认可。领导给他加担子，让他在工作中得到了学习和磨炼。他能力的不断提升，为他担负重任打下了基础。

如今，他已是一名企业管理者，一个可以解决难题的多面手，一名不折不扣的行业专家。

他在一个贫民大院长大，邻居长辈见到他会说："小时候没看出他还能有点儿出息。"

只有他心里明白，除了自身的努力外，在他人生的转折点，父亲给他的那几次机会教育鞭策了他，及时纠正了他人生的方向，改变了他的人生轨迹。

陕北民间有一种说法——无冤无仇不成父子，这句话包含着深刻的教育智慧，父亲深谙其道。

尝过苦才能知甜，受过累才知感恩。父亲用他的智慧和无言的教诲，让他明白了年少时经历一些苦累的意义，让他知道了男人的责任，教会了他感恩，也让他品尝到了苦尽甘来的幸福。

人到中年，与当年的美术爱好者相遇，问他："你现在的画到达了哪层境界？"

他自嘲道："还没有成名，但我成家了！"

# 我的家乡在陕北

站在家乡厚重的黄土地上远眺，眼前是母亲讲过千遍的家乡：天朗气清，空气中飘荡着泥土的芬芳和青草香，黄土小道连接着小村庄，静谧的农家小院和温暖的窑洞像沉浸在仙境里。

一阵劲风吹起衣角急促地拍打着母亲的身体，仿佛在催促我们前行。

母亲长久地站立，凝望着那片温暖的黄土地。头巾和刘海在母亲的脸上不停地飘动，试图遮挡母亲眼中的泪花。

常听父母和亲人说起：我的故乡在陕北府谷一个叫镇羌（现新民镇）的地方。1959年年底，父亲带着全家，从镇羌的一个叫石家庄的小村庄出发，步行五天来到东胜。我出生在东胜，三十岁前没回过一次老家。1994年初冬，我陪母亲第一次回故乡，去参加母亲的弟弟——我大舅——聘女儿的事宴。

即将见到阔别多年的亲人，母亲兴奋得一夜没睡好，早早准备了盘缠、收拾好行囊，还是满天星斗就催我起身。我和母亲加快脚步，不到一小时就来到汽车站，坐上了去往府谷县的客车。

此时，客运已经有了个体的竞争，乘坐环境有了很大的改善。

东方泛起鱼肚白，客车驶出车站，朝着东南方向急驰，不到一个小时就出了县城。一路上，轮胎在石子路上不断地欢蹦跳跃，扬起"一炮黄尘"，给乘客的身上挂了一层灰。车厢内充斥着汽油、旱烟和汗液混杂的味道。

母亲晕车严重，虽然提前进行了预防，还是被客车颠簸急转得眉头紧蹙，闭起了双眼。

两个多小时后，客车跨越了蒙陕界，一路下坡进入了大川。一辆辆大型煤车相向呼啸而过，掉落的煤粉打在车身上发出"噼里啪啦"的声响，落地将路肩染黑。山沟有白烟升腾，将山坡罩上了一层白雾。

中午时分，客车经过店塔转头向东进入一道沟渠，天空成了狭窄的一条。路边山沟里流淌着蛇形山泉，水面反射着耀眼的光。山腰间，横贯着粗细不匀的煤线。陡峭山坡上的耕地里，残留着收割后的茬子，稀疏黑灰的荒草间，点缀着几十只黑白山羊。

过了午时，我们在新民镇下了车。

新民镇建在一条东西走向、不足两公里宽的山沟内，两侧是险峻绵延的大山。一条季节性河川将国道和沟北的镇子分隔开来。镇上有十几间店铺和三四十户人家，街道上散发着淡淡的煤焦油、石灰粉和炒菜的味道。

向东二百米，母亲带我来到镇东头井塔村的老舅家。

知道我们还要赶路，与母亲年龄相仿的老妗赶紧打炭烧火，麻利地做熟了猪肉炖粉条。然后，拿着饭勺一直站在我们身后，随时给我们加饭。

大舅住在新民镇南偏东方向的杨庄子村，距新民镇有十几里山路。

告别了老舅老妗，与母亲步行向南穿越了国道进入深沟，手脚并用，爬在一条陡峭的"S"形羊肠小道上，半个多小时才登上了高高的山顶。裹过脚的母亲已年近古稀，却拒绝我的搀扶，母亲说我搀扶她的样子像她的"女子"。

不到半小时，我们登上了那座高高的大山。

站在最高处向南望去，是一望无际的、厚重的黄土平原。那片黄土高坡被洪水冲刷出条条沟壑，像鸡爪子趴在山坡上。山上空气清新，没有一丝风，阳光温和地洒在大地上，蔚蓝的天空一望无际。回头看，山下的小镇已被笼罩在一片灰蒙蒙的烟气里，人、车与建筑有些模糊，与塬上的情形大不相同。

休息了片刻，我们起身，朝着东南方向，走在了一条蜿蜒曲折的乡间小路上。

两侧山沟的向阳面，零星分布着几排窑洞和高低错落的院落，山腰间的烟囱向上升腾着袅袅炊烟，架空的粮囤里存满金黄的玉米，"场面"上堆放着糜麻五谷，不断传来鸡鸣、犬吠、驴叫、猪拱门的声响。

眼前的一切似曾相识，一如我梦里见过的家乡：亲切、温暖、恬淡，一片宁静祥和。

路边地里干活的农人见我们过来，直起了腰，手搭凉棚打量着我们。看见母亲，农人露出了惊喜之色："哎呀呀！这是不是'严家'从内蒙古回来了？！""噢！这是他二舅他二妗哇！是了！是了哇！三儿陪我回来给'继小子'行礼来了！"母亲忙不迭地笑着回应，眼里却泛起了泪花。她们的手紧紧相握，泪目相对，急切地询问着，应答着，有着唠不完的话。我一路上，恭敬地笑着忙不迭跟母亲的娘家人打着招呼："三舅、四舅、老舅……，五妗、六妗、老妗……"我发现，他们几乎全是我的长辈。

不知不觉，太阳已到西山顶上，母亲与他们相约在事宴上相见，然后继续赶路。

远处一辆自行车迎面驶来停住，跳下一个年轻人称母亲"大姑"，母亲介绍才知是我未见过面的"姑舅"弟弟。打过招呼，我接过自行车，带着母亲在前面行驶，弟弟慢跑着跟在后面。又走了三四里，眼前的阳坡上出现一个十几户人家的村子，母亲告诉我，杨庄子到了。

绕过两户下坡，左转来到了大舅的院子。

和大山里的人家一样，大舅的旧窑建在大山的阳面的一个弧形院子里，院子的前面是一条深沟。大舅的旧窑已好几年不住，土门面被雨点打得坑坑洼洼，被雨水冲刷出条条细沟，落了色的木格子门窗也已显出陈旧。

大舅有三女两儿。几年前，为给儿子准备娶媳妇，大舅在老窑西侧新建了两孔石窑。但两个儿子在镇上读书，毕业后在镇子上打工，都不愿回来，彻底打乱了大舅的计划。为不让一生最大的投资闲置，大舅大妗搬进了新窑。

院子里的大树下放着一辆板车和两辆自行车，一群毛茸茸的小鸡跟着芦花鸡在地上刨食，两只小狗跟着客人满院子跑。周围的窑、圈里有猪、牛、驴、羊，靠墙放着石磨盘和碓臼。院子西北角的半坡上，低矮的断土墙围出一个晒庄稼的地方，墙角有一个大碾盘和几件农具。

为接待远路亲戚，大妗和女儿提前拆洗了被褥，打扫了新窑和旧窑。

我们掸扫掉尘土，弯腰走进旧窑。蒸汽和烟气将本就不亮的光线笼罩得更加昏暗，站立片刻，适应了家里的光线，才看清了室内陈设。一盘三米深、占了家一半的炕连着炉台，炉台上坐着大锅、小锅，锅里升腾着蒸汽。下炕的铺盖后面装满粮食的毛口袋形成一面墙。炕上铺着一块彩绘油布，与腰墙、躺柜一样，都是大红大绿的颜色。地上一对红油躺柜上放着两个玻璃相框，相框里排着黑白和彩色照片，左边相框显眼的位置竟然是我的结婚照。地下的大水缸旁立着一个木制脸盆架，印着大红"囍"字的搪瓷脸盆里冒着热气，架上搭着一块红毛巾。

擦了把脸，大舅请我们上炕。

炕上，大舅和三个男人盘腿坐在小方桌旁，抽着旱烟，抿酒聊天，偶尔就一口桌上的凉菜。见我们进来，赶紧腾开了滚热的锅头。

院子里和新窑里，女人们像走马灯一样地忙碌：打炭烧火、蒸糕、蒸馒头、做豆腐、压粉条、烧猪肉、炖牛肉……准备事宴上几天的吃喝。大妗间或招呼着，让男人们去担水、铡草、喂牲口。

大舅坐在炕沿，向我们介绍了婚礼的准备情况和男方彩礼的数量。

大舅向母亲解释："也不是我想多要彩礼，可我也得娶儿媳妇呀！"

聊完正事，我要下地去帮忙，大舅赶紧阻拦："都是些女人营生，男人不要插手！"

婚宴上有一套严谨的规矩和程序，"代东"驾轻就熟，将客人招呼得滴水不漏，把宴会举办得红火热闹，让客人们吃喝说笑尽兴，事宴办得圆满成功。

事宴持续了三天，我没帮上一点忙，基本是在吃喝和聊天中度过。

事宴间隙，姑舅弟弟陪我和母亲参观了姥爷姥姥的旧居——也是母亲十六岁前生活的地方。

那处旧院在大舅家南面的半山腰上，老窑已闲置了五十多年，院子里长起半人高的荒草，老窑的门面部分已倒塌，但能看出包着石片的门面做工相当讲究，质量好于大舅的旧窑。从姥爷和大舅的三处窑洞看得出，大山里的生活在近百年里没有多大的改变。

看完姥爷姥姥的旧院，太阳正在落山。夕阳给远山、荒草和断墙残瓦涂抹了一层金黄，感觉老窑像一幅凝固了的立体油画，古老、沧桑而神秘，里面隐藏了许多不为人知的秘密。

第三天清晨，告别了母亲的亲人，姑舅弟弟带我们返回新民镇。随后，我们又一路向北、上山，徒步十几里山路来到父亲的故乡石家庄村。

在侯爹的石窑里住下，侯爹陪我和母亲走遍了那个小山村，参观了爷爷奶奶和父母的故居，拜访了村子里的亲人，受到了家乡亲人们的热情款待。

几天里，听着亲切的乡音，深吸着乡土的清香，享受着淳朴安宁，感受着血脉亲情，一腔温情热血一直在我的胸中涌动。

站在高处，远望原始厚重的黄土大地，我终于明白，为什么父母有着那么深的乡愁，对家乡有着无限的思念与眷恋。因为那片黄土地曾经养育了他们，在那里，他们丢下了曾经的青春岁月。

我们是故乡那棵老树飘落的叶，这里才是我们的根。

在父亲的家乡转了三日，我们又来到新民镇，搭上了府谷县路过新民镇的客车，踏上了返程的路。

亲爱的家乡，我向您保证：我一定会常回来看您！


【后记】

我们是黄土高原遗落在鄂尔多斯的土砾，在崎岖山路的尽头，如一只旧物，在时光里碾落成尘。

历经战乱与饥荒，父亲带着婆娘，在一个冬日的黄昏逃亡，也被故乡流放。

俯身叩拜圣洁的高原，放牧着的子孙，与野草一起生长。

为了那千年的烽火，为了一个久远的承诺，去偿还父亲背负的旧账。

回不去的家乡，留下了我的脚步两行。

# 家乡的亲人

1959 年年底，因生活所迫，父母带着全家离开了生活了三十多年的陕北府谷老家，在"酸刺沟煤矿"寄居四年后，定居在了东胜。

父母都是从事体力劳动的工人，他们终年辛勤劳作，用微薄的收入养活着一个十口之家。最初的那几年，全家人一直挣扎在温饱线上。

20 世纪 80 年代以前是计划经济，粮食按人头配给，每月每人平均二十来斤口粮。供应粮中几乎见不到大米，玉米面占到了一半以上，白面不足三分之一。

那时的菜里油水少，人们的饭量就大。一个学生娃，中午能吃两碗米饭、一碗烩菜或三大碗汤面，晚上还能吃三个窝头、一碗烩菜。晚饭前，要藏起一个窝头，否则，第二天没有早点，会饿得等不到中午开饭。临近月底，米面大瓮就见了底。如何解决月底的口粮，成了父母的一件糟心事。

大人们愁容满面地看着一群饿狼般的孩子，叹着气说："唉！半大小子，吃死老子！"

小时候的记忆中，我家像个驿站。

在东胜定居后，隔三岔五会有家乡人上门：有做生意路过借宿的，有求父亲帮助找活儿的，还有过来要饭的。

在东胜定居后不久，爷爷奶奶曾经来过，但我没有记忆，姥爷过来给我的家人看过几次病，给我留下很深的印象。

经常有穿黑蓝色中式对襟短褂、高腰大裆裤，头扎白毛巾，肩上搭一条黑灰毛褡裢的家乡人上门，他们做买卖路经东胜。冬天来时，从鼓鼓囊囊的毛褡裢里掏出两把冻海红子或干红枣，走前，给我家的米缸里掬两捧府谷小米；夏天来时，带一些时令水果，有杏、桃和香瓜。

印象中，他们很有钱。有一次，我看见来人的毛褡裢里装满了钱。

他们头一天黄昏进门，第二天一早出发。

家乡人上门，母亲通常会给他们做一顿面条。

平时，母亲在玉米面中掺入白面调剂着我们的伙食。家乡人一上门，母亲用纯白面招待，这样，白面的比例就会下降。如果有几拨人上门，我们就几乎吃不到白面了。每天的烫面"大眼窝头"、旧"糜米捞饭"、陈年高粱米、无糖红薯干让我们难以下咽。

有次，家乡人正在吃面，抬头见拖着鼻涕、拿着空碗的老八站在了他的面前，嘴里嘟嘟囔囔地说："叔叔，妈妈说，让我等你吃剩下我再吃！"闹了客人一个大红脸，赶紧笑着将碗里的面条倒入了他碗里。

20世纪80年代以前，陕北地区天灾不断。常有衣衫褴褛、蓬头垢面、麻绳扎着腰和裤腿、手拿红柳棍的陕北人上门要饭。父母让他进屋坐下，与他聊天。问他从哪来，如果是府谷的，十有八九能攀成亲戚，如果同姓，不用说肯定是本家。父亲马上会现出惊喜，亲得不行，让他脱鞋上炕，递给他旱烟，让母亲给他倒水。

父亲陪他抽烟、喝水、拉家常。谈起家乡的近况，母亲停下手里的活，攥着围裙旁听。说到家乡又遭了灾，几乎没了收成，家乡人结伴出来讨生活，父亲发出一声声叹息，母亲用围裙不住气地擦抹红肿的眼睛。

他们聊得乞讨者忘记了自己的本业，聊到我们中午放学。然后，午饭会匀给他一份，减少我们的定量。饿得我们下午没力气玩，躺在炕上冒虚汗。

临走时，母亲还会给他装上半碗米。

依依不舍告别后，父母开始给我解释与来人的关系：这是你没出五服的叔伯爹爹的外甥女婿；那是我娘家亲家侄儿子；这是你大舅的小舅子的姑舅；那是你本家爹爹的小姑舅的三小子……

起先，我认真地听，动用全部的脑细胞苦苦地翻倒着，可越往后，越觉得云山雾罩，脑子里"一团糨糊"。最终，我告饶："我可是'闹不机迷'，还是直接称呼哇！"

比我大两岁的三姐也给我翻倒，甚至比我小两岁的四弟也能插上两句给我解释，而在他们解释后我更加糊涂。在我彻底放弃后，三姐和四弟嘲笑我真是个"翻不转"。

那些年，我只认得几个较近的、接触时间较长的家乡人。全家人就我一个"翻倒不清"，这让我那颗年少好胜的心十分沮丧。因为这事，在那一段时间，我很不自信，一直怀疑自己的智商是否偏低。

开春后上门的家乡人多数是我的叔伯、姑舅、两姨，他们是来投靠父亲，让给寻个事做的。他们两三个相伴，最多一年来过六个。他们在上冻前返回，第二年开春后再来。也有找到给工地"下夜"或给单位烧锅炉营生的会住下来，最长的能住四五年。

父亲腾出东头的一间土房让他们住下，然后在建筑工地上给他们介绍个"受苦营生"。

他们住在那间不足二十平方米的平房里，挤在一盘铺着白毡、黑毡、狗皮褥子的大炕上。由于很少收拾，也没人给缝补，他们的房间杂乱，衣服鞋子破旧。

天黑，他们拖着一身疲惫回家，进门、脱鞋、四仰八叉地把自己扔在炕上，靠在油腻的铺盖上休息一会儿。然后，起身洗涮，用粗糙的、裹着胶布的手开始做饭。

他们天天吃玉米面糊糊、瓜糊糊、山药糊糊，就上一碟儿咸菜。偶尔做一顿烩菜，吃一顿面条，算改善了一下伙食。一般情况下，他们只在晚上做饭，第二天的早晨和中午吃旧饭。

长年干着重体力活，他们身强体壮、皮肤黝黑，经常满身灰尘。

他们个个心地善良、憨厚朴实，遇见谁都要笑着打招呼。他们很少喝酒，从不吵架、打架。

他们乐观风趣，整天嘻嘻哈哈。吃了晚饭，他们靠在下炕的枕头上排成一排聊天、讲笑话。一到晚上，灯光昏暗的小屋不断传出欢快的笑声。

做完作业，我会凑到那间充斥着旱烟、脚汗混合成浓烈光棍味的房间看他们笨拙地做饭，听他们说笑。

他们走南闯北、见多识广，肚子里全是故事。他们说评书，讲笑话，说"四六"句子、串串话，说反话，模仿外地人的口音讲笑话，逗得大家哄堂大笑。有的还会唱晋剧、二人台和秦腔。起先，他们唱得风趣欢快，唱着唱着，就掺入了一些悲伤的调调。

他们经常谈起家乡，说起他们在家乡经历的故事。他们很少提及老婆孩子，他们都不愿触碰那个敏感的话题，但从不经意间流露的情绪中感觉得出来，他们都很想家。

而立之年，我陪年近古稀的母亲第一次踏上那片厚重贫瘠的黄土地，一路上，受到了家乡亲人的热情款待，特别是曾得到过父母帮助的家乡人，都对父母怀着深深的感激之情。

以后多年，一种无形的动力牵引我经常回到家乡，走遍了家乡的山山水水。

在多次回到家乡后，我终于明白了本家、娘家、娘舅姐家、小姑舅、上坡姑舅等各种关系，知道了陕北地区红白事宴上的规矩、讲究和传统习俗。了解了为什么出嫁的女儿是"亲戚"，白事宴上如何"规矩"娘舅姐家，为什么说娘舅姐家是"翻桌子亲戚"……

　　现在，每次回到家乡，见到熟悉的亲人，会感到非常亲切。每次与家乡的亲人相聚，有一种根脉相连的亲情在我的心中涌动。陕北故乡给我留下了诸多的美好印象，家乡的亲人也永远扎根在了我的心中。

# 记忆中的那一点亮光

1959年年底，父亲带着全家离开陕北老家时，家乡还没有通上电，来到东胜的前几年，家里还点着父亲从家乡带来的一盏油灯。

那盏油灯有一拃多高，通身油腻黝黑，灯身很沉，外观已分辨不出是什么木质。油灯有个方形底座，顶端镶着一只带豁口的小碗，黑红的灯油中浸泡着一根粗棉线，豁口处探出一段黑色灯芯。

小时候很怕黑，黄昏时就催促母亲快快点亮油灯，母亲摸着我的头轻声地说："现在还不'受灯'，灯油也很贵。"

太阳落山，晚霞被深蓝色的冷光替代，天空像一个巨大的黑影怪兽，慢慢将大地笼罩在了它的魔爪下。

我紧紧跟随着母亲，拽着她的衣襟寸步不离。

当黑雾迷漫了我的眼睛，我看不清路的时候，母亲从笤帚上拔下一根秆儿，伸进炉膛点燃，然后，点亮了那盏油灯。

起先，油灯散发出微弱的光，母亲用针拨了一下灯芯，油灯瞬时亮了起来。

那盘土炕几乎占据了家的一半，油灯放在土炕边沿的那个小方桌上。开关门时的风、母亲做饭揭锅时的蒸汽将灯芯吹得站立不稳。

晚饭后，哥哥姐姐围着油灯做作业，一会儿，母亲收拾好了碗筷，坐在炕沿边开始做针线活，遮挡了射向地面的那一束光，仅留下了头顶的那一片。几个巨大的黑影投射在四面的墙上，四周和角落变得一片漆黑。

我依偎着母亲，不敢看那些黑暗处，眼睛死死地盯着那颗不断摇摆跳动着的火苗。

灯芯散发着耀眼的光，冒着一股黑烟向着空中熊熊燃烧，间或跳跃一下，变出一点火花。偶尔，灯芯会出现烦躁的情绪，开始不停地快速闪动。母亲用针拨几下灯芯，如果还没有阻止它，母亲拿起剪刀将灯芯的黑头剪去一段，才会让惊慌失措的油灯情绪稳定下来。

一段剧烈的燃烧中，灯芯上的一丝黑烟会挣脱了火苗向上升腾，悠闲地降落在屋顶裸露着的椽檩上，给本已黝黑的屋顶又增添了一抹黑色。

屋顶上有经年的灰尘和蜘蛛网，蜘蛛网断裂后又沾染了灰尘，形成了倒掉着的"屋梁尘"，被上升的气流推着轻轻地摇摆着，感觉随时会掉下来，但几天后再看，它还顽强地坚守在那里。

做完作业，借着灯光，大家开始玩"打手影"。哥哥姐姐们最拿手的是狼形手影。他们两手交叉靠近油灯，一匹狼便映照在了下炕的土墙上。随着狼的嘴一张一合，眼睛的一闭一睁，那匹狼随着灯芯摇曳奔跑着翻滚前行，像极了一只活物。狼形手影的大小变化和表演者发出的低沉吼声，让我感到紧张又新奇。

在油灯的灰暗环境里，哥哥姐姐经常会故意制造出一些恐怖的气氛来考验大家的胆量。

大姐的恐怖故事，至今想起还会让我头皮发麻。

荒无人烟的郊外树林中，有一座荒废多年的别墅。传说，每到深夜零时，会发生幽灵事件。

有一位胆大的与人打了赌，只身前去探险。

心情慌乱地等到半夜零时，随着别墅内的报时钟在空旷的大厅响起，楼梯上同时传来一个女人上楼高跟鞋发出的清脆的脚步声。探头去看，楼梯上却没人，只有一个巨大的阴影若隐若现，而那个声音越来越响，身影越来越大，随着十二下钟声一齐戛然而止，身影倏然消失，四下一片死寂，只有天空电闪雷鸣、暴雨如注。

　　大姐将声音压得很低，语速放慢，营造出神秘阴森恐怖的气氛。她像一个专业的音响师，随着故事情节的发展，发出"滴答滴答""咯噔咯噔""轰隆轰隆"的声音，用手环绕着油灯，在墙上展现着不断变幻的手影，吓得大家尖叫着让她赶快停下来。

　　冬日里的夜寒冷而漫长，听过了恐怖故事后长时间睡不着。炉内的余火一明一灭，映照在黝黑的屋顶和坑洼的土墙上，眼前会不断闪现别墅里的黑色人影。屋外，一阵阵的西北风刮过，仿佛有人在呜咽。夜越深，风越大，将屋顶和院子里的物件吹落，"叮叮当当"乱响。屋内，有窸窸窣窣的声响，好像是老鼠在啃噬门框，感觉四周的黑暗中有无数的小动物在伺机而动，让我的心一阵阵地紧缩，甚至有一些呼吸困难。

　　夏天的夜清凉而短暂，晴朗无风的夜里，温柔的月光会透过门窗照进来，将屋里照得清晰又朦胧。失眠的夏夜，我会长时间地盯着布满疤痕的土墙和裸露着骨架的屋顶看，长时间的凝视下，眼前会显示出丰富的景色：那里有天堂、有地狱，有仙境、有魔洞。有时，我会把平时听到的故事和传说掺杂着想象映衬在屋顶和墙上，那片小小的世界里就有了岳飞、有了秦桧，有了吕布、有了曹操，有了李元霸、有了程咬金，有了猪八戒、有了白骨精……

　　多年以后，那一点光映照出的景物烙刻在了我的脑海中，成了我儿时记忆的一部分，让我快乐地度过了一个个寒冷的冬日和贫困的童年，充实和丰盈着我的精神世界。

# 嫦娥和织女是一个人

中国的传统节日给我留下美好记忆的是春节、端午、七月十五和中秋节。因为在这几个节日里，有传统文化，有传说故事，最重要的是，还有独特的美食。

从腊月延续到阴历二月，中间有腊八、二十三、除夕、元宵节、二月二，人们从四面八方不远万里赶回家团圆，美食、新衣、压岁钱，年画、烟花……春节的地位不可撼动。

端午纪念有气节风骨的屈原。赛龙舟、长明灯，品尝包着红枣的糯米粽子和撒了一层白糖的凉糕。七月十五是中元节，怀念和祭奠故人。能吃一顿带肉的烩菜和馒头，有时，还能吃到一点羊肉，能分到两个纯白面做的"面人儿"。

中秋节虽然比不了春节，但比端午节和中元节隆重一些。

中秋节来临的前几天，就能品尝到一点月饼和水果。八月十五的晚上，月亮升到半空后，母亲要举行"献月儿爷爷"仪式，然后，全家人围坐在一起赏月。我们一边听母亲讲嫦娥和与嫦娥有关的故事，一边饱餐香甜酥脆的月饼和甘甜多汁的大西瓜。后来，还能吃到平时难得一见的香蕉、苹果、李子等水果，甚至能分到几颗冰糖、麻糖、酥糖和软糖等极品糖果。

印象中的中秋节是一个香甜的节日。八月十五来临的前几天，人们开始打月饼。大街小巷、院里屋外的空气里弥漫着月饼的烤香和水果、糖果的香甜味道。感觉天空中那个越来越大、越来越圆、发着温柔光芒的月亮就是一块大大的软糖。

也许母亲不知道八月十五正式的名称是中秋节，所以，母亲一直称中秋节为八月十五。但母亲知道并告诉我们：八月十五是一个全家团圆的好日子，月下老人在八月十五要给有情人牵红线。在八月十五来临前，母亲会告诫我们：在节日里，大家要高高兴兴、和和气气的，不准生气，不许吵架。

临近八月十五，母亲开始准备做月饼的材料。

起初，家里的食材，只能够做三十来个加入了糖精的混糖饼，而且，还得在白面里掺入一些玉米面。

随着生活条件的不断改善，八月十五的月饼质量和口感也在提高。母亲从邻居家借来月饼模，开始制作包馅月饼。母亲先烙两个混糖饼，揉碎加入白糖和碎花生仁当馅做出了酥脆的提浆月饼。几年后，饼馅的内容越来越丰富了起来，里面加入了葡萄干、芝麻、瓜子仁、玫瑰、青红丝、冰糖、桃杏仁……

八月十五，饱餐一顿后，每个人还能分到一两个月饼和几颗颜色深红、散发着香气的涩果子。

将月饼藏起来，作为第二天上学向同学炫耀的美味早餐，然后，挖空心思开始玩那几颗漂亮的果子。

用柔软的棉布将几颗红果子擦得锃亮，用细线将两颗果子拴住系在一根木棍上，挑起一头一颗果子的扁担在小院里扭起了秧歌，唱着童谣在院子里转圈，引来几个邻家小孩的效仿。

间或，将果子贴着鼻子猛吸两下，用嗅觉品尝一下果子的香味。直到两三天后，果子熟透、破了皮，才依依不舍地将它们一层层慢慢啃食掉。将那几颗黑色的种子埋入后院的泥土里，浇一点水。等待种子发芽，盼望来年结出一树香甜的红果子。

当月亮慢慢升起，母亲将一只雕成犬牙状的大西瓜和满满一盘月饼、果盘摆在院里能让月亮看到的圆桌上。当月亮升到半空，照亮那桌丰盛的美味时，母亲嘴里默念着一些词，举行一个固定的仪式——献月儿爷爷。

仪式完毕，母亲招呼我们围着圆桌坐下，让我们一起品尝美食，欣赏月亮，感恩月亮给我们带来的美好时光。

母亲讲，一年中，八月十五的月亮是最大的，只有在晴朗的晚上，才能看到月亮上的嫦娥和玉兔。于是，我们仰起头，睁大眼睛使劲地看，努力地发挥自己幼稚的想象力。但看得脖子发酸、眼睛流泪，也只看到月亮上有一些模糊阴影。逞能的三姐急火火地说她看见了，并认真地指给我们看。为证明我们的眼力，我和两个弟弟一边快速吞咽着美食，一边胡乱地点头附和。

接下来，母亲又一次给我们讲起嫦娥和牛郎织女的故事。多年后，我才明白，母亲讲的嫦娥的故事里掺入了些牛郎织女的故事，还加入了自己的主观臆断。因为母亲在讲嫦娥时，经常会提起牛郎织女。在七夕节讲牛郎织女的故事又会提起嫦娥。经过多年多次的演绎，母亲终于认定：嫦娥和织女是同一个人。

也许是因为嫦娥和织女都是天仙，也许是因为嫦娥和织女有着相似的孤独命运，所以，没上过学的母亲会把嫦娥与织女的故事串在一起，甚至认定她们是同一个人。

我知道，多年经历离别之苦的母亲，对嫦娥和织女的经历感同身受。所以，善良的母亲为了不让嫦娥在月亮上孤独终老，将嫦娥说成了织女，让嫦娥与她心上人在七夕得以团圆。在母亲的故事里，母亲对搭桥的喜鹊和牵红线的月老充满感激之情。

此时，劳累了一天的父亲拖着疲惫的身躯迈步走进了家门。

平时，我们都有些惧怕父亲的威严。而中秋节这天，父亲一改往日的严肃，面带着微笑，静静坐到了我们身边，与我们一起分享美食，然后，抬起头望着月亮，听母亲讲嫦娥玉兔和牛郎织女的故事，不时发出轻声快乐的笑声。

中秋的月下，是一个宁静的夜晚，四下寂静无声。

明媚的月光给广袤大地罩上了一层薄薄的雾，房檐、院墙和遥远的地平线镶嵌着一道银白的边，眼前的一切清晰又朦胧，睡意袭来，我们渐渐支撑不住，频繁地打着哈欠，纷纷进屋上炕睡觉。

父亲和母亲静静地坐在那里，默默地长久仰望家乡方向的那个银白、温和的月亮不说话。须臾，他们抬手揉了揉被薄雾模糊了的眼睛，不约而同地长叹了口气，将朦胧夜色叹息出一丝淡淡的忧伤。

在有着淡淡忧伤的月光下，父亲母亲更加想念养育了他们三十多年的陕北老家，思念黄土高原上那个遥远、温柔的小山村，想起了远在故乡的爹娘和亲人。

我想，在同一时刻，远在家乡的父母的爹娘和亲人，也一定围坐在夜空下，抬头仰望着同一个有着淡淡忧伤的圆月，思念起远在他乡的游子。

愿经历了苦难人生的父亲母亲和家乡的亲人们，从此团团圆圆、幸福安康，再也不用经历那些饥寒与分离的苦痛了。

# 恩师难忘

他出生在一个从陕北来的移民家庭，家中兄弟姊妹八个，他排行老六，小时候，家境极度贫寒。为了一大家人的基本生活，父母忙得顾不上给他梳洗，他每天穿着破衣烂衫去上学，再加上身材矮小、其貌不扬，虽然学习成绩很好，但还是经常被老师忽略、被同学瞧不起，天长日久，他成了一个极度胆小、自卑的孩子。

课堂上，他缩在教室的角落里一言不发，尽量隐藏着不引起老师和同学的注意。只有在公布考试成绩的时候，大家才会给他投去惊奇的一瞥，然后，像水面投入了一颗小石子，响声过后，一切又恢复了原来的样子。

三年级上学期，新来了一位班主任老师。

黄老师三十来岁，面容白皙、身材高挑，一头乌黑的过肩长发，清爽整洁，像一位高贵的雅典娜女神。课堂上，黄老师讲课的声音清晰、温柔、动听，浑身散发着青春的活力，圆润的脸上始终洋溢着阳光、自信的笑容。

与学生谈话时，黄老师会弯下身子，用温柔的眼神看着学生，那神情像慈爱、温柔地面对着自己孩子的母亲。

不到一个月，黄老师就对班里的学生进行了一次普遍家访，对学生的家庭情况有了详细的了解，针对学生不同的情况和性格，采取了相应的方法进行引导式教育。对家境贫寒、性格内向、成绩优异的他给予了关注。

课堂上，在黄老师的眼神鼓励下，他开始举手回答提问，经常受到黄老师的表扬，慢慢地，他有了一些自信。

那一年的夏天，学校在中年级里选拔一部分学生参加大型迎宾活动，给学生两天的准备时间。

能够被选中参加学校的大型集体活动，是一个小学生莫大的荣耀，同学们都跃跃欲试、积极准备。

此前，学校的集体活动他还没被选中过。

为了这次选拔，他积极地做了一些准备。他让妈妈给他剪了头发，将仅有的一身白衬衣和蓝裤子认真仔细地揉洗了一遍，把白球鞋洗净后，用"粉土子"将鞋上的污渍覆盖。但穿了三年的白衬衣陈旧且已有些不合身，怎么也洗不干净，蓝裤子已成灰色，衬衣领口、袖口和裤子裤口磨出线头，膝盖和屁股部位打着有些色差的补丁；球鞋虽能增白，但大脚趾的位置对称地出现了两个小洞。

三、四年级的八个班四百多个学生在操场列队，由几位老师进行筛选。虽然队伍中只有不到一半少先队员，但戴着红领巾的他还是毫无意外地又一次被淘汰出局。

正当他垂头丧气与五十几个倒霉蛋在队伍外围用脚擦地、自卑泛滥时，猛抬头见黄老师站在了他的面前。他抬头委屈地瞅了黄老师一眼，又自惭形秽地垂下了头。黄老师拉起他的手，引着他走到队伍前面，对其他老师大声说："他是我们班的三好学生，他应该参加！"

他一阵强烈的感激，强忍着没让眼泪掉下来，泪眼蒙眬中跟随黄老师回到了大队伍中间。黄老师轻抚了一下他的头转身离开的一瞬，一串豆大的泪珠猛然掉落在他脚边厚厚的黄土上。

他暗下决心，决不能辜负黄老师的信任。从此，他更加努力，不但成绩始终保持在全班前三名，还主动积极承担班里的劳动。黄老师看在眼里，经常在同学面前表扬他的积极和上进。

三年级下学期，他当选为班里的小组长。

四年级的夏季，学校举办一年一度的运动会，他又没有报上比赛项目，成了一名啦啦队员。学校要求从班里挑两名学生协助运动会的后勤工作，黄老师刚一宣布这项任务，他第一个高高地举起了手。

他又一次被黄老师选中。他兴奋异常，放学的路上又蹦又跳，回到家里不停地说笑，家人都用奇怪的眼神看他，都说他今天有点儿不正常。

三天的运动会上，他的积极主动和热情勤快给校委会留下了非常好的印象。运动会后开学第一天，黄老师在全班传达了学校对他的奖励，他一脸的自豪，自信地迎接着同学们向他投来的羡慕的目光。

从那天开始，他第一次感到自己是一个有用的人，是一个有能力的人，是一个让大家认同的人。在那段美好的时光里，他心潮澎湃，自信心像一颗掉在肥沃土壤中的种子发了芽，蓬蓬勃勃地生长了起来。

黄老师成了他心中的偶像和女神，他经常偷偷地想，长大后一定要娶一位像黄老师一样的女人当妻子。有时，他会在自己的幻想中偷偷笑出声来，大家用疑惑的眼神看他，但他陶醉在自我的快乐中，根本不去管他们怎么想。

那年，他十二岁。

直到小学毕业，那是他少年时期的一段最快乐、最美妙、最幸福的时光。

升初中后，他曾多次回到小学，偷偷去看望亲爱的黄老师。他隔着学校的围栏，远远望着黄老师亲切的身影，隐隐听到黄老师欢快悦耳的笑声，他的心中有一种说不出的幸福与思念。

那是他少年时代一次最失败的"暗恋"。他知道：其实，他就是一个追星族，只是千百个喜欢黄老师的学生之一，多年以后，黄老师可能会叫不出他的名字，他只能远远地望着她，深深地敬重她，默默地为她祝福，将那段美好的少年情怀埋藏在心灵深处，永远不要再提起。

后来，他多次回到母校，但从未与黄老师相见，没有当面向黄老师表达深深的感激之情。初中三年级，回到母校，再也没有见到那个熟悉、亲切的身影。后来打听才得知：黄老师已陪爱人、孩子离开了鄂尔多斯，去了一个非常遥远的城市。

那段时间，他非常失落，谁也不知道，他为什么突然变得沉默寡言，一脸的悲伤幽怨。

他一直在埋怨自己、痛恨自己，为什么没有当面对恩师道一声感谢？

多年以后，他成长为一位善于表达、敢于面对、勇于承担的男子汉。如今，他会主动去了解和理解周围的人，始终以一颗宽容仁爱之心对待他人，关心、鼓励和赞美他周围每一个努力上进的人。

他始终认为，是黄老师的关心和鼓励给了他自信，让他走出自卑，成为一个敢于面对挫折的人，是黄老师指引了他的人生航向，改变了他的人生。

习近平总书记说过："一个人遇到好老师是人生的幸运，一个学校拥有好老师是学校的光荣，一个民族源源不断涌现出一批又一批好老师则是民族的希望。"

他就是那个最幸运的人。

四十多年后的今天，他更加迫切地想见见敬爱的黄老师，让黄老师知道他深深的感激之情。

他想手捧鲜花，当面对敬爱的黄老师深鞠一躬，道一声："衷心感谢您，我敬爱的黄老师，您就是我的人生导师，您陪我一程，我将念您一生！"

# 老郭和他的小儿子

1965年，全家从"酸刺沟煤矿"来到东胜，父亲买下了第二完全小学最南头老郭院子里一间临街的南房，以此为基础向南扩展，几年后，建成了一处平房小院，从此，全家才在东胜安定了下来。

在我们居住了二十多年的那个贫民大院里，住户主要是陕西和山西、河北、山东等地的打工者，还有几户本地农民。老郭就是东胜西郊郭家湾村的农民，他的前辈早年从陕北过来，很早就盖起了一处平房小院。

父亲与外来不长时间的打工者一样，态度谦卑地与老户保持着关系，目的是想求老户帮助介绍一个养家糊口的营生，让一家老小能填饱肚子，也为扩大自己的知名度，提升在陌生环境中的安全感，在遇到矛盾和尴尬时，能有熟人或朋友帮自己说句公道话。

全家搬到东胜前，父亲已与老郭相识，经过几次打交道，两人性格相投，成了默契的朋友。后来，父亲买了老郭的一间南房，然后背靠着那间南房，慢慢地发展起了自己的一处小院，让两家成了邻居。

郭家湾村和郝家圪卜村是东胜的蔬菜基地。起初，老郭受生产队委派，负责清理大院和周边的厕所，定时给村子里运送有机肥料。

一次在放学回家的路上，见两个淘粪人打架，粪便散花，吓得看热闹的四散奔逃，让我印象深刻。虽然是为了生产队的利益，但场面实在不雅，因此，连带降低了我对淘粪人的印象。

后来，经常听父亲夸奖老郭，我对他的认知才渐渐有了转变。

老郭是个大好人，否则，我们家的那个小院是不可能顺利盖起来的。

这当然有那时地皮不值钱的缘故，但老郭从来没有提起父亲蚕食周边土地的事，也能看出老郭的善良、对父亲的包容、对我家的同情。

老郭与父亲年龄相仿、性情相近。两人虽然都没念过书，却有着文化人的君子风度。两人对话平和、文雅、风趣，交往多年，从未红过脸。

父亲与老郭有着非同一般的默契。父亲对老郭恭敬，老郭对父亲也很敬重。在盖房界线的事上，父亲欠老郭一个人情，老郭也非常理解父亲的难处。两人见面，父亲不提此事，老郭也从不主动提起。老郭在善意地保护着父亲脆弱的自尊，从未让父亲难堪。

老郭是一个非常有喜感的人。在我们成了邻居后，老郭隔天就会来我家串门。一般是在黄昏的饭点后，老郭踱着方步来到我家大门口，像唱戏一样拉着长音吆喝一声："钉锅不钉锅！"声音一停，人也正好进门。父亲笑着与他打趣，一边起身让座，一边递给他酒瓶。老郭不喝酒，也不坐，只是站在地上与父亲简单问候几句，两人善意地开着玩笑互相问这两天忙了些什么，在基本了解了对方情况后，就笑呵呵地转身离开。其实，老郭来家串门，就是想与老朋友打个照面，加深一下友情，顺带着出来消消食儿。

老郭是一个苦命的、负责任的男人。

打我记事起，就没怎么见过郭婶，因为郭婶年轻时就患上了严重的眼疾，一直出不了门。老郭会经常弄一些土方来治疗郭婶的病。

一日，老郭又得一土方，让他的小儿子端了个大碗来我家接童子尿。我们几个在炕沿站成一排，一齐冲着那个碗尿尿。接到一半，他突然喊停，端了半碗转身跑了，我们没忍住尿了一地。一会儿，小郭返回，说还要一点，可我们却没了。

老郭有两个儿子，大儿子已参加了工作，小儿子从小得了小儿麻痹，一只胳膊有点儿不利索。

由于从小得病，得到了老两口的特殊关照，变得有些任性、顽劣。

小郭非常机灵，但学习成绩很差，喜欢搞恶作剧，经常闯祸，让老郭非常头痛。小郭比我们大三岁，却喜欢与我们一起玩耍，自然成了我们的头头。

他玩的游戏很有创意，也有些刺激。

他带领我们在土路中间挖一个深深的土洞，给洞里灌上水，在表面做好伪装，然后藏在墙角偷偷地看着。当路人经过掉入水坑，我们会捧腹大笑着一起逃离。身后传来一片叫骂声。

他将一毛钱用一根细长的漆包线拴住，扔在女厕所的门口，藏在暗处看着女人去捡，然后猛地一拉，让她扑空。一次，他的恶作剧激怒了一位中年妇女。她将钱快速一脚踩住，扯断了线，将钱揣进衣兜，并冲着我们的方向示威、瞪眼，吓得我们落荒而逃。受了惊吓，损失了一毛钱，从此，小郭再也不敢玩这种太过刺激的游戏。

一天，小郭召集我们开会。他告诉我们，将眉毛刮掉重新长出会更粗更黑，长大后，才会像"严伟才""杨子荣""洪常青"一样高大伟岸，成为盖世英雄。征得我们同意后，小郭将我们的眉毛全部剪掉。大人下班回家，看见孩子们"秃眉竖眼"，觉得哪里有点儿不对劲，仔细看，才发现统一没了眉毛，以为遇上了"鬼剃头"，着实吓得不轻。当知道真相，才松了一口气。大人组团去找小郭算账，吓得小郭躲了起来。老郭一边堆着笑脸点头哈腰地给大家赔不是，一边央求邻居见到小郭不要再吓他。然后，老郭急切地四处寻找，大声呼叫着让儿子赶快回家。

二十多天后，我们的眉毛又长了回来，大家不再追究，慢慢地也就忘记了此事。

年近五十岁，老郭在第二完全小学找了一个打铃的差事，每天拿着一个锤子，掐着秒表按时敲打悬挂在一棵沙柳树上的一段"工字钢"。几年后，那段工字钢换成了一只铁钟，再后来，换成了电铃。十几年后，老郭退休，按铃人换成了小郭。

小郭顶替了老郭后，成了有单位的人。老郭终于放下了心上那个沉甸甸的担子，从此，本就是一张和善的脸天天挂着喜庆的笑容。

搬离了那个大院后，我再没见到那个始终面带微笑、慈眉善目的老郭和那个长大了的小郭。

但有时，我的脑海里还会响起校园里上课下课"当当当""咚咚咚""叮铃铃"的钟声和铃声，还会响起那一声如京剧唱腔般拉着长音的"钉锅不钉锅"的悠扬的吆喝声。

# 快乐的郝叔

郝叔也是早些年走西口来东胜打工的陕北人。

初见郝叔，我有些吃惊。三十多岁，一米八几的大个，鼻梁高挺，棱角分明，英俊挺拔。如果演电影，肯定是一个"杨子荣"一样的正面人物。

进一步了解，知道了他的另一面。虽然长得威武，却没有武松的气概。最给他减分的是：他竟然有严重的口吃。

在我看来，完美是人世间的偶然事件，不完美才是人生常态。而且，世间事物一旦没了缺点，就会出一些状况打破这种平稳。硬件上，年轻时的郝叔是一个完美男人，因此，老天就让口吃伴随了他一生。

郝叔的口吃不是一般的严重，是那种五字短句三分钟才能说完的口吃，并且，越急越说不出来。因此，与人交流时，在他艰难地说出前半句，已猜出后半句的对方会替他补充，他会竖起大拇指频频点头表示感谢。

郝叔善良到懦弱。郝叔怕老婆，并以此为荣。无论正在忙什么，只要听到老婆的喊声，他会忙不迭答应着一溜小跑着回家。有人笑话他，他却振振有词："老婆当成娘，一年比一年强；老婆当成鬼，一天比一天灰。"当然，没有人能等他说完这么长的句子，后多半句都是对方给他续接的。

严重的口吃没有影响郝叔乐观的性格。郝叔不自卑，还很有些大度，有着一般人没有的勇于自嘲的幽默感。

虽不善于表达，郝叔却很喜欢旁听邻居闲唠叨，是一位很好的倾听者，所以，在大院里有极好的人缘和极高的知名度。这种人缘和知名度与他的口吃交集，发酵出不少以他为主角的笑话和趣闻。

郝叔的大度和幽默表现在：大家可以当着他的面讲他的笑话，他却站在旁边认真地听着，像是在听别人的笑话，然后与大家一起笑。这种场景本身就是笑点，又成了笑话常被大家提起。

以郝叔为主角的短喜剧给我们那个贫民大院带来了很多的欢乐，让物质匮乏的我们有了一些精神享受，给那一段贫困暗淡的生活增添了一抹亮色。

郝叔有一个经典笑话在大院里妇孺皆知，犹如郝叔胸前的一枚"军功章"。

郝叔是一名大车司机，经常半夜才归，隔壁邻居常会被半夜的敲门声吵醒，被动地听他与老婆默契的配合。

半夜，敲门声响起，郝叔压低了声音让老婆来开门："润……女……子……开……开……"在他叫开门的那段时间里，老婆已披着衣服下了地，来到门后，撤掉顶门棍将门打开，放他进来，重新顶上了门，他已坐在了炕沿上，"开门来"那一句才出了口。

这只是一个没有什么复杂情节的简单笑话，但发生在郝叔身上就有了笑点。由于郝叔随和，人们将故事演绎得极度夸张，并且，不但大人见了他说，就连上初中的、心直口快的二姐也会当着他的面讲这个笑话。每次，他都会面带微笑，像初次听到一样认真地听。二姐笑出了眼泪，他一本正经地跟着假笑，那种不羞不臊、不急不躁的神态极具喜剧效果。其实，那个笑话我们听过多遍已不觉得有多好笑，但抬头见他的那个样子，又重新笑得直不起腰来。那个场景，如今想起，还会让我不由自主笑出声来。

要说郝叔也真算是一朵奇葩，因为他还喜欢给年轻人说媒。

按说，当媒人的基本条件就是口齿伶俐、能说会道，以他的口才也能给人说媒？但他说媒的成功率还挺高，这成了我的一个疑问。我猜想：一方面新社会恋爱自由改变了吹捧式的骗婚，郝叔的诚实厚道让人敬重，也让双方有安全感，加上郝叔的好人缘和幽默，会营造出一个轻松愉悦的交流环境，这应该就是他说媒成功率高的原因吧。

　　郝叔的说媒之路在一次重大事件后戛然而止，具体情况不得而知。

　　以后，整洁的郝叔开始有些邋遢，身材也佝偻了起来，英俊憨厚的脸上显出了老态。慢慢地，在邻居热闹的圈子里再没见到郝叔的身影，听说郝叔得了脑血栓下不了地了。

　　多年后，大院整体拆迁，邻居们都各奔东西，从此，我再也没有见到郝叔。

　　如果郝叔还在世，现在应该有八十多岁了。

　　去年，多年不见的老邻居组织了一次团聚。聚会上，大家聊起了郝叔，讲起当年郝叔和郝婶的笑话，又一次快乐地笑出了眼泪。

　　笑过后，大家安静了下来，慢慢地，大家不约而同地说起了郝叔的好，对郝叔给予了很高的评价，都对郝叔有着深深怀念与感激。

# 善人"高老"有故事

高老是我的姻亲长辈，20 世纪 80 年代末我们才开始来往。与高老几次长谈，感觉很是有缘，成了忘年交。

高老年轻时，是鄂尔多斯西部偏远小镇的一名中学教师。

初次与高老师见面，根本看不出他的职业。也许是经济条件差，也许是不注重穿着，他长年穿一身打着补丁的黑蓝衣裳，头戴一顶掉了色的帽子，身上满是灰尘、草屑，手指上缠着胶布，像刚从农田干完活儿回来的农民。

高老师与妻子共同抚养了六个儿女，仅靠高老那点乡村教师的微薄的工资，根本无法维持一家人的生活。下课后，高老师得马上赶回家帮着老婆干农活儿。

在上下班的往返路上，人们经常看见高老师肩上挎着一个柳条筐，一边走一边拾粪。

高老师身高超过一米八。虽然长得人高马大，但常年的重体力劳动让他年轻时就有些驼背，更显得他和善、谦卑。

高老师是大家公认的善人、好人、文人。

接触过他的人都说，从来没见高老师发脾气。

在家里，老婆是一把手，老婆给他安排任务，他没有半句怨言，一个劲儿点头应承，然后不折不扣地去执行。工作中，他只负责认真授课，其他事项，一切服从领导安排。

与学生对话，他会蹲下身子，面带微笑认真地倾听。对学生提出的问题，他会认真细致地轻声解答，直到学生完全听懂。

其实，高老师也曾是"小高"，也曾抽烟、喝酒、豪气冲天。也许是从小经历过苦难，看懂了人生，修炼得平平淡淡。也许是苦尽甘来，对生活知足，所以常乐。反正，自从成家、立业，特别是有了孩子，高老师就彻底戒了那些不良嗜好，成了一位模范丈夫、敬业老师。在此后的漫长时光里，每天，从家到学校、从学校回家——两点一线，在学校是老师、回家是农民——双重身份，几十年如一日，过着毫无波澜、平平淡淡的日子。

高老师是个书痴，忙碌的农活儿间隙，他也能钻入书中，享受文学经典给他营造出的超越了时空的精神世界。去田间地头他也要带上书，不一会儿就深陷其中，经常大呼不应，为此，没少挨没念过书的老婆骂。但你骂你的，我不生气也不争辩，看书发痴的毛病始终不改。

不要看高老师平时嘴拙，一站上讲台秒变另一个人。他讲课引经据典、深入浅出、趣味十足，深受学生的爱戴，是十里八乡公认的、知识渊博的好老师。

高老师语文、数学、物理、化学样样精通，还爱好书画、音乐，是学校的多面手。虽然主教语文，但只要其他老师请假，校领导马上就会想起高老师，跑来请他去救火。他从不推辞，了解了教学的基本情况，马上就能进入状态，与请假老师的课程无缝对接。因此，高老师深得校领导的器重，年年被评为先进教师。

同事们都知道，高老师只对与教学质量相关的事较真儿，从不会因个人利益与人争辩，多讲课也不向领导附加条件。同事笑他傻，他说："挣公家的钱，就得付出，就要服从组织的安排，领导也不容易，我们应该尽力分担。"至于职称、职务、调资、待遇，他从不争抢，抱着顺其自然的态度。他认为那些都是身外之物，是努力后的一种结果，水到自然会渠成。因此，四十多年的教学生涯中，他职称、职务一直在原地踏步，临退休前，也没评上高级教师，在学校近四十年，最高的职务是班主任老师。

问起缘由，高老师微笑着云淡风轻地说："还是自个儿不行哇，也是命中注定，不可强求。"

按说，这种普通善良、随遇而安的老师在鄂尔多斯还有很多，也没什么可写的。但后来，听到了发生在高老师身上的另外几个故事，让我对高老师发自内心地敬佩。

在一生的教学生涯中，高老师教出了几十名大中专生，其中包括高老师的三个儿女。

20 世纪七八十年代，在县城，考上大学和中专的比例还不到五十分之一，乡镇中学更是凤毛麟角，有的乡镇，历史上甚至没出过一个大中专生。

"桃李无言，下自成蹊"。时隔数年，小有成就的学子们每次回到家乡，都要上门来探望他们的恩师。

听到学生要来，高老师认真地梳洗，换上过年才舍得穿的新衣，像新郎官等待新媳妇一样，兴奋得脸上泛着红光，一脸喜气地等待他的得意门生。

学子给他深深三鞠躬，双手高举给他敬茶，用世上最美好的语言夸赞和感恩让他们走上成功之路的高老师。此时的高老师容光焕发，笑成了一朵花，像一位辛劳了一年的农人，欣赏着那一片沉甸甸的收获，脸上写满了幸福与喜悦。

退休后，大学毕业后在县城工作的大儿子将高老师接到了县城，我们见面多了，出于对他的敬佩，我们从此改称他高老。

离开了讲台，完成了使命，放下了繁重的农活，高老有了闲暇看书、作画，过得休闲、自在又快乐。而忙碌了一辈子的老伴儿却找不到了自己的位置，闲得发慌，整天思谋找点做的。

到了县城的第二年夏天，老伴儿起早做了一担碗托，让高老担着上街去卖。高老面带微笑与老伴儿商量："能不能不要让知识分子的斯文扫地，如果在街上遇上我的学生，你让我的老面子往哪搁？"可老伴儿却不这么认为："我们以苦挣钱，不偷不抢，不丢人，不怕别人笑话！"几轮过后，高老败下阵来，知道用自己的那套理论根本无法与老伴儿抗衡，只得服从，担着担子上了街。

高老来到一个大单位的门口，放下肩上的桶，蹲在墙角翻起了书。

几个年轻人来吃碗托，提起备考遇上了难题，拿出试题开始分析。高老听着，慢慢站起身，指给年轻人解题方法。

年轻人皱眉，用疑惑的眼神盯着这位不知天高地厚的卖碗托的大爷。但不一会儿，一脸的不屑变成了吃惊的表情。

此后，高老主营碗托，捎带着给年轻人答疑解惑。很多年轻人慕名而来，向他请教考试中的问题，在解题的过程中畅销了碗托。

卖了两年碗托，高老在县城的一隅有了点知名度。那段时间，有几个单位流传着一个故事：一位卖碗托的农村老大爷，不但碗托美味、量足，还能给年轻人解学业难题。

两年后，儿子劝住了母亲，不再让高老上街卖碗托。

从此，高老专心看书、作画，同时，还承担了一项特别重要的任务：哄孙子。

高老的儿子、儿媳奔事业，长孙几乎在高老的身边长大。每天，高老读大书，孙子看小书，高老作画，孙子也在一旁涂抹。

十几年后，高老的孙子高中毕业，以优异的成绩考入了中央美术学院。经过几年深造，现已是全国知名的画家。

此事在亲戚中传为美谈，也让我对高老刮目相看。

古稀之年，高老遇上了人生中最大的一件烦心事：相濡以沫的老伴患了阿尔茨海默病。随着年龄增长，病情越发严重，有时清醒，有时糊涂，开始不认识周围的人，有时，甚至不认识朝夕相伴的高老。

高老综合了几位老中医的建议，制订了一份"老伴儿健康恢复计划"。从此，给老伴儿定时做饭、喂饭，打针、吃药，自学给老伴儿理疗、按摩。天天早晚两次，陪着老伴儿在小区周围散步，给老伴儿讲故事、说笑话，引导老伴儿与他多拉话。

几年后，社区流传着关于高老的故事：一位年近八旬的高大的老男人，十几年如一日，细心侍候着得了病的老伴儿，雷打不动、风雨无阻，陪着老伴儿散步、锻炼身体，给老伴儿讲笑话，和老伴儿聊天，老夫老妻相依相伴、恩爱如初恋的画面触动了很多人的神经，成了社区一道亮丽的风景。

有记者闻讯前来采访，事迹见报后，高老的故事感动了小城很多人。

# "老转"小边的故事

20世纪80年代初，单位来了一位二十岁出头的转业军人，大家都称他"小边"。参加工作不久，单位派他与几个年轻人到外地进行业务培训。培训结束返回，多次听到同行者在背后议论小边。

在培训往返的客车和火车上，只要看见有人站着，不管年龄大小，小边都会立马起身让座，然后，以军人的正姿站立，直到有了空位。几次让座后，即便有了空位，他也索性不坐，一直笔直地站到终点站。

毕竟是职业培训，又是在外地，培训期间，大家都会溜出去一两次，欣赏一下当地的风景，逛一逛商场，小边每次都拒绝同事的邀请，没逃过一次课。晚上，大家相约出去喝酒，他都要将老师布置的那些"没用"的习题做完才到场。人很随和，但在考试前却滴酒未沾。

考试时，监考已经默认了"半开卷"。大家互相对照了答案，很快交了卷，只有他一个人低头努力地答着题，不看同事传给他的答案，时间到了才交了卷。公布成绩，大家都顺利通过了考试，但他的成绩却是一行人中最低的。

培训期间，每天他都是第一个起床，把被子叠得像刀切过的豆腐，在院里跑几圈，然后，给大家打热水、拖地板。

"你们说他累不累？我都替他累！"议论他的同事说。

"他真是一个笨蛋，做事一根筋。"另一位补充道，"大热的天，他的风纪扣就那么扣着，也不怕呼吸困难！"

讨论他的同事得出结论：他肯定还活在部队里还没转过弯儿来！然

后大家一起哄堂大笑。

那段时间，小边成了同事茶余饭后的谈资和笑料。大家一致认定：小边就是一个脑子不会转弯儿的"榆木疙瘩"。

而我却不以为然，反而对这位很有个性的年轻人产生了兴趣。

一天，我终于见到了他们口中的那根"榆木疙瘩"。

小边中等身材，一头寸发，健康黑的四方脸，浓眉下一双不大却很有神的眼睛，挺直的鼻梁下一张坚毅的嘴。穿一身洗得发白的旧军服，脚下一双运动鞋，干干净净、整整齐齐、清清爽爽，由内到外透着一股子精气神。

小边见我，习惯性地来了个立正，脸上带着一丝腼腆。回答我的问话时，他的声音洪亮、干脆利落。

初次面谈，对小边有了一些了解：高中毕业后，在首都空军部队当了四年地勤兵，在部队入了党，立过一次三等功。

见小边第一面我就认定：在部队，他肯定是一个认真、自律、服从命令的好兵，他的这种作风肯定会让他成为单位的技术骨干，日后，会成为一名优秀管理者。

毕竟单位不大，虽然不在一个部门，也与他有过多次交集。他认真态度、严谨作风和任劳任怨的精神，特别是在一次次急难险重的工作中主动承担、一马当先，给大家留下了极好的印象。

一年汛期，连续三天的暴雨让水源设施出现了重大险情。团支部带领青年突击队与当地的武警支队组成了一支联合抗洪抢险队伍，我与小边也在其中。

大雨中，小边扛着淌着泥水的沙袋不停往返穿梭于武警战士队伍中间，快速登上堤坝，返身又冲下河槽。后来，他索性甩掉磨烂的背心，光着膀子继续快速穿梭，奔跑得如一道闪电，结实的肌肉上划出了道道血痕，不算高大的身影在抢险队伍中特别显眼。

在构筑堤坝的两个多小时里，他不停奔跑，直到险情排除。大家都累瘫在了地上。小边只休息了片刻，拿起手电筒，消失在茫茫的雨夜中，走上堤坝，仔细检查着堤坝上细微的安全隐患。

一年的腊月，城市输水主管线突发严重的渗漏。

由于管道的裂口在建筑物的高台下面，采用大型机械开挖抢修，需要两天甚至更长的时间，会造成城区大范围、长时间停水。正值数九寒天，夜间气温降到零下二十五摄氏度，长时间停水，不但会造成部分区域供水管道冻结，还有可能导致城区局部暖气管道冻结的连锁反应，后果不堪设想。

经过专家组反复论证，艰难地制定出一套应急抢修方案：在外围窨井的钢管上开孔，派技术人员钻入管道内进行补修。

小边主动请缨，成为第一抢险小组的组长。

破损供水管道的内径为八百毫米，开孔位置距渗漏点四百多米。

由小边带头，三人绳索相连，相距十米，背着氧气瓶，头戴矿灯帽，携带着修补工具材料，趴在特制的滑轮车上向着渗漏点滑行。

不到半个小时，一名队员拉动了安全警示绳，防护人员立即将三人慢慢拉出了管道。

三人已浑身湿透，面色苍白，大口呼吸着冰冷新鲜的空气。其中一名队员出现了头晕和虚脱症状，大家赶快搀扶他进入了急救车。

小边提出，由于管道内空间狭小，建议将氧气瓶换成氧气袋。

大家马上行动，半小时后，氧气袋到达了现场。

第二组准备进入时，小边向指挥部提出申请：因为有了第一次的经验，由他继续牵头进入会更有把握。医护人员检查了小边的身体状况，经过专家组认真研究，同意了小边的请求。

总指挥眼含热泪握住小边的手，激动地说："注意安全！拜托你了！"

小边两脚一并，转身携带好防护器具、修补工具和材料，与两名维修队员首尾相连，再次第一个钻入了管道。

三个多小时艰难地等待，安全警示绳终于抖动了三下，大家激动得互相对视，这是成功的信号。

半个小时后，三个维护人员在防护人员的辅助下，从管道中全部退出。大家一拥而上，用军大衣将他们紧紧包裹了起来，扶着他们坐在篝火旁的躺椅上，递给他们每人一缸热糖水，向他们投去感激和敬佩的目光。

此次行动，成功化解了一次安全供水危机。小边立了大功，从此，领导和同事们都对小边刮目相看。

以上只是小边在工作中两个较为典型的案例。其实，感人的场景在供水抢修的几十年里常常上演，每次遇到重大险情，小边就自然成了解决难题的主角。

付出才有回报，付出定有回报。几年后，小边从一名普通技术工人成长为供水一线的技术骨干；十几年后，承担起了抢修队队长的重任。从此，小边每天带领着供水抢险队伍，在施工工地和抢修现场连续、熟练、快速完成着一个又一个急难险重任务，为群众和用户解决了不计其数的难题。

如今，小边已是老边，已是一名经验丰富的、受人尊敬的供水企业管理者。

老边的经历告诉我们：上苍永远不会亏待一个高度自律的人、一个勇于承担的人、一个无私奉献的人、一个认真干事的人。如果一个人年轻时就具备了这样的品质，就是一颗优质的种子，当与大地对接的那一刻，它就会不断深深扎根大地，勇敢面对狂风暴雨的洗礼，汲取大地的乳汁努力地向上，让自己成为一棵参天大树。从此，奉献出一片阴凉，开出艳丽的花朵，结出累累的果实。

以后，老边将成为边老。

在完成了责任任务、离开工作岗位后，会受到后来者的感恩与敬重。在他的暮年，江湖上仍然会保留着他的传说。

# 大老乡

"大老乡"是我一个同学的外号。

这个外号起得极其准确:他的身材高大,大脑袋,粗手大脚,黑红脸膛,钢丝寸发,一身布衣。一见他,脑海中就会浮现出一个词——健硕。

1982 年,新生入学,来自农村的他一身的肌肉、一脸的沧桑,我们都以为他是校工。在与我们一起上了一段时间课后,我才敢确信他真的是我们的同学。

那时,技工学校只招收有城市户口的职工子弟,因此,我有个疑问:他是怎么进到技工学校的?后来才知,他的父亲在新中国成立前就参加了革命,中华人民共和国成立以后,被派到伊克昭盟(现鄂尔多斯市)开展新闻工作,把家小留在了家乡。大老乡在陕北农村的母亲身边长大,考上技校后才来到东胜。

由于个儿大,他一直坐在最后一排,而我在前三排。我们都"跑校",放学后马上回家。不知是性格内向还是一口陕北方言怕人笑话,课间,他很少与同学互动,因此,我们接触不多。在校的两年里,我只对他有一些表象上的了解。

他学习认真,成绩很好。课堂上,偶尔听到他低沉却很清楚的、批评不认真听课同学的声音。在他强壮体格、正气低音震慑下,调皮学生会变得听话,让课堂纪律有所改观。

他的语速很慢,说话一字一顿,好像一边说一边在思考。说到半截儿,经常会被急性子同学打断,所以,很少听到他对事物完整的叙述。

在几次简短交流和旁听后我听得出来，他肚子里有点儿墨水，他对人生、对社会、对世界有着独到的见解。在他的言行中，能够感受到深厚传统观念和一股文人气。我还发现，在他高大威猛的表象下，隐藏着一颗柔弱的心：与人说话会脸红，特别是见了女生，说话有点儿结巴。

毕业后，同学们各自奋斗在生活的路上，我与他多年未见。听说，他子承父业，在伊盟广播电台工作。年近三十岁，与一位温婉善良的女子结婚、生子。后来，妻子下岗，他在自家院子里办起了一间小作坊，让妻子在家继续干之前的工作——编织地毯。下班回家，他很少出门，天天看书学习、带孩子、做家务。活儿多时，还会帮妻子织地毯。

毕业三十年同学聚会。提起各自的经历，同学们有的提拔、有的转行、有的下海、有的退养，虽然不是人人功成名就，但都经历了人生的风浪。只有他一直在原地踏步，连工作岗位都没有发生过一点儿变化。

原以为，凭着"老革命"的父亲，他在广播电台谋了个播音、主持或文案一类的职位，经过磨炼，很快会进入领导层，成为一名成功人士。可听他介绍我们才知道，从一参加工作，他就被派到距市区二十公里外的一个广播中转站当了后勤人员，在那个岗位上一干就是三十年。

听了他的经历，有同学为他抱不平，纷纷给他出主意：弄一件道袍，挂一串佛珠，理一个光头。领导再来视察时，焚一炉香，盘坐于前，双手合十，双目微闭，嘴中默诵《念奴娇·赤壁怀古》，看领导还敢不敢把你继续留在那座"破庙"里。大家听后，笑得前仰后合、捶胸顿足，而他却一脸憨态。等着大家笑完，他才一本正经、不紧不慢地说："我觉得我的工作挺好的，我也很知足，根本用不着你们替我瞎操心，还净给我出些瞎主意，你们标准是烟囱上招手——想把我往'黑路'上引了！"

既然他满意，以后见他，同学们也就不再提及此事。

随着工作事业趋于稳定，同学又有了几次小聚，耳闻目睹了大老乡很有个性的几个故事。

平时，由于性格木讷，很少表现，也不知道他有什么特长，但酒后，他会突然唱起晋剧或秦腔。他唱歌不用话筒，一张口，不管多大的场面，都能被他低沉浑厚的嗓音覆盖。大家原本听不懂地方戏，他的声音又极具穿透力，大家都很受折磨。而且，他要是唱起来没人能拦得住。于是，再聚时，大家就不劝他喝酒，甚至不让他喝。他也自觉，成了五好观众。酒席上，面带微笑，看着同学们口吐莲花、幽默风趣，不时伸出大拇指由衷地发出赞叹。散场时，大家起立，他快速将剩余的酒全部倒在一个大酒器里两口喝光。在返回的路上，他大声给每一个同学打电话报平安。有时，还会在电话里给对方吼两声他最拿手的"陕北摇滚"。

大老乡信奉万事不求人。他认为：求人不如求己，自己的问题应该自己解决。但终于有一天，还是让他遇上了求人的事。

一转眼，儿子中考，分数离重点高中分数线差了两分。

为了儿子的前途，妻子每天在他耳边唠叨，让他出去找找关系，这可愁坏了大老乡。几天后，他一觉醒来，终于下定决心：直接去找那所重点高中的领导给他说道说道。

进了校园，大老乡突然就站在了校长眼前，声如洪钟地问："你是不是这个学校的一把手？"校长一愣，以为是农民工上门讨薪，赶忙起身，一边应着，一边让座，给他倒茶。他也不理，接着说："我看过你们学校了，我想让儿子上你们学校，你看行不？"校长一脸的迷茫，定顿了一下，反问："你儿子是什么情况？"大老乡回答："离你们的分数线差两分！"此时，校长才转过弯儿来：原来是分数不够来说情的。但校长还是第一次见这样的求情者，反而对他产生了好奇：是什么情况让他这么理直气壮？当耐心听完大老乡一板一眼的介绍后，校长说："分数线是一条公平线，也是红线，一般情况下是不能突破的。当然，学校以召集人才为目的，对一些特殊情况会特殊对待。比如：在原校成绩一直名列前茅，中考时发挥失常。但这需经过调查，由校委会研究决定是否补录。

请把你的信息留下来，我们调查研究后，会通知你结果。"

大老乡一把抓住校长的手，激动地说："我信任你们！"然后，转身大踏步离开。

即将开学的前两天，大老乡的儿子终于收到了那所重点高中的录取通知书。

事后提起此事，大老乡会激动地大声说："你们看，这个世界上还是好人多哇！"

大老乡很有正义感，路遇不平如梁山好汉。我们一起走在街上，远远地看见几个壮汉在欺负一名弱者，他会高声呵斥，吓得施暴者惊慌地起身回头看我们，然后，极不情愿地悻悻离开，轻轻松松就解除了一起伤害事件。

大老乡心地善良。寒冷的冬夜，见一位老人还挎着篮子卖水果，他会全部买下，分给大家，让老人早点回家。

大老乡看不惯社会上的一些不良风气。听到有人理直气壮地讲些歪理邪说，他会嗤之以鼻，提出反对。听到违反公序良俗、领导贪污腐败的事，他会天真地说："都是读书人，应该是有水平的哇，怎么还能做那些事了？"

在大老乡儿子的婚礼上，第一次见到了高大帅气、一身正气、很有文气、已是一家大型企业骨干的大老乡的儿子。婚礼进行中，大老乡的父亲主动要求上台发言。这位身材高大的九十岁老人精神矍铄、步伐矫健、中气十足，十几分钟的脱稿讲话条理清晰、观点鲜明，从欢迎、祝愿到期望，给孙子孙媳宣布了家族的规矩，提出了日后在生活、工作、做人、做事方面的原则和具体要求。

听了大老乡的父亲的讲话，我终于找到了大老乡"三观"的源头。见到大老乡的儿子，我知道，大老乡身上的那些优良传统得到了完美的延续与传承。

我认为，人生不过如此：年少时，我们都曾简单而纯真，成年后，我们经历了"八十一难"，学会了"七十二变"。这也许就是我们不敢轻易去肯定或否定一个成年人的原因，谁也不敢保证，在接下来的日子里，这个人还会变成一个什么样子。也许，在表象背后，会让那些赞美之词成为笑话，变成对笔者的"啪啪打脸"。

　　经过慎重考虑，我还是决定写一写正值壮年的大老乡。因为我知道，他的人生有方向、心中有禁忌、做人有原则、身上未染尘，在他人生的近六十个年头里，几乎没有受到这个飞速变革的时代纷繁复杂的事物影响，从未改变那颗执着的初心，一直坚守着那份简单而美好的纯真。

　　如今，参加工作已近四十年，新人换了一批又一批，大老乡还一直守望着那个阵地，成了"铁打的营盘"。在此其间，经过刻苦攻读，他通过了全国统一自学考试，拿到了专业本科文凭。经过多年的业务钻研和工作实践，评上了副高职称，如今，他已是广播站公认的专家和离不开的顶梁柱。

　　在别人眼里，大老乡就是一个不谙世事、不懂人情、迟钝的没本事人，一块不开窍的"榆木疙瘩"。而我认为：他有方向、有文化、守规矩，是具有我们那个时代精神的，在平凡岗位上默默坚守、无私奉献的工人阶级代表，是社会经济不断发展进步的稳固基石。

# 七彩夕阳

"人逢七十古来稀"。小时候的记忆中,陕北老农一过五十岁就齿脱发疏、皱纹堆垒、腰弯背驼、步履蹒跚,已步入老年。20世纪七八十年代的东胜小城,耄耋老人极少,即使遇到,也是风烛残年,行动不便,成了儿女的累赘,自己的心病。

临近耳顺之年,身体开始笨拙,同事面前常以长者自居,晚辈谬赞"德高望重"也谦让着接受。与同学朋友相聚,不觉中话题已是寻医问药、保健养生、儿孙天伦,时常浸润在这种氛围里,更觉自己廉颇老矣。

但毕竟还未垂垂暮年,还计划在退休后来几次乡村旅行,所以常常提醒自己还需努力。于是,工作之余,逼着自己回顾记录往事,让日渐减速的脑筋运转起来,以延缓老年痴呆;主动与外孙游戏,进行着被动锻炼,舒展一下患有中度关节炎的筋骨;经常与好友相聚,用酒精和音乐提升喜乐指数,努力保持乐观心态,好让自己尽量活得长一点。

这种已有一段时间的消极和颓废情绪在与"延鹤"老师偶遇后有了改善,也让我深感羞愧。

端午假期的清晨,蓝天上放牧着洁白的羊群,空气温润而清凉。被刚过三周岁的外孙引领着来到铁西公园,追逐着他一路慢跑快走来到景观湖边,累得一屁股坐在长椅上不想再动弹,任由外孙在我的视线内自由玩耍。

伸伸懒腰,呼吸一口清新的空气,像躺在了花堆里仰望着蓝天,慵懒地观赏着眼前的美景。远离了喧嚣与琐事,陶醉在这仙境里,真是一种高级的享受。

不远处，镜面般倒映着美景的湖边，一位目测有八十来岁的精瘦老者端着一部相机，半蹲身子专注地寻找着角度。老者一身休闲装、头戴贝雷帽、脚蹬旅游鞋，肩上斜挎着一个灰色布包，身旁的三脚架上还卡着一部智能手机。

在我看来，老者的精气神、他的装备和他专注的神情也是公园少有的一景，我快速起身，开启手机照相功能，跨步上前将镜头对准了他。老者出乎意料地敏锐，回头疑惑地看我，我微笑着向他示意，他会心一笑，转身继续拍摄他眼中的美景。

一会儿，老人起身，我恭敬地向他伸出双手。他显出一丝局促，迟疑地将手递了过来，我称呼"大叔"，搀扶着他坐在湖边的长椅上，与他聊了起来。

老人自我介绍叫王延鹤，今年九十岁，年轻时在黑龙江一所中学当数学老师，有一儿一女，跟着儿子来东胜多年，现在重孙已上中学。

我眼中带着疑惑：他的敏捷与精气神，顶多也就七十多岁。好像猜出了我的心思，老人摘下帽子，让我看他满是皱褶但红润的脸和他头上几根稀疏白发。

确认了他的年龄，我鼻子一酸。看着他似曾熟悉的神情，握着他温暖的手，突然觉得眼前是我的父亲。自觉有些失态，定了定神又暗想：如果他是我的父亲该有多好！假如我的父亲能像他一样在有生之年享受到这些美好该有多好！而历尽七十多年苦难的父亲离开我们已有二十多年。

我邀路人为我们合影，与老人加了微信，老人的微信名叫"延鹤"。

我将我的抢拍和合影发给了他。老人走到一旁的长椅上坐下，戴上老花镜，脱下外套，搭起一个"简易帐篷"把自己罩住，在里面看。

一会儿，我接收到信息。老人发给我三幅书法作品，才知"延鹤"也是他的笔名。

我虽然只有写对联的水平，但对书法鉴赏还有些自信：老人的草书简洁、自由、飘逸，自成一体，达到了很高的境界，我能从他的书法作品中感受到他深厚的文化积淀和闲云野鹤般的心境。

但他的狂草有几个字我不敢认，他又一次马上就猜出了我的处境，发过来了他书法的"翻译"：

——走过的坎坷，永远是风景。

——别让时间陌生了彼此。

——花开不是为了花落，而是为了绽放。

文如其人、字如其人，在欣赏了他的语言文字后，我再次与他交流，才知延鹤老师不但喜欢书法、摄影、写诗歌，年轻时还是乐队的小提琴手。

我与延鹤老师一见如故，我们谈书法，谈文学，谈音乐，谈经历，谈对文学艺术的理解。谈得忘记了时间，谈得差点忘记了外孙的去向。

不觉已晌午时分，我们分别时相约再见。

回到家里，我迫不及待地打开手机，开始翻看延鹤老师的朋友圈。

延鹤老师的朋友圈内容丰富：有摄影、录像、书法、散文、诗歌……从中看得出来，他的思想和行动都非常活跃，他的朋友圈几乎每天都有新作发表，有新景展现，有好几位我认识的文学、书法爱好者在为他点赞。

延鹤老师的摄影、摄像水平也非常高，主题以城市、公园、小区和旷野的美景、鲜花和一些小景为主，选材也独具慧眼。

延鹤老师的散文诗清新淡雅，像他的书法，有一种站在高处观世的恬淡与从容。

朋友圈中，延鹤老师自录了一段书法创作过程：一间放着一架钢琴、挂着小提琴、满是书籍的不大的书房里，延鹤老师开始创作一个大的"龙"字。提笔时，他的手有些微微颤抖，但落笔坚定从容，一个繁体的

"龙"字一笔即成,奔放而洒脱,"龙"字旁配了一首小诗,"延鹤"两个字落款,然后,郑重地盖上姓名章、引首章和压角章。不到五分钟,一幅构图精美的书法作品展现在了那里,让我隔着屏幕垂涎欲滴。

从延鹤老师的随笔和影像、书法作品中,我看到了老师丰盈的内心和对生活的热爱与激情。

几天后,我与延鹤老师又一次在公园相见,我们像多年老友重逢,有说不完的话。

正说话间,一位年过六旬的老哥骑着电动车驻足在了我们面前,自我介绍他是公园的管理人,与延鹤老师认识多年。

他告诉我,延鹤老师还有一位比他小一岁的老朋友,每天在公园的东南角教别人打太极拳。他神情激动地对我说:"延鹤老师和他那位八十九岁的老朋友是铁西公园的明星,也是我们的偶像,他们俩活一百岁没一点问题!我们都非常羡慕两位老人!"

这时我才记起,在延鹤老师的朋友圈里,有几张与另一位老者的合影,他们俩精神矍铄,在花丛中一起并肩而行。原来,他们早就是铁西公园的名人,拥有着众多的粉丝和崇拜者。

我仔细翻阅了延鹤老师的朋友圈,随时关注着延鹤老师的动态,一位精力充沛、富有创造力的九十岁老人立体地展现在我面前,延鹤老师那种对生活的激情和乐观的心态映照出我那自以为是的幼稚,丈量出我与延鹤老师的巨大差距。

由于自感与延鹤老师的语言相比轻浅,因此,展示几段延鹤老师语录,让观者从中感受一下老人对生活的理解。

——心有所信,方能行远。

——时光不语,岁月无声,生命的行程,谁能洞悉,曲折的一纸春秋。

——我在蓝天下、绿草中、碧水边过好每一天。

——明月始终如初，只是人们容易忘记最初赏月的心境。

——不忘初心的前行，也不怪岁月的无情，用心去生活成自己的风格。

——生命中最年轻的一天永远是今天。

——最难忘的滋味，是那杯初见倾心的茶。

——岁月增添了我的皱纹，却磨平了锋利的态度，撑大了包容的心。

我一直认为，人生的一大幸事就是拜高师、交益友。有幸遇到延鹤老师，是我们的缘分，更是我的一大收获，从此，我前面的路有了一个闪亮的航标。

智者将人生分为三个三十年：前三十年，我们都在懵懂中学习成长；中间的三十年，我们为生存和事业而奋斗；六十岁以后，才是我们自己可以主宰的。在这个阶段，是经历了风雨、完成了责任与使命、回顾着过往、从容享受美好生活的时光。

世间万物都将面对一个无法逃避的现实——向死而生。我们从虚无中来，必将走向虚无，这是铁律，概莫能外。不同的是，在这段或长或短的人生旅程中，我们是否汲取了物质和精神的营养不断地成长，在经历了人生的坎坷与磨难后仍然充满了活力，热爱并享受着这世间的美好，并且，在夕阳中，向这个世界散发出艳丽夺目的七彩之光。

# 一盏清茶般的小人书

网上推销小人书，《三国演义》《水浒传》《西游记》三套才一百元，觉得物有所值，立马下单。第三天，快递送达。小心翼翼地拆开，散发着油墨香的小人书整齐地展现在眼前。心情激动地抽出一本，大致翻阅了一下，没有了小时候的兴奋。鸡蛋里面挑骨头：感觉封面色彩不艳，白描线条不流畅，字多、字小，密密麻麻地拥挤。唉！也怪自己老眼昏花，破坏了这好心境。此时，三岁的外孙飞奔过来，五十多本小人书瞬间成了杂乱的一堆。给他留了两本，慌忙将其他小人书搁在了书架的最上层。

说起来，我对小人书有着很深的感情。

小人书是我的第一本课外读物，也是我喜欢读书的起始点。

那时，小学只有两门课——语文和算术。课本里的内容很简单，前几页是"毛主席万岁""共产党万岁""千万不要忘记阶级斗争"等语句，后面是汉语拼音和小故事；算术是简单加减法配着几幅黑白插图。没用几天，两个课本的内容就已背得滚瓜烂熟。

在同学家，看见一本没皮儿没底儿的小人书。那是我与小人书第一次相遇，感到非常新奇。求同学借我看，他竟然大方地送给了我。我非常激动，对他千恩万谢。怕他反悔，马上告辞，跑着回了家。此后，一有时间就看。

那半本《红楼梦》中的图画让我非常着迷。两个月后，就被我翻看得只剩下装订线周围的一小部分。

一天下午，见二哥桌上放着一本崭新的小人书，我馋涎欲滴，赖在二哥门口。大我九岁的二哥以为我做了什么坏事，一问，才知我想看小人书。二哥答应了，但要求我洗手后坐在门口看。我坐在二哥门口的小板凳上一直看到夜幕降临，实在看不清了，才轻轻放下，依依不舍地离开。

从此，我对小人书有了极度的渴望。我会长时间站在新华书店外，看着展窗和柜台里诱人的小人书，闻着书店的阵阵书香，暗下决心，一定要拥有几本完全属于自己的小人书。

那时的小人书一本也就一两毛钱，但对一个身无分文的小学生来说那可是一笔巨款。

想弄到买小人书的钱只有两个渠道：向母亲要或自己挣。

母亲很支持我读书，但父母靠做苦力养活着一家十口，穷得根本没有买书的钱。厚着脸皮向母亲要了一次，母亲没有拒绝，但见母亲为难，就再没忍心向母亲张口。

自己挣钱有几个办法：捡废品或拔草卖钱。每天，在往返学校的路上，仔细搜寻地上的碎玻璃、小铁丝、小螺丝，在工厂倒出的废料里翻找铁屑，积攒起来，卖到收购站，一个月能挣几毛钱。夏天的周末或假期，跟着姐姐去十几里外的郊区拔草，卖到喂着大牲口的"小车队"和"四分店"，一公斤三分，最多一次能挣一两毛钱。

有了钱，理直气壮来到书店，认真选择自己心爱的小人书。拿着售货员郑重盖上印章的小人书，心潮澎湃，心里满满的成就感。

看过了新鲜，有了资本与同学交换着看，让我欣赏到了更多的小人书。

两三年间，我积攒下了五十多本小人书。有《岳飞传》《杨门女将》《隋唐演义》《武松打虎》《逼上梁山》《东郭先生》《孙悟空三打白骨精》《大闹天宫》《鸡毛信》《渡江侦察记》《狼崖山五壮士》《铁道游击

队》《敌后武工队》《地道战》《地雷战》《永不消失的电波》《野火春风
斗古城》《林海雪原》《红灯记》《白毛女》《带响的弓箭》《一支驳克枪》
《交通站的故事》《山乡巨变》《烈火金钢》《童年》《在人间》《我的大学》
《青年近卫军》《保尔·柯察金》……

　　这么大一笔财富我得严加保管，于是，我将那些宝贝锁进了自制的
一个大木箱，还自作聪明用毛笔在上面写了几个大字："不许动，小
人书！"

　　一天，我发现小人书少了好几本。立马叫来两个弟弟，用冒着火星
的眼神盯着他们。威慑下，上小学一年级的老五承认是他借给了同学，
并保证马上就能要回来。我恶狠狠地给了他一个期限，并告诫他："到时
还不回来，剥了你的皮！"可结果却让我哭笑不得，非但借出去的没要
回来，那段时间里，他还在继续作案，将我的小人书偷得仅剩几本。看
着空空的木箱，我恼恨交加，拿起木棒要收拾他，被母亲拦住。面对母
亲，面对全家袒护的小弟，我"干狠"没办法，只得怨自己木工手艺太
差，而且在"案发"后，竟然没有亡羊补牢，给了他可乘之机。母亲说
我长大了，不要和小孩子计较。唉！反正也于事无补，我一狠心，索性
连书箱也一并送给了他。

　　后来，在学校借阅《儿童文学》《少年文艺》《连环画报》《奥秘》，
后来是《小说月报》《读者》《收获》《新华文摘》，再后来开始阅读一些
中外中长篇小说，小人书就不是我主要的课外读物了。

　　小人书为我打开一扇窗，让我了解了很多历史和地理知识，还影响
了我的是非观。

　　积攒和欣赏小人书，让我喜欢上了读书。从此，我的思想说走就走，
打破了时空，在书海里遨游，寻找着梦幻般的书中世界。增添了生活的
温度，拓展了视野的宽度，增加了生命的厚度，提升了人生的高度。

　　而且，看小人书的过程，在我身上还产生了一点"蝴蝶效应"。

升初二时，在一本连环画册中，第一次看到创作小人书的过程。那天，我才知道，小人书里的那些精美的图画竟然是手工绘制的。之前，我不敢想人的手能绘出这么精美的图画。惊羡之后，我立志当一名画家，于是，开始了废寝忘食的临摹。两年后，曾一度达到了可以默画英雄人物跨着战马驰骋疆场的水平。

参加工作后，就很少再看小人书了。

随着时间流逝，小人书和小人书里的故事慢慢在我的脑海里变得模糊。直到前几天心血来潮，一次买回了那一包五十多本小人书。

近日，看了关于小人书的一些史料。在 20 世纪 50 年代，小人书精美的图画，浅显易懂的文字，是非分明的故事，正好适应了大众的欣赏水平，受到上亿青少年的喜爱。在毛泽东等老一辈无产阶级革命家的倡导下，中国的顶尖画家加入了小人书的创作当中，打造了一个辉煌的"小人书时代"。改革开放后，在市场经济的冲击下，小人书慢慢退出了历史舞台，成为一个时代的绝响，成为中国绘画历史上的一朵奇葩。如今，小人书已是一段历史，成了文物。

今天，面对那一堆易得的小人书，心境与儿时大不相同。

我想，人生就是一个不断学习和成长的过程，在这个过程中，我们一边收获、一边丢弃，无意间，也丢弃了一些美好的东西。

也许，人生就是一个从清到浊的过程。生存的压力下，我们在身上涂满了光滑的油腻，戴上了厚厚的铠甲。经年的物质刺激，让我们对世界的感知越来越迟钝，终于，彻底失去了欣赏那些简单而美好的能力。

一如面对一盏清茶般的小人书，已再也找不到儿时那种美妙的感觉了。

# 酸甜的记忆

沐春风、赏夏花、望秋月、踏冬雪，

再次咀嚼苦辣酸甜。

静坐在如橘的夕阳下，

做了一个甜蜜的梦，

在那个美梦里，

我们在一起快乐舞蹈。

# 捏面人

　　一个年过五十岁的男人会捏面人，这是他保持了多年的一个小爱好，这个爱好来源于他的母亲。

　　他的母亲是一个地地道道的陕北人。1959年年底，母亲跟随着父亲，领着儿女离开了生活了三十多年的家乡，定居在了鄂尔多斯高原的小城东胜。

　　母亲一生未改变乡音，一直保留着老家的风俗和生活习惯。母亲特别注重什么时节做什么，什么节日吃什么。

　　虽然家贫如洗，但每逢农历节日，母亲都会提前准备，用少得可怜的食材，创造性地做一顿传统美食，给这个贫困的十口之家营造出欢乐的节日气氛。

　　他自认为是家里最馋的一个。因为从记事起，只要母亲做好吃的，他就会放弃与小朋友出去玩耍，守在旁边看母亲做饭。

　　每年的阴历七月十五，母亲都要捏面人。

　　郊区农田周边，生长着一种比黑豆小的野生豆荚类植物，母亲称它"面人人眼睛"。进入阴历七月，这种植物正好成熟，母亲会提前采摘一些。

　　七月十五的前一天，母亲开始发面。第二天中午，母亲将发好的一大盆面分成几块大面团，然后盖严。

　　在捏面人前，母亲会先将炉内的柴草点燃，放入煤炭后，才开始准备工具：一把梳子，一把剪刀，一双削尖了的筷子，一把菜刀，一个小刀，一根小擀面杖，一根竹签和几根尺把长的高粱棒棒；将一掬红枣洗净，切成两半放在盘中，将红纸、绿纸、蓝纸放在三个小酒杯里，倒入温水泡出颜色。

在大锅里放入笼屉，盖上锅盖，再揉一次面，母亲开始捏面人。

母亲捏面人的动作快速而流畅。揉面、搓面，将三块小面团固定在高粱棒棒上，用剪刀剪两下，用梳子压几下，一个动物或爬着的小孩就展现出来。擀两个小面皮摞在一起，用削尖的筷子一夹就是一朵小面花，将面花安在面人儿胸前；揉一个小面球，用竹签在中间一压，就成了面人的樱桃小嘴；搓两条小麻花，安在面人儿头的两侧，小面人儿就有了长辫子，辫梢上再安上两朵小花；拿两个小面饼做底，安上黑亮的"面人人眼睛"，一个漂亮的面人儿就大功告成。

母亲捏好几个面人儿水正好也开了。如果不满一笼，母亲会快速卷几个花馍按上两个红枣，补满蒸笼的空位。

出锅时，面人儿的变化会出乎意料。

有时，出笼的面人儿会比捏时丰满、白净，展现出孩子般白白胖胖的动人神态。因此，他会不由自主发出一声夸张的惊呼，引起大家一阵欢笑。

有时，蒸熟了的面人儿会变形、发黄、开裂。他失望地抬头看母亲，母亲遗憾地自言："碱大了！"大家也会跟着轻微发出一声叹息。

不管怎样，面人儿出锅后，母亲都要给面人儿快速点上花花绿绿的颜色。

揭锅时，散发出的蒸汽充满整个屋子。看着散发着香气的面人儿在温暖的蒸汽中慢慢清晰，白净光滑的面人儿脸蛋儿发出清亮的光，听着面人儿出锅时家人发出惊奇的欢呼声，他的视觉、听觉、味觉形成强烈刺激，脑海留下了永久甜蜜的记忆。

起先，他和姐姐只是在一旁看着，后来，姐姐开始参与，帮着母亲捏面人儿。看着她们笨拙的样子，他也跃跃欲试。

母亲要求他先去洗手，然后，发给他一小块儿面，任他自由发挥。他费了好大的劲儿，才做出一个自己都不认识的物件。但无论做成什么样，母亲都会面带微笑将他的"作品"认真地放入锅中，出锅后，郑重地给他的"成形作品"点上漂亮的颜色。

看到虽不成形但花花绿绿的"作品"，他有了一些成就感，在参与捏面人的过程中得到了喜悦和快乐。

以后很多年里，每到七月十五，他都会帮着母亲捏面人儿。感觉自己捏面人儿的水平一年比一年好，于是，他对七月十五有了期盼。

上中学后，他开始学习美术，并将这个特长应用到了面人儿的创作中。慢慢地，针对面发的程度和面的软硬预测出锅前后面人儿的变化，对面人儿做一些前期准备，创意性地做出了一些可爱的小作品，风格与母亲的陕北面人儿截然不同，得到了母亲和家人的赞许。但母亲似乎没有受到他的一点影响，一如既往地保持着家乡的风格。

母亲走后的七月十五，就没人再捏面人儿了。

去年，妻子在七月十五前发了一些面，鼓动他给孩子捏面人儿。

他学着母亲，将面揉好，开始照着母亲的样子准备好工具。这时，煤炭土灶已改成了燃气灶，颜料也是现成的"吃红"。

听说他要捏面人儿，孩子们好奇地围拢了过来。

他要求孩子们先洗手，然后，给每人发了一块儿面团，由着他们自己去捏。

他将孩子们的"作品"郑重地放入蒸锅。出锅后，认真地点上红点儿，根据面人儿形状，给每一个"作品"起了一个有趣的名字。

听着孩子们阵阵激动的欢呼声，看着惊奇的黑亮小眼神，他仿佛又回到了从前，看到了慈祥的母亲和当年幼稚快乐的他，心中溢满了辛酸的回忆与美好的幸福。

他将自己捏的面人儿拍照发上了朋友圈，并附说明："我至今保留着捏面人儿的习惯，这让我想起了慈祥的母亲。"得到了最多的一次"点赞"。

大家纷纷向他索要面人儿，有的提出要和他学捏面人儿。

他回复："去跟你们的母亲学，母亲捏的面人儿才是世界上最美好的！"

# 儿时的游戏

我认为，小时候，我们没有现在的孩子幸福，但比他们快乐。

小时候，我们会经常脱离父母的视线，聚集在一起，长时间地玩一些原始甚至有些危险的游戏。夏天，我们在操场和空地上游戏，在郊区的土崖上爬山，在郊区的池塘里耍水，在树林中套雀，在小河里抓鱼；冬天，我们在雪地里堆雪人、打雪仗，在冰滩上滑冰，在深夜里燃放鞭炮。

我们像一簇簇野花，在广阔的旷野上，在烈日下、在寒风中自由地呼吸旷野的空气，伴随着风霜雪雨自由地生长。

那时候，院子里有很多孩子每天都要聚在一起，变着花样做着丰富多彩的游戏。

扇烟盒、踢毛毽子、打"毛猴儿"、滑冰车等几个有些自创性的游戏我现在还记忆犹新。

## 扇烟盒

扇烟盒就是将烟盒折叠成三角形，在松软的黄土地上放平，轮流用另一只三角烟盒用力去扇，谁将对手的烟盒扇得翻过来即为赢。

扇烟盒是我们刚上学时经常玩的游戏。游戏虽好，但烟盒难觅。

父亲抽旱烟，没有烟盒。

过年定量供应的几盒烟，根本满足不了需求。

盯着大人们的烟盒，在他们快抽完的时候，向他们央求，但成功率达不到百分之五十。

只能捡，主要在垃圾堆里找。由于烟盒紧俏，捡到烟盒的概率很低，有时，一天也捡不到一个。

当然，也不会直接去翻垃圾堆，那样很不雅，会挨大人的骂。路过垃圾堆，斜着眼瞄，看到露出烟盒的一角，会一阵惊喜，快速稳稳地揪住，慢慢地抽出，抖掉上面的灰尘，立马揣进衣兜。

回去把捡到的烟盒细心地拆开、压平、擦净，看着闪闪发光的烟盒，心里充满了喜悦。如果捡到"中华""牡丹""凤凰"一类的高档烟盒，更是意外惊喜。

认真将烟盒叠成三角，与其他几个一齐放在破烂的衣兜里，用手紧紧地按住，生怕一松手会掉出去。摸着鼓鼓的衣兜，心里满满的幸福。

在与小伙伴扇烟盒时，紧张地手心出汗，用嘴吹一下烟盒，然后凝神静气，注意力高度集中，用尽浑身的力气扇下去。

输的兜子空空，心也会空落落——十几天的辛苦白费了；赢的马上放入衣兜，回家的路上紧紧按紧鼓鼓的衣兜，一刻不停歇地快速跑回家中。紧张又激动地轻轻地将烟盒掏出放在桌上，轻轻地、慢慢地一个个拆开，才发现，多数烟盒的底部已磨开了口子，而且无法修复。

扇烟盒后，无论输赢，心里都会失落很长一段时间。

## 踢毛毽子

踢毛毽子是从三年级以后才开始的。因为是用鸡毛做的，所以叫它"毛毽子"。

看见哥哥姐姐踢毛毽子很潇洒，踢得花样百出，爱得要命，可要想与哥哥姐姐要一个毛毽子，那绝对是"与虎谋皮"。

父亲早出晚归根本见不着面，父亲的威严也让我根本不敢向他张口，只能央求忙得脚不沾地的母亲帮助给做一个。

我们可怜巴巴的神情，终于打动了母亲。

母亲让我们到外面去捡几根鸡毛。我们满院找了个遍，只在鸡窝边找到几根又短又小的。于是，我们瞄准了院子里的那一只最神气的大红公鸡。

在几个人的围攻下，平时趾高气扬、经常攻击我们的大公鸡失去了往日的威风，吓得惊慌失措四处奔逃，最终，躲在院子的一角浑身发抖，一声声哀求般惨叫着，任由我们在它尾部拔了十几根漂亮的长羽毛。

公鸡获得自由后，起先惊恐地缩在角落不敢动弹，但不到五分钟，在确信自己重获自由后，就忘掉了刚才的狼狈与屈辱，又恢复了往日的神态，重新在母鸡中翘起了尾巴，扬着脖子满院溜达。

母亲从红油躺柜的布包里找出几个铜钱，在一块布条中间剪出一个孔包住铜钱，将布条的两头从铜钱和布条孔中穿过，然后将我们的战利品——几根艳丽的羽毛——栽入孔中用布包住，用线一绕一结，一个漂亮的毛毽子就做成了。

母亲给我们每人做了一个。

我们拿着自己的毛毽子来到院子里迫不及待地开始踢。刚开始，只能踢一个甚至会踢空，慢慢就能踢好几个。天已黑透，我们才依依不舍地回到家。睡觉时，我们将毛毽子抱着放在被窝里。

几天后，我们就可以一次踢十几个，甚至还能踢出了一些花样，也有些哥哥姐姐踢毛毽子的风采了。


# 打"毛猴儿"


四年级的一天，看到有人在冰面上打"毛猴儿"（陀螺），着实把我惊了一跳。我不知道这个能在冰面上单脚站立的漂亮小物件是什么东西，这是什么原理，能在鞭子不断地抽打下越转越欢。

等到停下来后，凑近一看，只是一个锥形木头上镶着一个闪闪发光的滚珠，木头的上平面涂着七彩的颜色，立面雕刻着一些简单的花纹。

当时心里就想，这个我自己肯定能做。

一到家，我就迫不及待地开始翻箱倒柜寻找制作毛猴儿的材料和工具。先用钢锯将院里的锹把锯下一截，用菜刀将一端削成锥状，然后在石头上打磨。从父亲修理自行车的工具箱里找出滚珠揳入木锥顶上，用粉笔在平面上画上几圈彩色，一个简易的"毛猴儿"就做成了。然后，在木棒上拴一根麻绳做成一条鞭子。

这个过程我只用了一个多小时。

全部完成后，太阳已西斜。我也顾不上细看手上的伤口，赶快跑到后院水房边的冰面上进行了试验，居然成功了！

玩到天黑，我才抱着宝贝回了家。当晚，为亲自制作的作品兴奋得一夜没睡好。

后来又做了两个。有了做第一个的经验，质量有了很大提升，还在作品上雕上花纹，把顶面画得艳丽夺目。

将先做的、质量较差的慷慨地送给了弟弟。看见弟弟快乐、感激的神情，我有一种成就感。

几天后，听到父亲在院子里大声质问："锹把哪去了？"

我和两个弟弟躲在屋子的角落里，偷偷观察着父亲的动向，半天没敢吱声。


## 做冰车

相对其他玩具，冰车的做工比较复杂。需要用木板和方木钉车身，用两根角铁或钢筋制作滑刀，还得做两根坚硬的助力冰锥，这是一个小学五年级学生很难做到的。

但看到别的小伙伴在冰面上玩得热火朝天，我眼热地暗下决心：必须得尽快做一辆。

车身还好解决：用两根厚一些的方木将宽窄、长短不一的木条、木板钉在一起，从两端锯齐。虽然不平整光滑，但也散不了架。

好不容易翻箱倒柜找到了制作滑刀的简易材料——一根钢筋和一根粗铁丝。按尺寸截断，用斧头垫着石头砸了十几分钟，砸伤了左手食指。把截断的钢筋和铁丝两头折弯，钉入车身两边的方木里。好赖不说，车身总算做好了。

两根冰锥怎么办？举着包扎着布条的手指继续寻找，看到了炉台旁捅炉子的火钩。也顾不了后果，将钩子敲直、磨尖，改造成一根冰锥。又在院子里转了半天，毫无收获，只能用一根木棍，绑上一段带尖的粗铁丝充当另一根冰锥。

与他们的冰车相比虽然毫无美观可言，但这可是我亲手做的。只是，冰车不平，冰锥不对称，冰车出发后会跑偏。我尽量远离伙伴，一方面避免与他们相撞造成散架，也可以少听到一点他们那种不怀好意的坏笑声。

母亲做饭时，发现火钩不见了，用疑惑的眼神看我，我低下头默不作声，母亲却没有责怪。

此后的许多天里，走在路上，注意力全部集中在搜寻重新做一辆冰车的材料上。

见我整天无精打采，二哥产生了同情。得知情况后，帮着我做了一辆用角铁制作滑刀，配有两根标准冰锥，让大家羡慕的漂亮的冰车。


那些年里，我们还有很多简单而有创意的游戏，我们的童年被惊喜和快乐包围。如今，那些游戏已离我们远去，在记忆里渐渐模糊，偶尔想起、回味，会更加怀念过去那些简单、快乐、无忧无虑的日子。

# 犹记儿时看电影

20 世纪 70 年代，大一点的单位经常在晚上公开放映电影，也算是给职工的一种福利。在公开放映电影的前一天就通知了职工，小城不大，有点事用不了半天时间半个城的人就都知道了。

那时我不到十岁，听到公开放映电影的消息，和几个小伙伴兴奋得像一群猴子，大声吼叫着到处乱窜，影响了大人们干活，惹来一阵叫骂，更增添了一种热闹欢快的气氛。

离电影开演还有两个多小时，我们就搬着小凳子三五里地"长途跋涉"向演出的地点出发了。半个小时后，坐在了已经挂起的白色银幕下，然后，选个最佳的位置开始等待，一步也不敢离开。因为大家有个口头约定——"地方是'伙的'，你走了是我的"。所以，被尿憋得离开一会儿，别人占了你的位置也只能自认倒霉。

等待电影开演是一个漫长而热闹的过程，大家大声说着一些现在看来完全不着边际的傻话，快乐地打发漫长的等待时间。

电影开始后，来迟的只能站在人群外围踮着脚尖从人缝里看，因为外围的有的站在凳子上，有的肩膀上还架着孩子。开演才来的，干脆跑到影幕的背面去看，这样看不但声音听不太清楚，而且画面和字幕都是反的。

有时，公开放映电影是为了完成上面派下来的政治任务，因此，担心来的人太少，故意不告诉职工演什么电影。这就给我们带来了一点悬念，猜演什么电影成了开演前的主要话题，爱争辩的人经常为这个争得面红耳赤。

在那个年代，总共也没有多少电影。在我们那个年龄，都有一个英雄情结，爱看打仗电影。《英雄儿女》《上甘岭》《鸡毛信》《小兵张嘎》《铁道游击队》《奇袭》《董存瑞》《南征北战》《林海雪原》……这些战争片我们百看不厌。由于反复看了多遍，电影的每一个情节我们现在还历历在目。我们都不喜欢看地方戏和京剧。

通常，在正片开演前，有一两段不长的"新闻摘要"。这时，我们就开始默念：肯定是打仗电影！当电影开演的一刹那，我们的心情会发生急剧的变化。如果是打仗电影，我们会激动地一致拍手叫好，然后，脸憋得通红，注意力非常集中地盯着银幕，生怕遗漏了一丝细节，哪怕是已经看了多遍的电影，情节也已非常熟悉，部分经典语句都能不由自主地跟着说出来，还是会一致地跟着情节的起伏发出阵阵惊呼。电影中的英雄拿着冲锋枪一阵猛扫，将爆破筒和手榴弹扔向敌群，敌人一片片倒下去的那种痛快，那探照灯扫过战士埋伏点的紧张，那喷着火舌的碉堡被炸上了天，那硝烟迷漫杀声震天的战场，让我们有着莫名的兴奋和激动。

如果开演后是一阵漫长的锣鼓点，我们就统一发出一声叹息，大家会表情复杂地一齐回头看向放映员。放映员不好意思地耸耸肩，一脸无辜与无奈的表情。大家只能抱着这场戏演完肯定还有下一场打仗电影的幻想忍着往下看。但长时间的、拉着长音的唱段和无止境的锣鼓点像催眠曲一样让我哈欠连天。比我大一点的伙伴过一会儿推我一下，说："不要睡了，马上就要开始演打仗电影了！"

散场时，大家拥挤着向外走，我迷迷糊糊听见大人在骂骂咧咧："唉！你看这小子又睡得像死狗一样了！"一边背起我，一边笑骂着，顺手提起我的小板凳把我送回了家。

受电影的影响，平时游戏时，我们经常会模仿电影里的场景。

将柳条编成草帽戴在头上，用绳子将腰扎住，将自制的像手枪一样的木头枪插在腰间，组成一支游击队，每人扛一根木棍，绕着居民区列队喊着号子前进，引得大人们哄堂大笑，他们都说："这哪像游击队，更像一群小要饭的！"我们也不理，一本正经地喊着口号迈着正步继续向前走。

有时，我们会将"半砖"扔进垃圾堆里的炉灰里，制造出一种炸弹爆炸的效果，然后快速穿过飘浮的烟尘，经常会弄得灰头土脸。

除夕之夜，我们用鞭炮炸邻居院里的旺火，用弹弓打人家的灯笼。大年初一，受了害的邻居来家里告状。老爸对别人满脸堆笑，点头哈腰地一个劲儿给人家赔不是，转过黑脸冲着我就是一顿臭骂加两脚飞踢。经这么一吓，我再也不敢随意模仿英雄，更不敢损坏人家的东西。但有时，在离家较远的地方看见灰堆，还会忍不住往里面扔两块半砖。

几年后，公开放映电影的地点变为了工人俱乐部。再后来，开始卖票，虽然票价不贵，但因为没钱，只能用"苦情"博得看门人的同情，或想办法偷偷溜进去看。

长大后，看了很多爱情电影、武打电影、恐怖电影、悬疑电影、科幻电影，拓展了视野，增长了知识，极大地满足了自己的好奇心。

电视机普及后，就很少再去影院看电影了。

前几天，女儿邀请我去商场的小剧场看了一场 4D 电影。

戴着眼镜，坐在会动的座椅上，跟着电影中的立体画面体验了一把上下翻飞、上天入海的刺激。

电影结束后，我只有晕车一般的不舒服，再也没有童年的那种期盼、激动和快乐的感觉了。

# 耍水

他自认为：除了硬件条件外，他还是有一些自信的。因为他每天放学，飞快地做完作业后，就是昏天黑地地玩，学习成绩还能一直保持在班里的前几名。没费多大劲，他就学会了吹口琴、弹吉他，还会画连环画，能写一手能拿出手的毛笔字……反正，他自认为，只要喜欢，就没有他学不会的。

他竟然还学会了游泳，这在鄂尔多斯东胜这个夏时短、冬时长，因干旱少雨、蒸发量大而地表水稀少的高原地区，也算得上很少有人会的特长。

游泳在这里称为"耍水"，顾名思义，就是在夏季，小孩子在水塘里瞎扑腾。由于每年盛夏，小城四周分布的几个水库里总要淹死几个小孩，所以，耍水是大人严厉禁止的。

进入七月，太阳如一颗巨大的火炭，毫无遮拦地照耀着大地，散发出阵阵热浪，没有一丝风的空气仿佛有点儿火苗就能点着。小狗四肢贴地，趴在阴凉处伸着舌头快速地喘着气。大人们光着膀子躺在树下阴凉里的凉席上不停地摇着扇子。吃完午饭，孩子们趁大人睡午觉，偷偷溜了出去，几乎同时来到早就约定好的地点，然后出发，一路小跑着来到郊区的水塘边。

一见到水塘，大伙都迫不及待、争先恐后地快速甩掉凉鞋，扒掉背心裤头，不知深浅地扑通一声跳入水中。清澈清凉的池水一下子冲掉了全身的燥热，让人有说不出的凉爽痛快。

游泳的水塘一般是河槽筑坝拦蓄的、用来浇地的小型水库。有时也会在砖场取土后被急雨蓄积起来的大水坑里游，由于水坑蓄水时间短，水有些浑浊，水坑的四周是陡坡，容易陷入坑底的软泥里，所以去得少。另外，还有发电厂的"晾晒池"，由于单位看管严格，水池四十五度斜坡的池壁上面长满了青苔，一不小心会滑入深水区，所以，只有胆儿大的、水性好的大人偷偷去夜游，初学者没人敢去。

初学游泳灌几口水是正常的。最危险的是初来乍到的愣头青由于兴奋过度失去理智，不知深浅地跟着别人冲入深水区，一个打滑才发现自己处于上不着天下不着地的境地。这种行为是极其危险的，极有可能引来人生的终点。这也是考验一个人应变能力和胆量的时候。如果惊慌失措，一个劲儿地瞎扑腾，就会越陷越深，人生大概率将画上一个不圆满的句号。除非运气特好，刚好旁边有一个大人或水性好的发现了你的处境，拉你一把。大多时候，因为伙伴们都玩得昏天黑地，根本没人注意到你，你只能自救。这时，最重要的是不要慌，要屏住呼吸慢慢沉底，当探到地面，顺着斜坡上升的方向返身慢慢地往回走，当脚踏地面露出脑袋，恭喜你终于幸运地重返人间了。

这种经历会给一个人留下后遗症。一般情况下，当事人会连续做几天的噩梦，一部分人对水产生了恐惧，从此远离这个危险刺激的游戏，再也不敢走近水边半步。另一部分人会从中悟到一些生存的技能，在一定程度上会影响他以后的人生。

他就是这么活下来的。当他重获新生爬上岸后，虽然惊魂未定，脸色难看，牙齿打战，却极力保持着镇定，装出一副若无其事的样子，一直坐在岸上等待着同伴们玩耍尽兴后才一起相随着离开。

此次危险的经历没有让他远离水塘，但从此让他对水产生了敬畏。再次来到水塘边，他将脱掉的衣服整齐地放在岸上，先观察一下别人下水后水的深浅情况，确定水不深时才慢慢下水。然后一点一点试探着向前走，水到胸口位置他用力踩几下地面，确定不会陷进去，才在这个区域开始学习游泳。也有水性好的"坏种"踩着水专门制造出水浅的假象，引诱他进入深水区，但他从此再也不会上当。

游泳是一项非常消耗体力的运动，感觉累了他会上岸躺在温暖的沙滩上晒太阳。

他会长时间仰望湛蓝的天空，感觉那里是深不见底的海，里面潜藏着太多的秘密。闭上眼睛开始冥想，让自己的心融入其中。阳光穿过树枝，漏下来的光线晃动着忽明忽暗地照在他脸上，有小鸟在天空、蜻蜓在眼前飞过，感觉到灵魂与它们在一同飞翔。耳边传来此起彼伏的青蛙、小鸟和昆虫的鸣叫声。那婉转悠扬的鸣叫声，引起他心中一种莫名感伤，眼眶里不觉含了泪。一颗泪珠从脸颊滑落，这才发现自己的失态，用力快速揉几下眼，咬着嘴唇用力咽了口唾沫，心里暗笑自己的脆弱。

一群蚊蝇聚集在眼前，绕着头顶乱飞。他扬起背心向上用力甩了几下，然后，将背心盖在脸上重新躺下。

太阳西斜，树荫已完全将周围遮住，他沉沉地睡去。醒来时，太阳已在西面的山顶上了。回想刚才的那个梦，他不由自主地笑出了声。

由于家里孩子多，父母天天忙着为生存而奋斗，无暇顾及他的行踪，再加上老师从来没有因为他的学习和捣蛋找过家长，因此，在别的孩子被父母发现耍水而受遭到禁足时，他还能有很多机会一如既往地参与这项具有挑战性的运动。

渐渐地，他学会了用呼吸控制身体的漂浮，游累了，还能躺在水面上休息一会儿。随着手脚划水与呼吸配合越来越协调，他的游泳水平有了很大的提高。虽然没有经过专家指导，但还是成了被同伴羡慕的水性好的人。

以后的多年里，无论走到哪里，只要遇到水他都会一试身手。他曾在北戴河、连云港和三亚的海中游泳，也曾在黄河、无定河和白洋淀湖中畅游……

游泳，锻炼了他的体魄和胆量，也让他从中悟出了一些做人做事的道理，让他一生受益匪浅。

# 喜庆的春联

以前，家家户户都是请人写春联。他在单位给职工写了十几年的春联。

由于他喜欢琴、书、画，而且性格活跃热情，所以，参加工作后的第二年就当上了单位的团支部书记。从此他开始给单位出板报，组织学雷锋活动，举办联欢会、舞会和文体竞赛。一到腊月，他义不容辞地加入了给职工写春联的队伍。

一开始，他与别人一起写，后来，另外两位爱好书法的老职工先后退出，最后，只留下了他一个人写。

20世纪90年代前，单位人少，只有一部分职工让他写，春联在一个星期内就能写完。后来，单位新来了一位喜欢书法的"一把手"，每次他写春联，会抽空过来助兴，与他切磋一下书法。为了给他创造更多锻炼的机会，一到腊月，"一把手"就安排办公室给每个职工发两张红纸，大多数职工会拿来让他写。

那时，大家都住平房，大门、窗户、凉房都要贴春联，每家至少写五六副春联，再加两个"福"字，上百位职工加起来春联的数量已经很多。还有一部分职工住在郊区，院大房多，物件、家禽齐全，写春联的数量多得离谱。除了给大门、主房、凉房和窗户写春联外，他还给他们的堂屋、屋梁、猪圈、鸡窝、羊舍、粮仓、平板车、自行车和果树写过春联，大大小小三十几副甚至更多，一家的春联就得写小半天。因此，他一进腊月就开始写春联，一直写到腊月二十九的晚上才能回家。

由于春节前繁重的家务活帮不上忙，妻子对他颇有微词。他回到家，马上堆出一副笑脸，一个劲儿地给妻子赔不是。

有的职工写得多，单位发的红纸不够，还得再出去买几张。一到腊月，他的办公室和门前的走廊里通红一片，很是壮观，经过他的办公室门前需要踮起脚尖走路。

门窗上一般都写"招财进宝""五福临门""喜气盈门"，堂屋来一幅"金玉满堂"，梁上来一幅"抬头见喜"，家禽圈舍上写"六畜兴旺""牛羊满圈"，交通工具上写"一路顺风""日行千里"，粮仓上写"瑞雪丰年"，果树上写"满园春色"……

由于春联的数量越来越大，他写春联的速度也越来越快。先隶书，后楷书，再行书，往后全变成了草书。先根据每家的特点认真翻阅一下《春联大全》，精挑细选，考虑对联句子优美、内容新颖。越往后就越顾不上太多的讲究，普通春联的内容他已烂熟于心，拿起来就写。有时一着急，会给一个职工写出了两副内容相同的春联，发现后，他会不好意思地对职工说："给你重新换一副吧！"职工们总是满脸笑容地宽慰他："挺好挺好，总比没人给我们写强多了！"

在写春联的间隙，他与职工们海阔天空地聊天，谈工作，说家庭，讲笑话。有时写得晚了，职工会给他送饭过来，有时还会带些酒来。两杯酒下肚，他的书法更是龙飞凤舞，感觉有了李太白潇洒豪放的情怀。在以书法为媒介的轻松的交谈中，他了解了一部分职工的内心世界，也深深地喜欢上了这些憨厚质朴的职工和这个充满了人情味的单位。

正月，到职工家里去拜年，看到各家都贴上了他写的喜庆的红春联，他的心里暖暖的。

有不识字的职工会把家禽圈舍的对联贴在家门上，被其他职工看到，会成为春节后一上班大家善意的玩笑。

十几年后，职工们大多住进了楼房，贴春联的数量少了，市场上的春联琳琅满目、样式新颖，价格又便宜，他也因担负了繁忙的工作很少有机会再给职工写春联了。

他很怀念并经常回想那时候和职工在一起写春联的感觉，那一段人生经历让他收获颇多。他说，写春联的过程也是一个修炼的过程，改变了他对人生的态度，在一定程度上影响了他的人生走向。

他还说，那是一段美好的日子，他虽然累却很快乐。

## 酸甜的记忆

小时候，水果糖就是我心目中的好吃的。母亲有时下班会带回来几颗，给我们每人分一两颗。在外地上班的大哥每次回来都带几颗。但心软的大哥看不了邻居家的小孩可怜兮兮的眼神，每个人都得给分一颗，分到我手里也就一颗，最多两颗，而且他回家的次数少得让我失去等待的耐心。

听到邻家娶媳妇，我就会提前站上一个好位置等着。感觉每次都要等上好长时间，也不知道大人们在嬉闹什么。但总会有一个向空中撒糖的过程，这就是我要等待的结果。多数会抢到一两颗糖，运气最好的一次我竟然抢到了五颗。那次的心情真是难以言表，回家的路上走路都一颠儿一颠儿的，嘴里胡乱地吹着口哨，别提有多神气了。

控制好的话，一颗糖能吃一天。方法是在嘴里抿几口后再原样用糖纸包起来，甜味还能在嘴里停留一段时间，过一会儿馋了就再抿一口。这样到睡觉前一颗糖已经被抿得薄薄的，依依不舍地让它经过喉咙慢慢咽到肚子里，圆满完成了它带给我最长时间味觉享受的使命，但总还是觉得有些怅然若失。

有一次放学回家的路上，我刚把糖含在嘴里，突然听见同学在后面叫我，我一答应，水果糖竟然一下子溜进了肚子里，这让我很是懊恼。回家的路上，我心情非常郁闷，耷拉着脸，一句话也不说，没有正眼看他一眼。同学莫名其妙地问我："刚才还好好的，谁招你惹你了？"

小时候，吃水果是一种可望而不可即的事。

冬天，把萝卜放在窗台或凉房顶上冻一晚上，第二天带到学校就是最好的水果，好多同学都这么做。冻萝卜脆生生、甜滋滋的挺好吃。课间，同学互相比较谁的萝卜更甜、更漂亮。如果有同学带着苹果来到教室，教室里就会充满苹果那勾人的香气，大家会条件反射似的离他远远的，各自吃着自己冻得铁硬的"水果"，但都遮掩不住羡慕的神情，嘴里的冻萝卜突然就没了滋味。

路过供销社，看见别人提着饼干、点心、沙琪玛或橘子、香蕉等人间佳品，弟兄三个馋得直流口水。我强忍着口水，把控制力最差的小弟挡在身后，以防他做出不雅的举动。心里却想着，迟早我会买来自己吃一次。

一天，我撒谎说老师让买书，向母亲要了两毛钱，瞒着两个弟弟直奔供销社。也许是天气太热，紧紧攥着两毛钱的手湿湿的。到了水果店，我怯生生地对天生一副冷脸的女售货员要了一颗黄澄澄的橘子。当她张口说出价钱后，我后悔得要命，因为这颗橘子的价钱几乎是我全部的"财产"。不过后悔也没用了，我也不想再看女售货员那一脸鄙夷的、让人极不舒服的神态，赶紧付了钱转身逃离了供销社。

一路上，手里的橘子湿湿凉凉的，让我有一种说不出的兴奋，还有一点像做贼后的惊慌。走进一个小巷，控制着放慢了脚步，以免让人看出我的慌张。走到了小巷的中间，见没人注意我，偷偷将橘子狠狠地舔了一下，没什么味道。迫不及待地张嘴咬了一口，嘴里的味道让我大吃一惊：不但酸，而且苦、涩。这难道就是我朝思暮想的橘子的味道吗？不对，也许和香瓜一样，有的地方是苦的。我把橘子旋转了 90 度，慢慢地咬了下去，还是刚才的味道。我心情极度沮丧，我被售货员骗了吗？是她卖给我一颗坏了的橘子吗？但我哪里敢回去与她理论，拖着疲惫的身心继续往前走了一段，蹲下来，将那颗咬得破烂不堪的橘子快速埋在了小巷出口的黄土下。

　　这件事让我难过了很长一段时间，以至于后来知道了吃橘子是要剥皮的，但还是对橘子类的水果产生了"免疫"，直到现在还是不太喜欢吃这一类水果。

## 鞭炮的变迁

窗外一阵激烈的礼炮声打断了我的思绪。起身来到窗前，望着远处传来响声方向的那一片烟尘，不由得想起了儿时放鞭炮的情景。

一进入寒假，就开始倒计时，每天睁眼的第一件事就是掰着指头算还有几天是除夕。不知道那时的一天为什么那么漫长。

进入腊月，家家户户开始生豆芽、做豆腐、压粉条、蒸馒头、炸油糕、烧煮肉，男人们买年货、粉刷家、写对联、购年画，富裕一些的人家提前让一两声鞭炮在寂静中炸响，硝烟和炸油糕、蒸馒头、生豆芽、做豆腐的味道混合，让街巷的空气里弥漫着年的味道。

早在寒假前，我已将零花钱一分一分地积攒起来，再找机会向母亲软磨硬泡要一点儿，每天把那几毛钱数上若干遍，计算着能买多少个鞭炮，私下探听着玩伴的资金情况，好让鞭炮数量不要在他们面前太寒酸。

当捧起红油纸包着的、烂了一角露出整齐排列着的红蓝相间的两包鞭炮，心中涌出莫名的兴奋。

越怕弄湿鞭炮，握着鞭炮的手越在天寒地冻里与我做对似的无缘由地生出汗来，于是将鞭炮放回柜台，两只手在裤腿两侧用力地蹭几下，将鞭炮拿在手上不一会儿，又生出满手的汗。

同伴说，鞭炮要放在干热的地方烤一烤才能响亮。放在火炉边怕点燃，造成巨大的损失，于是将鞭炮放在滚热的炕头，但母亲准备年饭，屋子充满蒸汽，特别是炕头，更是伸手不见五指，鞭炮打湿后如果不响，那可是一件非常可怕的事！请教"高手"，他告诉我：冷冻一样会响亮。

于是冲回家，将鞭炮藏在凉房隐蔽的角落里并做好伪装，但还是怕被偷，每天得看上好几次，别人说我像丢了魂似的。

终于盼到了除夕，急匆匆与全家人一起吃完年夜饭，几个玩伴已等在了门口。取出"冻好"的鞭炮，在炕沿撕开，找出缠绕的线头一下一下地抖拽，一个个活蹦乱跳的小鞭炮成了红蓝相间的一堆，把它们捧在手里，满手沉甸甸的，像捧着一掬鲜活的小鱼。将它们一五一十地数好，分成几个小堆，分别放在几个口袋里，好让自己在燃放时有所控制。

除夕夜，母亲允许我们熬夜，我急切地开始了与几个玩伴每年仅有的一次彻夜狂欢。

想象自己是一位电影里的英雄，让每一个鞭炮炸响都充满英雄主义色彩。将鞭炮扔向黑暗，鞭炮便在响声中开出一朵小花；插在土堆上，会爆出一片烟尘，感觉自己就是《英雄儿女》中的王成；放到瓶子里，爆炸会出现奇特的效果，瓶子里的烟尘有一种魔幻的意境；插在自制的木枪上放，想象自己就是一个抗日英雄，在敌阵中英勇冲杀……一次次鞭炮炸响，汇集成我的快乐之源。

不知不觉中，突然发现衣兜里鞭炮已所剩无几，我装作去方便离开正在激战的"队伍"，听到鞭炮声渐弱才又返回。大家面面相觑，个个怅然若失，好像只是一小会儿，鞭炮已经告罄，此时已是凌晨，无奈相约初 再见。

一觉醒来，已是晌午。急火火吃了饭跑出去，玩伴已在捡拾昨夜没炸响的残炮。将没响的鞭炮和响了一声的"二踢脚"装满衣兜，我们再一次集中到避风的向阳处，开始一轮新创意。这次没有除夕激烈，但也花样百出。将没了引信的鞭炮折断互相对射叫"两口子打架"；用线吊起折断的两截鞭炮，引燃后高速旋转成"风火轮"；放在酒瓶内点燃便成了"烟幕弹"……这也许就是我童年灵感和创意的起点，一个个灵感和创意，汇集成童年的一个个快乐的记忆。

也许是上了年纪的缘故，渐渐不适应过分吵闹，对放鞭炮的兴致锐减，甚至对现在如炸雷般的礼花礼炮无端地生出了一些恐惧。

一生只抚育了一个女儿，除夕燃放礼炮成了我不得不承担的任务。有客来时，哄着来做客的年轻人去燃放礼炮，最后，将剩下的热情送给客人。

一次已是盛夏，偶尔看到角落里还放着一袋鞭炮，避开妻子的视线，悄悄地将它放到了室外垃圾箱旁边的显眼处。

# 拜年

拜年，是中国传统节日——春节里的一项极具代表性的情感活动。作为 60 后，在鄂尔多斯生活的五十多年里，亲历了拜年方式的发展与变化。

幼年，成长在一个从陕北走西口来到内蒙古的、一穷二白的移民家庭，初到东胜的十几年，全家人一直挣扎在温饱线上。父母的兄弟姊妹——我的爹爹、姑姑、姨姨、舅舅远在一百多公里以外的府谷老家，给东胜的远房亲戚长辈拜年，是两个哥哥的任务。大年初一清晨，给父母亲道一句吉祥话，正月里，碰上邻居长辈，恭敬地说句"过年好"，再就没有给谁拜过年。

临近初中毕业，有同学倡议拜年。

起先两三个约好，从正月初三开始拜年。每到一家，进门向同学的父母道一声"叔叔、阿姨过年好"，坐三五分钟，喝上一口砖茶，抿小半盅烧酒，然后，这位同学跟上去往下一家。几小时后，组成了一支二十多人的队伍。同学家客厅小的，前面进来的坐在炕沿，后面的只能站着。前面的离座起身，侧身出门，末尾还有没进门的。解散时，已是掌灯时分，约好明天的出发地点，第二天再次延续昨天的行程，一直拜到一家不漏。

第二年，总结经验，同学分散拜年，一群五六个。接待的也有了准备，提前摆上凉菜、点心和干果，同学进门，吃喝一点再出发。记得一位蒙古族女同学家里的桌子上摆着"蒙餐"，进门给每人盛了一碗"手把

142

羊肉泡炒米"。炒米遇水会膨胀，第一次吃炒米感觉越吃越多，最后只能剩下。在那个情窦初开的年龄，在女同学家剩饭觉得丢脸，现在提起，还有点儿不好意思。

有的家长让大家坐下聊一会儿，暗中观察有没有孩子的爱恋对象，延长了拜年的时间，造成一个正月不能拜完每一家。几年后，拜年演化成几个臭味相投同学的小型聚会，性格内向的，逐渐退出了拜年活动。

参加工作后，住在单位家属院。从大年初二开始，几个年轻人结伴，从南到北，由东向西，挨门挨户给同事拜年。进门端起酒一饮而尽，就一口凉菜，喝一口小叶茶，起身去往隔壁下一家。

那时，餐桌上已开始丰富，炕中央的方桌上，摆上了荤素搭配的凉菜和水果，在炕沿，摆着一排特供烟酒。记忆中酒有鄂尔多斯、双骏、宁城老窖、河套陈缸、包头二锅头、西凤、汾酒、杜康、洋河大曲和竹叶青酒等，烟有千里山、青城、钢花、大前门、黄金叶和牡丹等。

遇上"缠酒"的，得多喝两杯，而且是喝一杯换一种酒。走上不到十家，就有坚持不住的，半路掉队偷跑回家。酒量较大的，也已勾肩搭背一路大声说笑着前行，进门唱着山曲儿给主人拜年。走了二十来家，酒量最大的回头一看，发现已成了光杆司令。

大院里住着六七十户，得连续拜三四天。

结婚成家头一年，父母安排小两口提着糕点去给长辈拜年，认识了住在东胜的几户本家和亲戚。在拜年的过程中，学到了一些规矩、礼仪和为人处世的讲究，对家乡和父母的经历有了初步了解。

进入 21 世纪，随着手机的普及，同学、同事、朋友改用短信拜年。除夕夜，出现了短信拥堵，祝福短信无法及时发出的情况。过了正月十五，再邀同事、朋友、同学在家吃上一顿饭，算是年后团拜。

随着手机功能的强大，语音、视频功能成了拜年的主要途径。亲人在他乡或远隔重洋，相距上万公里也可以互相通过视频拜年。

朋友、同事、同学之间主要用微信拜年。进入腊月，大家就开始互发微信祝福，转发网上的祝福小视频。发得多了让人厌倦，虽然花哨，但缺乏真诚，有些敷衍。有心人开始原创祝福语，让对方切实感受到了友情的温暖。

拜年的三十多年里，无论如何变化，大年初一给老人拜年的习俗始终没变，唯一改变的是，糕点成了大红包。

给老人拜完年，叔伯、姑舅、两姨聚在一起，围着老人拉话。听老人讲那些艰苦岁月和人生的经验，感恩老人一生的付出，感谢兄弟姊妹一路相助，回顾童年的快乐与糗事，唏嘘以前生活的艰辛，深切怀念逝去的亲人。

2020年的除夕夜，新冠肺炎疫情肆虐，接到了暂停聚会的号令，全国人民步调一致地响应，停止了一切团拜活动，在很短时间内就阻断了来势汹汹疫情的蔓延。

疫情过后，同学第一次相聚在七月。有同学幽默地提议："现在，年已过半，第一次见面，给同学们拜一个两头年！"有同学提出："我们要倍加珍惜来之不易的和平环境和幸福生活，珍爱健康与生命，响应国家的号召，团结一心，拧成一股绳，共同打赢疫情阻击战！"

随着生活质量的提高，通信条件的改善，拜年的方式不断改变着。但无论如何，五千年深入骨髓的中国传统文化始终没有改变，人与人之间浓浓的人情味始终没有改变。

又是崭新的一年，战胜了给世界人民带来深重灾难的疫情，千万个中国家庭再次欢聚一堂，传承、延续着团圆、尊老爱幼的中华民族的传统年味。

而且，在承载着中国传统文化的拜年中，还融入了健康理念，掺入了许多创新、现代化、高科技元素。

# 迷人的小兔

我一直认为，少年时的我胆小而脆弱，这在我养宠物的历史上也能看得出来。少年时代，我养过兔子，养过猫，还试图养鸟，大一点时，养过狗，但仅限于哈巴狗一类的小型犬。

养宠物的历史，要数养兔子最早，时间也最长。

小学三年级暑假的一天，我跟着母亲去上班，途中，遇到了卖小兔的。

看着那些毛茸茸的小东西，我步子迈不动了，蹲下来用手指轻轻地抚摸篮子里的小兔。它们都绵绵软软的，紧张地将身体蜷缩成一个小球，让我爱怜得无法自拔。我抬头看母亲，眼里流露着强烈的期盼。母亲感到了我乞求里的坚决，没有硬拉我走，只是温柔地对我说："喂养它们很辛苦，得给它们盖窝、打扫，要每天拔草，还得给它们喂萝卜、白菜，还……"不待母亲说完，我大声告诉母亲："我能做到！"

在我的坚持下，母亲妥协了。母亲从包裹得严严实实的布包里掏出了一块钱，奖励了在学习上从未给母亲找过麻烦的我两只小兔。

两只小兔刚满月，一灰一黑、一公一母，黑色的母兔鼻梁上和四只脚有五点白，我给它们取名"小灰""小黑"。

我把它们放在家里的小纸箱内，给它们喂萝卜、白菜，然后，四处打听养兔的知识。

一位资深养兔人告诉我："不能光喂萝卜、白菜，还要给吃苦菜、'退退''奶奶草'和树叶，否则小兔会拉稀。"

缠着他现场指给我那些草的样子后，每天放学，我提一个篮子，风雨无阻地在距家南面二百米外的伊盟拖修厂院子里给小兔拔草。

　　小兔在屋里养有味儿，于是，父亲帮我在院子里盖了一个不到两平方米的半地下兔窝。

　　随着它们长大，我需要每天给它们拔满满一篮子青草，再补充一些萝卜、白菜。深秋，我为它们储备了一些干草、树叶和蔬菜。

　　初冬的一天，我放学回家，发现兔窝门大开，两只兔子不见了踪影。赶快去找，见小灰龟缩在院子的角落里发抖，却没有小黑。我扩大了搜索的范围，终于在大院小巷的一隅发现右眼淌血的小黑。

　　我抱着小黑快速跑回家，小心地把它放在温暖的火炉旁的纸箱里，上面盖上旧衣服。小黑伤得很重，间或抽搐一下。整个晚上，我都没怎么合眼，不断起来看它，把它抱在怀里轻轻抚摸。小黑在我的怀里不断瑟瑟发抖。我眼含泪水，不断地祈求小黑不要死。

　　也许我的祈求起了作用，第二天清晨，小黑停止抽搐，终于安静下来，开始吃起了东西。两天后，小黑就基本恢复了精神，但那只右眼再没发出一丝光亮。

　　那段时间，走在居民大院的路上，我会恶狠狠地盯着那几个比较"灰"的院邻，感觉他们个个都像凶手。其实，直至今日，我也不知是谁伤了我的小兔。在我怀恨的眼神中，他们也莫名其妙，不知我对他们的仇恨从何而来。

　　好在不久，除了小黑的右眼，小兔的生活完全恢复了正常。

　　寒冬，我每晚都给兔窝的屋顶盖上棉被，定时给它们投放充足的食物，帮着它们平安地度过了第一个寒冷的冬天。

　　第二年草叶萌动的一天，我发现，砖铺的、散着黑豆样粪便的兔窝地面上出现了一堆新土。母亲告诉我："这是兔子在挖洞，小兔要下崽了。"

　　听到这个消息我异常兴奋，一放学就赶快回家。给它们喂食后，长时间趴在用铁丝编的兔窝顶上往里看。几天后，那个洞口用土封堵，窝里只有那只灰兔。

一个多月后的一天，在兔窝上看见洞口出现了一个白色的、毛茸茸的小雪球，接着是第二个，一晃又不见了踪影。

我激动万分，又有些恍惚，不敢相信自己的眼睛，难道是光线不好我看错了，怎么可能是白色的小兔？

过了一会儿，那两个小东西又出来了。这次我看得清清楚楚，它们不但通身雪白，而且眼睛还发着红色的光。

从此，除了上学，所有时间我都趴在兔窝上朝里看，引得姐姐、弟弟们都来围观，妈妈也会抽空过来看看。

随着小兔的胆子越来越大，出来的时间变长。可再怎么看也只有两只，而且是两只纯白色的红眼睛小兔。

小兔的降临给我带来不小的惊喜，也给我带来了一丝疑惑。它们的父母是一灰一黑，而小兔却是纯白；大兔的眼睛是黑色的，小兔却是红色的，我甚至认为它们是不是领错了孩子。于是，我从书中寻找答案，因此，我知道了"隔代遗传"和"变异"这两个词。或许，是母兔身上的那五点白起了决定性的作用。

兔子一窝应该在四只以上，而它们只有两只？母亲被我追问得随口回答："肯定是瞎眼的母兔看不见给压死了！"我觉得有道理，想寻找证据。我把兔窝里的土清理干净，爬进兔窝使劲朝着兔洞里看。兔洞很深，而且分岔。一个兔洞曾从四米以外南房地下冒了出来。因此，我一直没有找到证据。

又到了一个草叶金黄的秋天，两只小白兔也长成了大兔。

由于兔窝占据了院子大片的空间，兔子挖出的土及周围的草食、粪便弄得院子杂乱，出入受到了影响，这让我的家人产生了不满。更要命的是，几只兔子在我的精心喂养下吃得圆圆滚滚，给它们的悲惨结局埋下了伏笔。

在那个困难的年代，饥饿让人们眼里全是食物，也让人们在肉食面前变得铁石心肠，甚至达到焚琴煮鹤的地步。

家人与我商量，要把它们加工成一顿美餐，我断然拒绝。

临近过年，家人又一次与我商量，我又一次坚决回绝。

一个我不在家的空当，我的兔子终于被制作成了一顿晚餐。

我大哭着要与他们拼命，甚至用绝食进行了抗争，可无论怎样，也无法再挽回它们弱小的生命了。

以后，我再没养过小兔。看到小兔，还会心存怜爱，但再也不敢将它们变成我的宠物了。

小兔的结局让我悲愤了很长一段时间，让我的心智快速成长、成熟。

时间如白驹过隙，一晃，已过去了四十多年。

前几日，领着外孙来到东胜的青铜器广场。在零星的小贩中间，有一个卖小兔的。刚过三岁的外孙跑过去蹲了下来，用小手去抚摸笼子里那几只毛茸茸的小兔。我赶紧离开躲在了十步开外，装没看见。他抬起头用小眼神看我，我赶快用他最喜欢的汽车玩具转移他的注意力。而他却不为所动，低头又摸了摸小兔，抬头又看我，眼神里流露出强烈的期盼："小兔兔真可爱！"好听的童音语气中充满了怜爱。

我轻声胡乱地给他开导、解释："小兔会长大，在楼房里不能养，它会有味儿。"他看着我若有所思，还是没有站起。我只好吓他："小兔兔长大会咬人！"他一惊，快速地站了起来，我乘机抓住他的手，硬拉着他离开了那里。

这件事又一次让我想起了养兔的经历。我想讲给外孙听，可我担心，一个三岁的孩子能理解吗？我害怕这个故事会伤害了他幼小脆弱的心灵。还怕等他长大了我会糊涂，也许会忘记了那个故事。

于是决定，还是将它记录下来，等他长大后自己去看吧！

# 炖羊肉和烩酸菜

鄂尔多斯大部分是明清时期"走西口"过来讨生活的陕北人和本地蒙古族。蒙汉文化和生活习惯在鄂尔多斯经过多年的融合，形成了当地独特的饮食文化。

炖羊肉和酸烩菜很有代表性。

## 炖羊肉

羊肉是蒙餐的主菜。羊肉的做法有炖、烤、涮和清蒸。

鄂尔多斯区别于其他地区羊肉的特点是：以当年山羊（本地人称未结婚的山羯子）为上品，一般都在三四十斤。

本地人最喜欢手把肉和炖羊肉。

手把肉的做法是将羊剥皮，从骨缝解开，不让骨髓流出，炖出的羊肉比较清淡。炖羊肉的做法是将羊肉分成拳头大小的块。在草原上炖羊肉只放一些沙葱、姜片和粗盐。在土灶上炖满满的一大铁锅，最好是用当地的水，要在冷水中放肉，用沙柳或干柴将羊肉彻底煮透后，才能盖锅盖儿，否则，肉色会发红。

盖锅前，舀一碗未下油的肉汤加碎肉品尝，那是另一种美味。

约两个小时后，羊肉炖得满屋飘香，这时，要严格控制剩余的汤汁。有喜欢吃留一些汤汁的"要水羊肉"，也有喜欢吃不留汤汁的"崩干羊肉"。出锅时撒上葱末，吃的时候，蘸着蒜泥，那可是人间少有的美味。

达到一定级别的"鄂尔多斯美食家"，可以从口感上区分出羊肉来自哪些乡镇，也因此打造出许多鄂尔多斯羊肉品牌。有东胜"布日都梁"手指羊，伊金霍洛"苏泊汗"山羊，杭锦"塔拉沟"山羯子，达拉特"呼斯梁"山地羊，准格尔"暖水"山羊，鄂托克"阿尔巴斯"山羊，不可不说吃得讲究、品得精细。

据美食家说，因达拉特为黄河滩地，羊肉水分较大；准格尔富含矿质水，羊肉里有微量矿物质，所以肉色发暗；伊金霍洛、杭锦、乌审、鄂托克有广阔的原始牧场和半干旱戈壁草原，到处是沙葱、地椒等中药材，在平时放养时，中药材就在羊肉里入了味，所以，西部羊肉精瘦紧致，有独特的中草药味道。

"膻"本来是羊肉的一大特点，让很多的外地人对羊肉望而却步，而不膻恰恰是鄂尔多斯羊肉的一大特点。

改革开放初期，来到鄂尔多斯发展的江浙人是不吃羊肉的。几年前，再次见到了已扎根鄂尔多斯的江南客，吃羊肉的量已不输本地人。

近几年，交通有了极大的改善。有常驻鄂尔多斯做生意的南方朋友春节前开车回家时，要在汽车后备厢拉上一只鄂尔多斯山地羊，带一桶本地水、一捆本地葱和姜。回到家乡后，按照鄂尔多斯的方法做一顿鄂尔多斯大锅炖羊肉。有条件的，在屋外搭起炉灶，招呼家人邻居吃一顿原汁原味的鄂尔多斯野炊式炖羊肉，让未到过鄂尔多斯的家人和朋友，感受一把鄂尔多斯蒙古美味的粗犷与豪迈。

烤全羊是鄂尔多斯人重大喜庆活动中的一道主打菜，由于需要专用灶具和大场地，小型宴会无法推广。干羊肉上了年纪的爱吃，因为里面包含着记忆的味道。涮羊肉和烤羊肉串随着物流的通畅已遍布全国，有时出门久了，外地的朋友会用涮羊肉和烤羊肉串招待我们，但因调料过重，也吃不出个好赖。

这篇小文章被我周围的几位"美食家"看到后，肯定会对我嗤之以鼻。因为我招待客人，需要他们给我引荐地道的炖羊肉的饭店。请人在家里吃炖羊肉，还得请他们当主厨，因此，对于他们的态度我还是很服气的。

## 烩酸菜

烩酸菜是中国北方汉族地区的一道家常菜。

大白菜是贫民菜，由于过于寒冷无法大量储存，先人们采用腌制的方法，整个冬天，用它来支撑一个贫民家庭的基本生活。

在物资极度匮乏的年代，烩酸菜是一个家庭经济实惠的天天见面菜，让很多人安全度过了那些困难的年代，为穷人的生存和发展做出了不可替代的贡献。

三十多年前，单位秋天都要给职工"抓秋菜"，除了萝卜、葱、蒜外，土豆和大白菜的量是最大的，一个三口之家最多能腌一千来斤白菜。

说来奇怪，那么多年里，天天水煮土豆烩酸菜，愣是没吃腻。

如今，随着生活水平的日益提高，烩酸菜已不再是日常的主打菜，但时常不吃还有些想。

现在的烩酸菜已与以前的根本不是一个概念了。

从前烩酸菜的做法是：先用清水将切成块的土豆煮熟，然后放入用开水焯过切成条的酸菜。半个小时后，将放入哈喇油和葱花的铜勺在炭火上烤得冒了烟，快速炝入烩菜中，然后，将土豆和酸菜用勺子捣成泥状。

那时候，最怀念的烩酸菜是杀猪菜。杀猪菜和打谷糕是北方农民经过多年形成的、庆祝丰收的仪式食物。

进入小雪节气，北方地区的农家开始杀猪。杀猪的人家要用槽头肉请邻居和亲戚来吃一顿，条件好的，杀猪时能请好几桌，就像办了一场小型事宴。对一年也吃不到一顿油水菜的人来说，那顿杀猪菜吃得那叫一个过瘾，以至于三十多年后，很多人吃出了高血脂，每到杀猪时节，还念念不忘那一顿杀猪菜。

那种杀猪菜已成为上一代人的历史记忆，如今的烩酸菜经过精工细做，已成为鄂尔多斯的一道特色美味。

酸菜、土豆与猪肉是一种绝配。现在的杀猪菜还保持着原有的味道，但烩菜时用的是猪排和五花肉，还保持着原有的做法，烩成满满的一大锅，让烩酸菜的味道提升了好几个级别。

鄂尔多斯是蒙汉交融的大舞台，陕北汉族人和本地的蒙古族人民在这里互相包容、互相借鉴、互通有无。炖羊肉和烩酸菜同时成为鄂尔多斯宴席中两道极具特色的主打菜，从一个角度形象地诠释了这种结合的完美性。像鄂尔多斯音乐、舞蹈和浩如烟海的其他艺术一样，形成了一种独特的鄂尔多斯文化现象。

# "山药芥芥"油烙饼

"腌猪肉山药芥芥油烙饼"在鄂尔多斯美食中的排名不在前几位。

鄂尔多斯人，特别是靠近牧区的居民偏重肉食，爱大锅炖肉，更喜欢干肉和腌肉，将肉食的美味提升到了极致。长年沉溺于这种美味中，味蕾和消化系统形成了依赖。出门时要带上"冷羊肉"，去南方没几天，就在清淡饮食中开始想念家乡的美食。返回前，会嘱托朋友或家人提前炖上肉，以尽快消除那种特有的"鄂尔多斯饥饿感"。

我的饮食偏于清淡，自认为鄂尔多斯的炖肉美食"香得有些过分"，作为陕北人又有些偏爱面食，所以，在与腌猪肉山药芥芥油烙饼相遇后，它就成了我的最爱。

与腌猪肉山药芥芥油烙饼结缘，不光是因为它正好合我的口味，它还是我认识美食的一个新的起点，也是我从温饱年代转向小康生活的一道分界线。

二十岁前，父母用微薄的收入养活着我们八个儿女，不让孩子挨饿受冻就是他们对生活的最高目标。那个年代，只有在过年和办事宴时才能同时吃到肉和白面，其他时间几乎全是粗粮。

二十岁刚参加工作时，随着经济独立，生活质量有所提高，但也仅限于隔一段时间能吃点白面，再高的要求就是在饭中可见到星点肉或者油水稍大一点。

参加工作的第二年入秋，单位派我与另外四位职工到达拉特旗抓秋菜。坐着敞篷东风大卡车，我们来到距东胜九十多公里的达拉特旗展旦召苏木，住在了一户农民家中。我们的任务是将村子里农民种的白菜、土豆、萝卜、红葱等农作物集中起来，装车拉回东胜。

在农户家住的十来天，女主人用本地的特色饭菜招待我们，在那里，我平生第一次品尝到了腌猪肉山药芥芥油烙饼。

腌猪肉山药芥芥油烙饼那种爽滑细腻的口感，香甜的味道，让我经常处于"肚饱眼不饱"的状态。

饭后，我会走出小村庄，来到田间地头，让丝丝凉风吹拂着我。乡间那开阔的视野、清新的空气，草木泥土间散发出的味道和村子里传来的鸡鸣狗吠，在吃撑了腌猪肉山药芥芥油烙饼的状态下，一切都是那么美丽、芳香、悦耳动听，让我的心情无比地愉悦。仰望悠闲地躺在蔚蓝天空的白云，我感到有些虚幻和不真实。唯恐突然从梦中醒来幸福会离我而去，我跳入湖里猛烈地游泳，潜入水中长时间地憋气，上岸后用力拍打自己，当证实了不是在梦里，眼里会溢出幸福的泪水。

为了留住这种美味，我经常旁观大婶做腌猪肉山药芥芥油烙饼，并请教她做腌猪肉山药芥芥油烙饼的要领和注意事项。在与当地人拉话时，我会故意将话题引向腌猪肉山药芥芥油烙饼的食材，探索腌猪肉山药芥芥油烙饼美味的根源。

决定腌猪肉山药芥芥油烙饼味道的主要食材是：腌猪肉、白面、土豆条、胡油和红葱。

达拉特旗北临黄河，有大片的黄河冲积平原，南面与东胜接壤的是山梁地。平原上盛产优质小麦，山梁地上种植的土豆、胡麻和红葱也是当地有名的特产。

达拉特旗小麦加工出来的白面是本地区一张"扛硬"的名片，在本地市场供不应求，达拉特旗白面加工的面食口感劲道、爽滑，散发着一种天然的麦香。

在温带大陆性气候的凉爽里，在夏季长时间的光照下，在鄂尔多斯沙质土壤里种植的土豆，虽然品相粗糙，但品质优良，淀粉含量奇高，无论蒸煮烧烤，口感绵沙，散发着淡淡的甘甜味道，是本地人餐餐都离不开的一种食材。

猪肉是各种美食的基础，任何菜蔬与猪肉搭配，立马会提升几个段位。

"腌猪肉"是一些北方地区的一种特殊的食材。大雪前后，将猪肉放在凉房里冷冻。年后，天气渐暖，将猪肉中的水分炼干，用猪油浸泡，变成腌肉，是整个夏天调剂全家伙食的主要调味品。青黄不接时节，吃肉是招待贵客时才有的奢侈。平时做饭，舀一小勺猪油和葱花炝入菜中，由于量太小，烩菜清淡得吃不出一点油星味。过了盛夏，腌猪肉产生的哈喇味有一种特别的鲜香，上了年纪的人对那种味道有着特殊的感情，直至今日，偶尔还会品尝一下那种味道。

此后多年，我经常会提前准备好上等食材，严格按照程序亲自动手做一顿腌猪肉山药芥芥油烙饼。

腌猪肉山药芥芥油烙饼的制作过程并不复杂。

先用温水和面，揉到不粘手，盖好盖让面醒一会儿。土豆去皮切成细条，浸泡在凉水中，去掉表皮的淀粉。腌猪肉切丁，大火炝至冒烟，放入红葱、蒜末、姜丝，煸炒出香味，用酱油炝锅后，再倒入开水，撒入粗盐，盖锅用慢火煮半个小时。其间，间隔几分钟揉一次面，然后，将面团做成巴掌大小的圆形薄饼，划上两刀，在饼的表面抹上油，平底锅中倒入胡油加热，将面饼的两面连炸带烙成金黄色。将土豆捞出，放入煮腌猪肉的汤中，煮十几分钟，揭锅，搅拌后撒上葱花，盛入盘中即可上桌。

也许是原料不正宗，也许是厨艺不精，也许是程序和时间控制不好，还也许是老人们常说的那句"肚皮吃白了"，经过多次尝试，感觉自己做的腌猪肉山药芥芥油烙饼总是差那么一点儿火候。

反正，没有当年时达拉特旗大婶做的那几顿腌猪肉山药芥芥油烙饼好吃。

## "杀猪菜"的情义

每年上冻，都会接到吃杀猪菜的邀请。每次，都会心情愉悦地约几位家人好友，驱车上百公里，到远离小城的乡村去吃一顿杀猪菜。与多时不见的亲朋吃上几"圪垯"绵软鲜香的"五花猪肉片子"，然后，兴高采烈地驱车返回。

其实，在如今的东胜小城，一个人用不了三十块钱，随时就可以吃到正宗的杀猪菜。也不知为甚，一到这个季节，接到请吃杀猪菜的邀请，就像被一根无形的线牵着，不由自主地就是想去。

于是，静下心来，理一理头绪，想寻找一下那根无形的、牵扯着我行为的线。

小时候，每天一顿玉米面窝头，再就是有些苦味的陈年黄米捞饭，间或吃一顿没油水的掺白面的玉米面圪垯。副食是没有一点儿油水的山药烩酸菜。只有过年过节才能吃上一点儿带点儿肉星的菜，还定量。吃一顿油大点儿的烩菜就得等半年，而且，从来没有过吃到饱胀的感觉。处于半饥饿状态的长期等待，把胃里的馋虫培养成了庞然大物，见了肉，恨不得嘴里伸出一只手来。整天就思谋着怎么才能吃上点儿好的，敞开肚皮吃上一顿饱肉，成了那个时期最迫切的需求。

大哥和大嫂结婚后，让我的这个梦想有了实现的条件。

大嫂的娘家住在东胜羊场壕乡郭家湾村。那时，郭家湾还是东胜西郊的一个小村庄。村子里住着十几户人家，十几座独立的平房小院坐落在一个阳坡上，门前是一条西高东低的季节性山沟，院子周围和河沟两侧长着高大的白杨、柳树和榆树，村子里不断传出鸡鸣狗吠猪拱门的声音。村子中间靠近河槽有一口用片石砌筑的十几米深的水井。夏天，村子的四周和河槽两侧是大片的、绿油油的农田，河槽里流淌着涓涓细流，树上，小鸟啾啾，草中，昆虫逃窜，黄昏，一片蛙鸣；冬天，河槽和井边是长长的白色冰河，孩子们划着冰车，四处荡漾着孩子们欢乐的笑声。屋顶的烟囱向蓝天飘散着阵阵炊烟。

从东向西穿过小村庄，大嫂的娘家是村西的第二家。

郭家湾的住户大多姓郭，他们应该是清末民初从陕北过来打工，后来定居于此的本家。

大嫂的母亲每年都要喂一头猪。小雪过后，大嫂的娘家人捎过话来，邀请我们全家去吃一顿杀猪菜。

郭家湾距我家有十二三里路。听说要去吃好的，我小跑着紧紧跟随家人，一路上快乐得又唱又跳。

杀猪那天，应邀的客人，加上帮忙的、做饭的有三四十人。场面红火得像办了一场事宴。

一大早，只知道吃了睡、睡了吃，享受了一年多神仙生活的肥猪被几个壮汉从圈里强行拖出，预感到了将有恐怖的事件发生，肥猪用力倒蹬着四只蹄子顽强地抵抗着，大声嚎叫着求救，却引来了众人的围观。

清晨，大嫂的母亲给猪吃了最后一顿。杀猪前，她远远地躲开，偷偷地抹泪。

一般情况下，我们到时，猪已燎毛，洗得雪白，圆滚滚地倒挂在院外的三根粗壮的木架上。木架旁边砌了一个地灶，灶上坐着一口大铁锅，炉膛里冒着熊熊火焰，大铁锅里的水翻滚着热浪，热气向上升腾着撕开冬天的寒气，给四下的空气和客人的心里注入了丝丝温暖。

绕过宽敞的院子，我闻着肉香偷偷来到厨房。锅里炝炒着大块的猪肉，发出好听的嗞嗞声，散发着诱人的香气。我偷偷地深呼吸，用力吞咽那些香气，努力控制着不让口水流下来。

记得第一次去大嫂家吃杀猪菜时我五六岁。吃饱后，下炕穿鞋准备返回，大嫂的母亲热情地让我们再吃一点。我拍了拍肚皮，对大婶说："我吃得可饱了，肚皮都吃成圆圆的了！"引来大家一片哄堂大笑。我以为他们不相信，撩起衣襟，露出圆圆的肚皮大声说："你们看，我说的是真的！"

从有了记忆起，每年秋收时去大嫂的娘家吃一次煮玉米，上冻前吃一顿杀猪菜成了惯例，直到我参加了工作。

十几年里，每到那一天，我都会用大块的猪肉吃撑了自己。

那种吃撑了五花肉的感觉，温暖热烈的场面，大嫂家人的善良和热情，深深刻印在了我的视觉、味觉和情感的记忆中，至今想起，心中还会泛起阵阵幸福的涟漪。

如今，那个在寒风中冒着缕缕炊烟的温暖的小村庄，那温馨的大院、小屋和摆满了美食的小炕桌，那口清凉甘甜的水井，那条季节性小河里的小鱼、长长的白色冰河，那些高大的杨树、榆树、柳树和那些大片的农田，都已淹没在了城市的高楼大厦中。

以后多年，每次经过那里，我都要回头看一眼。有时，会停下车来，徒步登上那道坡，仔细察看那里是否还保留着一些原始的、细微的旧痕。我会在那片旧址旁安静地坐一会儿，回想已经远去的那些温暖热闹场景，回味那香甜美味，回想起亲人温暖善良的笑脸。

近几年，身体的好几项指标频频发出警告，已不允许多吃脂肪过高的食物，但只要听到吃杀猪菜的邀请，还犹如有瘾般无法抗拒。

也许，赶着去吃那一顿杀猪菜，是为了刺激一下日渐迟钝的味蕾，更是为了在那美味和热烈的氛围里，去寻找和回味那一段已经远去了的温暖情义。

# 那段担水的经历

家里人评价："他用自来水已经到了吝啬级别。"

他承认的确爱惜水，但自认为他的小气仅限于用水。究其原因，不光因为他在那个高原缺水城市从事了三十多年供水管理，还因他那段刻骨铭心的担水经历。

从十二岁开始，他承担起了家里的担水任务，因为那时，他是在家吃闲饭的年龄最大的男子汉。

担水的地点是水厂在居民区设置的几处水房，距家最近的二百多米，最远的一里地。

初次担水，在前往水房的路上，两只比他低不了多少的水桶轮流接触着地面，不断地发出"丁零当啷"的声响，他感觉每个人都在盯着他看。他低着头加快了脚步，两只空桶却因他的慌张接触地面的响声更大、更加频繁而零乱，他如芒在背，心里充满沮丧。返回的路上，无论他怎么小心翼翼，水桶还是会不断轮流磕碰地面，留下一路的水印。他狼狈地回到家里，一担水只剩下两小半桶。

好心的邻居大叔看到后，主动为他调整了担钩，才缓解了困扰了他好几天的一大难题。

刚开始担水，对他来说，两桶水就像是千斤重担，让他举步艰难，二百来米的一段路，他得休息许多次。一个多月后，他就可以咬着牙坚持着只停歇一两次，忍着肩痛，加快脚步，坚持着不停歇；再后来，肩膀感觉到疼，还可以学着大人中途换肩。

在全家人尽力节约用水的前提下，也得每天担三担水，否则，水缸就会见底。

　　水厂每天早、中、晚各供一次水，一次一个多小时。早晨来不及；放学后扔下书包马不停蹄担起水桶赶往水房排队，也只能担一到两担水，甚至会在停水前接不到水。

　　夏天还好，等的时间长一点也没关系，寒冬腊月担水的经历，在他的心上留下了一道疤痕。

　　迎着西北风一路小跑来到水房，心里祈祷着这么冷的天水房肯定没有人，但一转弯儿，远远看见水龙头前那几十人的长队，他顿时感到从里到外的彻骨寒冷。

　　将桶排在那条长龙的后面，开始了漫长的等待。

　　至今也不明白那时候的冬天为什么那么冷，零下二十多摄氏度的低温，西北风一个劲儿往骨头里钻，冻得人血流放慢、思维停滞、浑身僵硬，一个劲儿地哆嗦。他不停地跺脚，一个劲儿地搓手、揉脸、搓下巴、捂耳朵、捂眼睛，才能让自己不至于全身冻僵。

　　好不容易排到水龙头下，将水桶接满，双手提起，小心翼翼地一点点挪动着慢慢离开水龙头下的那个环形冰坡。突然，冻得铁硬的塑料底鞋猛地一滑，一个趔趄坐在了冰面上，将水桶扔出两米多远，一桶水全部倾覆。腰以下被水浇湿，鞋里灌进了水，很快冻成了盔甲；胳膊肘和屁股硬性触地，被摔得生疼。忍着疼痛艰难地爬起来，捡回空水桶准备重新去接水，此时下一位已开始接水。抬头可怜巴巴地看大家，众人一个个低头装作没看见，他只能灰溜溜地重新排在队伍的最末位，身上和心上的寒意更加刺骨。

　　几年的冬天担水，接水时和在返回的路上，他滑倒不止一次，三十多年后的今天，每每想起，还会出现急性心绞痛的症状。

　　能"拥有一个自己的水龙头"，是当时他最大的愿望。

他担水的历史一直延续到高中二年级。

听到居民代表与水厂商量要给家里安装自来水，他兴奋异常，天天急火火地向大家打听着安装的时间。

工程开始后，他在安装地点盯着管道不断地向前延伸。为了让工程不要半路上夭折，他一有时间就来到工地，自愿给安装队当义工，不折不扣执行着水厂师傅指派的任务，大家一致夸他是一个乐于奉献、热爱劳动的好青年。

听说第二天就可以给他家铺设自来水管道了，他兴奋得一夜没睡。第二天凌晨，他就来到工地等待。在师傅的指挥下，他一马当先跳进壕沟，埋头苦干得顺脖子流汗，仿佛浑身有使不完的劲儿。

他多年的理想终于变成了现实。

看着清澈的自来水从水龙头喷涌而出，像一条瀑布快速流满了水缸，他的心情就像水缸里自来水一样心旌摇荡，快乐地冒着泡泡。

在家里通上了自来水后的几年里，虽然是定时供水，夏季还分片供水、经常停水，但他很知足，他终于再也不用天天迎着寒风酷暑奔波在担水的路上受苦了。

如今，小城已发展成了一座高楼林立、公园遍布、花团锦簇的现代化全国文明城市、4A 级旅游城市，早已实现了二十四小时全天候供水，但作为一名有着三十多年供水管理经验的供水人，他一如既往地保持着节约用水的习惯。

时间冲淡了一切，也将他担水的经历冲刷成了一段遥远、淡淡的记忆。

前几天朋友相聚，谈起现在的年轻人个子普遍比上一代人高这个话题，有的说，是因为生活水平提高了，现在的年轻人从小就营养好；有的说，经常喝牛奶肯定会长个儿。

有一位同学笑着插了一句："这是因为我们那会儿担水压得没长开！"

这句话让他产生了强烈的共鸣，担水的那段经历再一次清晰地浮现在他的脑海里。

　　他带着酒意有些激动地说："担水确实影响了我们的身高！比如我，担水让我在年轻时就有些驼背，而且，我习惯用左肩担水，仔细看，我的右肩比左肩高。"

　　那天，聚会的后半段，与他有相同经历的几个人将这个话题变成了聚会唯一的主题，一直争吵到凌晨才散场。

# 往事钩沉

朝着光的方向，跋涉在崎岖路上。

拾起记忆，寻找青春残存的模样。

那一段时光，

浸润了夏的热烈、冬的寒凉、月的沁骨、水的清香，

一直盛开在你我的心上。

# 消失的炊烟

　　每次看到袅袅的炊烟，心中就会升腾起一股暖流，就会想起勤劳善良的母亲，想起儿时那个贫穷又快乐的家。

　　懵懂的记忆中，我们每天穿着破旧的衣服，在那间低矮的土屋里，在那座杂乱的院子中，在那条泥泞的小巷边，一边玩耍，一边饥饿地、盼望着母亲从那条没有尽头的路上出现。

　　一下班，母亲就会急匆匆地赶回家，进门顾不上喝一口水，就点燃了那连着大炕、被烟熏得黝黑、放着一大一小两口铁锅的灶台里的柴火，开始给我们做饭。

　　母亲一回家，家里就有了炊烟。炉膛开始冒烟，然后蹿起火焰，锅里升腾起了热气，屋里传出锅碗碰撞和蒸煮煎炒的声响，那个潮湿的小屋顿时有了生气，散发出温暖香甜的气息。

　　母亲做饭的情景日复一日，让年幼的我对炉膛里的火苗、烟囱里的蓝烟、锅里的蒸汽和做饭时的响声形成了条件反射：只要母亲在家，我就感到欣喜，感到踏实和幸福。我会跟在母亲后面，看母亲做饭，经常无法控制自己的兴奋，冲着母亲一个劲儿傻笑。

　　在我看来，母亲做饭的声响就是世间最悦耳的乐曲，那炉中的火苗、空中飘浮的蒸汽、烟囱飘散的炊烟是在优美地舞蹈，忙碌中的母亲是最温柔、最美丽的，母亲做出的热腾腾的饭菜，就是对我们最深沉的爱。

　　虽然那时的日子家家都不富裕，但在与邻居吃的饭菜和小伙伴穿着的比较中，我知道了我们更加的贫穷、卑微和不同。在那些贫穷的日子里，为了一大家人的一日三餐，父母用尽了全力。那时，我已开始明白：炊烟就是家的呼吸，没了炊烟就代表着一个家的死亡。我已清醒地感到：只有母亲在家，我们那个低矮破败的小土房才能称其为家，是母亲用不停地辛劳保持着那缕炊烟的生生不息，延续着我们那个穷困的家脆弱的生命。

在四季的轮回中，我发现，那炉中的火焰和烟囱里的炊烟像一个不成熟的孩子，会随着季节的更替、天气的变化不时地发着小脾气，做出一些让母亲难以控制的恶作剧。

开春的大风，把炉膛里的火焰吸得呼呼响，将火苗快速吸向后膛。母亲将大锅下的炉灰堆起，在锅底只留下一条缝，把烟道封堵得只留下一个孔，但还是无法阻止火焰向烟囱的方向快速流失。母亲需要提前淘好米，准备好土豆、酸菜、葱蒜，才点燃炉灶，然后开始快速地做饭。饭快熟时，得马上将炉内剩余的炭火埋入炉灰中，作为下一顿饭的火种。

无风的夏天，母亲将"炕灶"改成"直灶"，但炉膛里的火焰还是会打盹，处于半睡半醒状态，长时间也烧不开一锅水，这可愁坏了母亲。我们帮着母亲清理、疏通烟道，然后爬上房顶，测着风向，调整一下烟囱挡风砖的位置，增大烟囱上风的吸力；帮着母亲拉风箱，用竹编的锅盖或硬纸壳使劲地给炉膛内扇风，才能帮着母亲艰难地做熟一顿饭。

到了盛夏，家里热得像蒸笼，母亲把灶具搬到了院子里，在父亲搭起的"春灶"（院内的土灶）上做饭。

母亲正在做饭，一阵急雨突然降下，母亲慌忙盖好锅盖，跑回屋里躲雨。如果雨长时间不停，母亲就得冲入雨中，快速、用力端回那口滚烫的大锅和锅中满满的饭菜。

连阴的雨季，母亲重新将灶具搬回屋里。长时间不生火的炉灶在低气压下像被堵塞了烟道，蓝烟从锅沿四周的缝隙中涌出，烟的味道溢满了潮湿的小屋，呛得我们鼻涕眼泪直流。母亲用炉灰堵住锅沿的缝隙，打开狭小的门窗，让风吹进来，替换出屋内的烟气，但无法阻挡滚滚浓烟不断涌出。

上冻前，我们在炭房里储满煤炭，帮母亲清理了炉筒和烟道，在地中央安一个铸铁火炉，在门上吊一个如百衲衣的布帘，给漏风的窗覆盖上一层塑料布，做好了迎接漫长寒冬的准备。

当院外冰雪料峭、寒风刺骨时，我们将屋里的火炉烧得通红，母亲做饭时，顺带着将火炕烧得滚烫，把那个四面漏风、风雨飘摇的小屋打造成一个温暖的安乐窝。

我们围坐在温暖小屋的炕上小桌旁，被母亲做饭时散发出的仙境般的蒸气香气笼罩。吃了晚饭，做完作业，一起玩起快乐的游戏。

多年以后，贫穷的日子离我们远去，高档住宅替代了低矮的小土房，燃气和电器代替了土灶台，"打炭、烧火、掏炉灰"的做饭方式成了遥远的过去，人们从繁重的家务中解脱了出来，不再为了一顿饭忙碌几个小时，有了大把的时间做自己喜欢的事，悠闲地享受着生活的美好。

城里已见不到炊烟。

生活好了，闲暇多了，会经常想起以前那些温暖的情景。母亲走后，有一种被遗弃的孤独感堵在心间，急切地想去寻找那些消失的过去，想再次感受母亲在身边的温暖。于是，我经常来到郊区，看看乡间那些老式土房，瞭望乡村屋顶的袅袅炊烟。进入农家小院，与像父母一样忙碌和善良亲切的老农聊聊天，吸吮一点儿那些久违了的烟火气，重新体验一下家的感觉。

将那些熟悉的、即将失去的痕迹用相机定格下来，心中孤寂时，时时拿出来品味，回想酸甜苦辣的过去，感激父母为我们一生付出的恩情，也由衷地感恩这个幸福美好的时代。

人生很长，长得要活百年，得经历无数的坎坷与艰辛。与父母亲人共度幸福的时光很短，短得如滑过指缝的溪水。当我握起拳头想尽力抓紧那些美好时，她却倏然流过我的指尖。低头看去，手中已空无一物，只留下那些无解的惆怅与虚幻的记忆萦绕在心头。

# 父亲的那辆自行车

父亲有一辆二手"二八杠"飞鸽牌自行车，在当时，那是我家最值钱的物件。

这辆自行车的利用率相当高。父亲除了骑着它上班，还整天用它驮水，驮粮食、饲料，甚至驮一些建筑材料，可以说，只要自行车能胜任的，它无所不驮。

听大哥讲，他和父亲骑着这辆自行车回距东胜二百多里地的老家，遇到平缓路和下坡路，一个骑一个坐在后座上；遇到坑洼路和上坡路，一个人骑出去约一里路，然后把自行车放在路边继续步行往前走，后面的赶上来骑上超过前面的人约一里路，再将自行车放在路边继续步行往前走……就这样回了陕北老家好几趟。

我想是因为父亲太忙了，我好像没有看见过父亲保养甚至擦拭过这辆车。

在父亲的超负荷使用和"虐待"下，那辆自行车展现出一种贵而不尊的状态：车身油腻、漆皮脱落、轮毂扭曲、刹车失灵，两只脚蹬呈八字形，前护轮板、护链板和后支架都受不了负累下了岗。停下的时候只能靠墙站着或躺着，一出发，就会发出痛苦的嘎吱声，用相声里的一句话表达——除了铃不响，剩下哪都响。

父亲和自行车白天很少有适闲的时候，只有在盛夏的中午，父亲才难得有一两次午休。

那年我十二岁，只要看到父亲的自行车停在院子里，我就会马上推着跑到离家约五分钟路程的第二完全小学操场练习骑自行车。

刚开始一手抓把、一手扶着大梁，胳肢窝靠着车座，一只脚踩着一只脚蹬，先慢后快顺坡向下溜。好不容易一个多小时溜顺了，父亲也快上班了。父亲的午休不连贯，几天后，等到父亲又一次午休，到了操场一溜，发现又不熟练了，害得我还得重新开始。

溜熟练后，由于个子小，又没人帮助，只能用"掏裆"的方法骑：就是把一只脚伸进自行车大梁下的三角架里骑。这样骑不但解决了够不着的问题，而且可以用两脚随时刹车。由于父亲的自行车脚蹬不是一条直线，蹬整圈非常困难。刚开始，只能用脚尖一点一点地蹬着向前走，后来蹬整圈时，人会随着八字脚蹬半圈高半圈低上下波动，旁观就像瘸子走路，引来小伙伴们一阵夸张的嘲笑。裤子会沾上链条的油，还会被链条夹住。有时，一慌张，连人带车歪倒在操场上。还好，操场上是松软的黄土，摔一跤不会受伤，但还是经常被摔得灰头土脸。

一次，骑得兴起忘了时间，父亲醒来准备上班，发现院子里没了自行车，回头见急匆匆赶回来满头大汗、像个土猴子似的我。父亲瞪了我一眼，我慌忙将车把送到他的手上，然后，像犯了错一样面向他低头肃立，展现着一脸的谦卑，等着他训斥。也许是时间不够了，父亲竟然没有教训我，转身骑着那辆破自行车走了。

后来，骑自行车的技术越来越好，小伙伴们在操场上互相较劲：看谁骑得快，谁能放开车把骑，谁能停下来站的时间长，谁骑一辆还能带一辆……

我的自行车技术不在他们之下。

后院小伙伴的父亲是五金商店的技术工人，业余时间在家里给商店组装新自行车。有时他父亲会让我们帮他把组装好的自行车送到商店，需要骑着一辆带着一辆。

第一次送自行车我才发现，由于长时间骑父亲那辆脚蹬特殊的自行车，造成了骑新自行车很不习惯，甚至可以说不会骑正常的自行车。但又怕小伙伴笑话，只能硬着头皮摇摇晃晃地跟在队伍的最后面。强撑着把两辆自行车送到商店后，紧张得身子有点儿发抖，衣服都快湿透了。

送了几次后，我才慢慢地适应了正常的自行车。

如今，父亲的那辆破旧的自行车已经消失很多年了，但我还会偶尔想起它！

## 遗落在故乡的老屋

陕北之北的大山深处，静静地坐落着一座小村庄，村庄里零星分布着十几孔窑洞。在太阳落下的方向，有一条蜿蜒的羊肠小道，小道尽头，是一处废弃了六十多年的土窑洞大院，那是爷爷奶奶和父亲母亲的老屋。父亲在那个窑洞长大，与母亲成家立业。在那个窑洞里，大哥度过了他的少年时代，二哥度过了他的童年时代，大姐度过了她的幼年时代，二姐就出生在那里。

1941年，父母成家后，接过上一代的担子，带领弟弟妹妹面朝黄土背朝天，在老屋周围的土地上春耕、夏耘、秋收、冬藏，晨出暮归，辛勤劳作。

由于贫瘠的黄土大地频发天灾战乱，一家人挣扎在温饱线上。

母亲对那个老屋没有留恋。在那里，母亲遭受过一般人无法承受的苦痛、打击与恐惧。母亲的第一个儿子遭受了饿狼的袭击，母亲将三岁儿子抱在怀里，直到二十天后儿子死去。几年后，又一次饥荒将人们逼到了死亡的边缘，母亲的第二个儿子三岁时活活饿死在了母亲怀中。母亲茫然无措、心如死灰，从此对那里彻底绝望，再无留恋。记忆里，母亲从不会丢弃一粒粮食，提起家乡的狼，母亲还会有点儿惊慌。

父亲在集市上做买卖时，结识了几个马帮和垦荒者，知道在那片贫瘠的土地发财无望，开始外出打工，想用另一种生存方式来改变自己的命运。从此，父亲由近及远，从口里走出口外，从长城脚下走到黄河岸边，从周边煤矿走到伊盟、包头、巴盟滩地，给人打短工、扛长工、当货郎，成了一个浪迹天涯、行走江湖的游子。

周围的歧视、饥饿的儿女，重重压力下，父亲终于下定了离家的决心。

父母提前约定，攒足了盘缠，在一个初冬的寒夜，赶着两头毛驴，带着四个儿女，悄悄离开了那座生活了三十多年的老屋，步行穿越了蒙陕界，第五天来到东胜"酸刺沟煤矿"。四年后，父亲靠一己之力，在东胜（县城）盖起了一处平房小院，在东胜扎下了根。

从此，全家人成功转型，由农村人变成了城里人，成了吃商品粮的市民。父母也由农民变成了工人，成了东胜人口中的府谷人，家乡人眼中的内蒙古人。

几年间，父亲将老屋里的家当陆续搬到了东胜。随着爹爹姑姑成家立业，爷爷奶奶去世，老屋再无人居住，成了一处闲置的空院。

从此，四周的土地荒芜，杂草在老屋周边和院子里肆意生长，鸟兽在那里安了家。时间流逝，风霜雨雪将老屋的记忆剥落、涂抹和掩盖，窑洞开始塌陷，院里堆积黄沙。那座老屋越来越像一处原始洞穴，成了父母再也回不去的曾经的家，成了父亲思乡的一个符号。

三十岁那年，我随母亲第一次回到家乡，见到了那处荒废了三十多年的老窑大院。

驱车从东胜出发，一路向南进入陕北，从店塔左转来到新民镇，向北进沟爬上大山，不到半小时，来到了有两座小庙、二十来户人家的村子。路西三百米是侯爹家的院子。继续沿着被荒草遮盖、若隐若现的黄土小道弯弯曲曲地向西，二十分钟后，眼前是一座长满荒草的圆形土山。从山的北侧绕过，南端是一处背靠大山的院子，门面朝南，四五米高的弧形断崖下，排列着大小七孔土窑洞。

正中三间较大的主窑，有退了色、变了形的木格门窗，门上还挂着一把生了锈的老式铁锁。窑洞的屋顶露着天，借着射下的光线，看见连着炉台的大炕，屋顶有烟熏的痕迹。门口的黄沙阻挡了进入的路，遮挡了角落的视线。东侧的窑洞口已被黄土覆盖，西侧的窑洞已完全塌陷，门口被黄土封堵成半圆形孔洞。

院子里长满齐腰深的荒草，院子东南，一棵茂盛的红枣树成了这里醒目的标志。秋风吹过，枝叶摇曳，用起伏的沙沙声欢迎着从他乡前来寻根的人。

小窑西侧是一片平展地，角落的荒草中，隐现一个石碾，那里应是秋收的"场面"。四周的山坡上草长得葱葱郁郁，只有采药人挖甘草留下了星星点点小洞。

南面是一条大川，大川下游有一座土坝，大川内一片干涸。

此后，我每年回一次家乡。每次回来，都住在侯爹家。年过七十岁的侯爹故土难离，一直坚守着。侯爹住的已是石窑，高大、结实、温暖。政府打造美丽乡村，将水泥路修到了家门口，也将深渠里的水引到了家中。

每次回来，我都要去看看父母的那座老屋。

时间对于那座老屋仿佛停滞了下来。在以后的二十多年里，除了沙土在堆积，野草树木继续生长，老屋再没有什么变化。

去年秋天，我又一次来看老屋。

独自一人坐在老屋前那棵枣树下，痴痴地望着远处的大山大川，回忆着那座老屋的传说。

隐约传来悠扬的唢呐声，那高亢苍凉、极具穿透力的声音伴着耳边的风声引导了我的思绪。猛然感觉一阵酸楚，像丢了一件贵重的宝物，心中溢满了空荡荡的忧伤。

暮色从四面游荡过来，孤独将我包围起来。前面已看不清路，四周没有人影，只有脚下的草、身边的树和拂过身边的风。

回头，见那座老屋像一只垂垂暮年的老牛，几十年来，一直匍匐在那里，忠实守望着故人的归来。

　　此时，我真真切切地感觉到，我与我的父亲母亲、我的爷爷奶奶、我的祖先的心都是相通的，我们在一段人生中的处境都一样：要么离乡，要么回乡；要么想家，要么无家可归。

# 常记那年"捡山药"

儿时，物资极度匮乏，小小的我们也会跟着大人出去弄一些食物或挣几分钱补贴家用。童年的记忆中，我们捡过废品、挖过苦菜、割过草、拾过粪、捡过山药。少年时期，我们给建筑工地扒过橡檩皮、砍过旧砖瓦、扣过土坯、拉过地基石头。

每年秋天，为给家里增添一点食物，"捡山药"是一种最直接、最有效的方法。

捡山药就是在别人收完的山药地里寻找一些遗漏的山药，这也是我们最喜欢的一项劳动。

记得在一个深秋的午后，接受了父亲的指派，三个姐姐拿着箩筐、麻袋和铁锹准备出发去捡山药。我轻轻揪住了大姐的衣襟，用眼神央求她带上我。

这次，大姐同意了我的请求。我非常激动，马上挺起了胸膛，装出一副大人的样子，接过二姐递过来的一个小筐和一把小锄，丢下了两个一脸疑惑的、可怜巴巴的弟弟迈着大步出了门。

我们走在石子路上，三个姐姐一路说笑着快速走在前面，我小跑着紧随在她们身后。

午后的太阳像炭火一样炙烤着大地，将树叶烤成了焦黄的颜色，阵阵秋风，让彩色的树叶落了一地，只有松柏的叶不变色地坚守在树上。

走了一段后，视线内的房子和道路都成了土黄的颜色，住户都成了一个个独院，院子四周被土墙围着，有些杂乱。房前屋后有高大的树和小片自留地，院子两侧有猪圈、羊圈、牛圈、马圈，院子里有鸡、鸭、狗在散步、刨食、鸣叫、打架。

再往前，视线开阔，石子路成了黄土路，走在上面发着"噗噗"的响声。

又走了一段，感觉有些跟不上姐姐步伐的时候，来到两山间有一条小溪的沟渠边，在一片有一群人翻找的山药地前停了下来。

山药地四周，大片的庄稼已全部归仓，金黄色的杂草和分散堆放的山药蔓子间露出带尖的玉米茬子。

之前，山药地已被主人仔细翻找过两遍，不再监管，任由人们前来"淘金"。于是，大家蜂拥而至，再次在那块山药地里一寸寸地翻找，直到将葡萄大小的果实也作为惊喜的收获。

我们四下散开，迫不及待地加入了寻宝的队伍。

当有人捡到一颗鸡蛋大小的土豆，他会高声叫喊着同伴一起来欣赏，然后，将战利品举起对着太阳看，吸引得大家向他聚拢过来。大家像观赏一块宝石，认真地品评着那颗宝物的品相，不吝各种优美的语言大加赞赏，也重新点燃了大家寻宝的激情，提升了人们对收获的希望。

久寻不见，有人将目光延伸到了旁边的玉米地，弯腰在玉米地里仔细地搜寻，好像玉米的根下也会结出山药一样。

说来也是奇怪，他真的在靠近山药地的玉米地里发现一棵土豆苗。它在异地偷偷长成后，将山药蔓子萎缩混在枯草中隐藏了起来，逃过几轮饥饿人群的视线，最终成了这位聪明人的意外收获。

听到这位幸运者的惊呼，大家呼啦一下围拢过来，形成了一个圆圈将他和那棵土豆苗围在了中间。此时，发现者成了众人的关注焦点，他招呼大家后撤一步，开始像对待一棵千年人参一样，以山药蔓为圆心、一米为半径画了一个圈，从圈外直直挖下一米，连带着沙土毫发无损地将那一串艺术品整体起了出来，用右手慢慢提起超过头顶，用左手小心翼翼地一点点剥落上面的泥土，大家将头先低后高跟随着他的操作，不断发出阵阵羡慕的惊呼。

发现者由于过度紧张，还是将其中的一颗山药蹭破了皮，大家终于找到了发泄口，夸张地对他一顿奚落。大家一致认为：这就相当于他当着众人的面，破坏了一件宋代官窑所产瓷器的品相，真是一件不可饶恕的罪过。

我用小锄努力快速地刨着，也会偶有收获。当捡到半块被铁锹铲烂的山药让姐姐看，会得到姐姐的夸赞和鼓励，更加增添了信心，更加地卖力寻找，终于，一块很大的土豆一角被我找到。我非常紧张，不敢离开半步，四下张望着压低声音招手喊姐姐快来帮忙。姐姐听到立马赶到，像挖一颗地雷一样用铁锹在周边深深地、满满地一锹铲起，才看清是一块薄薄的土豆皮。姐姐指着我笑得前仰后合，我尴尬得半天不敢将头抬起。

不管怎样，大的、小的、整块的、半块的、好的、坏的、有虫的，从周围捡到的一些小萝卜和小蔓菁，再顺手挖一些苦菜，也有沉沉满满的一筐。

当橘红色的太阳即将掉落西山，大姐招呼我们收拾工具，与众人一起准备返回。

返回的路上，黑暗渐渐将大地笼罩。山沟里刮起了阵阵凉风，小鸟归巢停止了鸣叫，蛙鸣和蛐蛐的叫声也被西风冷却得没有先前那么聒噪。

进门时，天已完全黑了下来。我将自己的收获骄傲地放在地上，母亲对我的收获一顿夸奖。

狼吞虎咽地扒拉着母亲端出的热饭，感觉今天的饭菜特别香。

那晚我睡得很死，做了一晚的美梦。在梦里，我提着捡到的满满一筐白白胖胖的山药回家。母亲说我在睡梦中笑出了声。

# 电话的前世与今生

20世纪70年代，第一次见到的电话是单位办公桌上放着的黑色手摇式电话，电话用一根粗黑的线与邮局相连。摇通电话，由邮局的接线员转接。

出于好奇，在没人的时候，我对话筒进行了一次解剖，听筒里虚搁着一个黑色圆形磁铁，嘴对着的是一个白色电镀小喇叭。

十几年后，手摇式电话改成了拨号式，后又升级为按键式电话，不再需要人工转接，电话机的颜色和样式也丰富了许多。

90年代中后期，部分家庭开始给家里安装电话。那时，能安得起电话的绝对是有钱人家，因为安一部电话需要三千多元，相当于一名普通职工一年的工资，而且，还不包括拉关系走后门的费用。

90年代末，部分大领导和第一批富起来的大老板手里出现了一种像砖头大小的黑色无线电话，大家称它"大哥大"，一万多块钱的价格让人咋舌。

持着大哥大的大老板绝对地牛气。记忆里，他们左臂夹着一个黑色公文包，右手举着竖着一根小天线的大哥大，一边打电话一边昂着头摇晃着走路。可能是因为信号不太好，打电话的声音很大，像是随时随地都在教训他的手下。持大哥大的人一般后面都有几个小跟班，负责为他开车门、撩门帘。一进饭店，老板将大哥大使劲往餐桌上一蹾，服务员就会一路小跑来到跟前，面带甜得发腻的笑容无微不至地侍候着。

也有买不起大哥大的小工头，从市场上买一个高仿的。在请人吃饭时，也是一副大款的派头边走边打电话。但由于大哥大的分量不足，往桌子上蹾的时候就少了一些气势。往往装到一半，会在服务员不在时出现笑场，制造出一种喜剧效果，逗得大家喷饭。

两三年以后，大哥大升级，成了小了一圈的"二哥大"，价格也降了近一半。

此时，开始流行"BB机"，听说此物是澳大利亚放牧时给牛带的，但由于价格才二三百元，月费也不高，很多人都带着。将 BB 机（亦称 BP 机）挂在腰上，露在外面，怕丢失，用一根小链子拴着与裤带相连，时不时低头看一看，用手摸一下。一会儿听不到响声就怀疑是不是坏了，急匆匆赶回办公室用座机给自己"呼"一个。呼机响声最频繁的时候一般是在快下班的饭点前。

21 世纪初，中层收入的人为了面子，咬咬牙也能买得起一部三千多块的揭盖式三星手机，但使用了一段时间后发现，通话的费用直接影响到了手机持有者的生活质量，为节省通话费，听到手机响先挂断，回到单位再用座机回电话。

单位给我配了一部手机，一个月后，丢在了响沙湾的沙坡上。大家一起动员，用宽大的耙子进行了一个多小时的地毯式寻找，最终失望地离开，彻底毁坏了旅游的心情。同事一路劝导："一年的话费也会赶上手机价格，而且手机一定会降价，到时候一算账，你应该是赚了！"果然被他言中，第二年，三星手机的价格降到了一千来块，一年的通话费三千元不止。

两年后，我购买了一部一千多块的诺基亚手机。

此时的 BB 机已如鸡肋，被遗弃在了字台抽屉的角落里。

为了节省话费，小城流行了几年用局域网建起的"小灵通"。单向收费，通话费也比移动通话费低了近一半。随着手机通话费一降再降，后来也改成了单向收费，没用三年，在激烈的市场竞争中，小灵通停止了运行。

那时，人们用短信拜年。在 2004 年前后的除夕夜，春节的祝福堵塞了短信通道，让祝福无法发出，来年，大家都提前向亲人发出问候。

此后的几年中，各种手机纷纷上市，形成了激烈的竞争，手机价格和话费优惠得普通百姓都能承受，随着手机不断升级换代，大家都普遍以两三年一个周期换一部手机。三星、诺基亚、摩托罗拉、索尼、苹果、小米、华为……小屏幕变成全屏幕，样子越来越漂亮，功能越来越强大。

随着手机功能的不断升级，开始与数字化、网络联姻，让手机完全突破了原有的通话功能，从发短信一路升级为摄影、录像、看新闻、听广播、视频聊天……现在，智能手机的功能强大到随时可以面向大众发布信息，彻底改变了新闻传播的速度和途径，人们可以随意采集信息即时发布，旅游、团聚、吃饭、喝茶、散步都可以成为个人新闻，人人都成了"媒体人"。在家里安装一套软件，在单位就可以用手机遥控操作家用电器。如今，人们出行可以不用带钱，手机微信的支付功能全部搞定。

可以说，只有你想不到，没有智能手机做不到。

5G 时代，智能手机网速以倍数提高，再一次改变和提升智能手机的功能，空间立体影像成为我们的日常，让亲人远隔万水千山如面对面相见。

从电话到智能手机的巨大变化，从一个侧面呈现了改革开放三十年中国的发展变化，让幸运的中国人真切地享受到了三十年改革开放带来的红利。

我没有预言的能力。三十年前，我们做梦都不会想到电话会是今天这个样子，照这个速度，我也不敢想象，再过三十年，手机会是什么样子，那时的中国又将发展变化成一个什么样子。

## 照相的那些事

1978 年，在达拉特旗当知青的大哥去乌海当了矿工后，用积攒了两年的九十多块钱，买下了一台上海产的海鸥牌 203 型照相机。

在当时，照相机可是个时髦的稀罕物。从此，无论走到哪里，大哥都随身携带着这个宝贝疙瘩，在他的身后，总有一群孩子甚至是大人追随和围观着他。

记得大哥第一次背着相机回家，我们的注意力完全集中在这台从未见过的、闪着黑色金属光泽的物件上。刚会走路的弟弟蹒跚着过去抓向那台相机，就被大人立刻响起的制止声吓得哇哇大哭，从此，我们谁也不敢再靠近这件"神物"。

一段时间后，虽然大哥还是不准我们碰他的照相机，但默许了我们上前参观他照相。

大哥照相时，从上往下看，相机里面的人像是反的，人头冲下，与照相馆里相机一样，只是相机略小一些，也不需要盖一块一面红一面黑的布。大哥转动着相机侧面旋钮，里面的人像一会儿清晰，一会儿模糊。

再调皮的"猴小子"面对相机也会变得规规矩矩，和大人一起以军人的姿势笔直地站在照相机前，神情紧张地、耐心地等待着大哥"咔嚓"一声按下快门。

照十几张就需要更换胶卷，因为一卷胶卷只能照十二张相片。

照相是一个烧钱营生。胶卷很贵，洗相片也不便宜。为了解决买胶卷和洗相片的钱，工作之余，大哥走村串巷，有时还会回到陕北老家给老人和孩子们照相，收取一些费用。为了降低洗相片成本，大哥在他单间宿舍的炕下面挖出一个空间，打造成了一个可容纳两人洗相片的暗室。

在十几年时间里，大哥一边工作一边给人照相，为祖辈、家人和邻居留下了一些非常珍贵的黑白相片。

20世纪80年代中期，三哥参加工作成了单位的一名技术员，领导郑重地将一台价值三千多元的"理光5"相机交到了他的手上，从此，三哥成了一名职业照相人。

这台相机与三哥十几年形影不离，忠实记录着单位的工作动态。

当时，由于国产的"乐凯"胶卷性能还不稳定，因此，只能经常用柯达和富士胶卷。

虽然每一卷胶卷可以照三十六张以上的彩色照片，但一卷进口胶卷的价格抵得上三哥半月工资，所以，三哥每次按快门都非常慎重。

照相前，需要根据光线的方向选择好拍摄角度，然后调整好光圈和快门速度，提前站在一处固定地点等待抓拍的时机。由于拍摄时的迟疑不决，让三哥丢掉了许多精彩的瞬间。

即便如此，十几年里，三哥还是用精彩的工作照片为单位成功举办了两次图片展。现在，单位的档案室里，还保存着三哥拍摄的上千张珍贵的彩色照片，清晰、真实地记录着企业的发展历程。

十几年后，由于工作调整，三哥将相机郑重地交到了下一代年轻人手中。

多年的照相经历，让三哥养成了随时记录美好瞬间的职业习惯。在以后的日子里，看到一些精彩的画面无法被捕捉和记录，三哥心里经常会生出怅然若失的情绪。

进入21世纪，数码相机的问世让三哥再也按捺不住，花了五千多元买了一台索尼数码相机。

由于数码相机不用胶卷，可以在连续拍摄后对相片随意选择，三哥可以大胆地随意按动快门。从此，三哥的拍摄范围扩大，开始大量拍摄自然风景，春天顶破大地的一棵幼芽，天空中变幻莫测的云彩，涓涓的细流和野花野草，雨后如洗的城市都成为三哥捕捉的目标，电脑和 U 盘里，人物、风景、工作图片与日俱增。

独自欣赏着自己的作品，三哥的业余生活变得非常充实。一张张翻看这些记录，犹如回到从前，一次次故地重游。

近两年，智能手机的功能越来越强大，像素越来越高，照相的方法越来越简单，完全可替代数码照相机。

随着网络系统日益发达，微信成了人们生活的重要组成部分，日常生活的点点滴滴随时被记录，瞬间可传递，人人都成了"媒体人"，照片和视频被海量传输，让人眼花缭乱、目不暇接。

下载存储的自认为有价值的照片和视频数以万计，从中筛选和保存图片成了一项劳神费力的技术活儿，占据了宝贵的时间。具有历史价值的图片裹挟在茫茫的图海中无法寻觅，稍不留神，一次失误操作会将图片全部删除，让那段历史记录彻底丢失，会让三哥心痛好几天。

为防止"悲剧"再次发生，前几天，三哥将库存的图片进行了分类整理，将有历史价值的图片另存在 U 盘中，拿到照相馆洗成相片，保存在了一本闲置了多时的相册中。

## 电视机的那些事

20 世纪 70 年代初，在外地上班的大哥带回一台黑色的砖头大小的收音机。有一天，大哥把收音机放在柜顶上，眼睛贴着收音机的传声孔使劲往里瞅，一边瞅一边大声地说："哎哟！里面有小人跳舞，真好看！"我和弟弟在旁边急得想推开他看，但根本推不动他庞大的身躯，又够不着。直到他看够了我们急得快哭的样子，才笑着说："逗你们玩儿呢！"

我们大失所望——多想在家里就能看上电影啊！

20 世纪 80 年代初，二哥曾在公社当过小领导。听二哥讲，那时，县里给公社奖励了一台 12 英寸电视机，可公社收不到信号。他就召集了一群后生，用拖拉机拉着发电机和自制的天线来到公社最高的一座山上，后面跟着一大群孩子和几位老人。傍晚，在发电机震耳的轰鸣声中，电视机里出现了雪花闪动、一会儿清晰一会儿模糊的包头电视台新闻节目。在人们的阵阵惊叹声中，站在一边举着笨重天线的后生因为没人替换急得直叫唤，威胁说要放开天线去看电视。由于他的不稳定，造成了电视的效果更加不稳定，又招来一片笑骂声。

那一晚，村子里像过年一样热闹。

20 世纪 80 年代中期，离家不远的工厂里买回一台电视机。我与小伙伴蜂拥而至，围着工厂的看门人一个劲儿地央求，被看门人一顿呵斥，大部分灰心丧气地回了家。由于我的倔强和一副可怜相，最终打动了看门人。看着电视里不稳定、听不清、看不懂的外国电影，我的心充满了莫名的激动和好奇，从此，打开了我对这个世界的另一个小小的窗。

三哥 1987 年成家。在成家前，父亲带着三哥去女方家商量婚礼的日期。在即将皆大欢喜地结束谈话的时候，娘家妹妹提出得给新家买一台彩电。话一出口，屋子里顿时安静了下来。父亲蹲在一旁点着一支烟，烟蒂快烧到手了还没说话，气氛冷得快要结冰。三哥实在憋不住了，咬着牙说："行！买！"

　　在返回家的长途客车上，父亲对三哥只说了一句话："唉！你拿什么买？"

　　后来，没有波折地把三嫂娶进了门，三嫂的家人好像集体忘记了，从此再没提及买彩电的事。只有过了门的三嫂偶尔和三哥提起此事，三哥一脸的愧疚。

　　三哥说，这是他从小到大第一次承诺没有兑现。

　　三哥三嫂省吃俭用了三年，终于攒够了买彩电的钱。但当时买彩电需要找关系弄指标。打听到邻居家在外地工作的孝顺儿子给父母买了一台 14 英寸彩电，但老两口不会用，又嫌费电，没看两次，就把电视机压在了下炕的被子下面。三哥就从老两口手里买下了这台彩电。

　　抱回了彩电，三哥终于为兑现了承诺松了一口气。

　　从此，每天吃了晚饭迎接邻居到家里来看电视成了那段生活的一部分，直到几年后家家差不多都有了电视。

　　今天，当我在笔记本电脑上记录这段文字的时候，三哥家宽敞的楼房住宅里有两台壁挂式 52 英寸大彩电。

# 盖房那些老讲究

"衣食住行"是人类生活最基本的物质条件，"住"是其中非常重要的一项。

从远古至今，人类从山洞到窑洞，从土木结构到砖混结构，再到温暖舒适的楼房住宅小区，经历了一个漫长的历史过程。

现在，盖房要经过勘测、设计、规划、施工、监理等一系列复杂的程序，是需要非常专业的知识的。

我说的盖房，只局限于20世纪七八十年代，鄂尔多斯和部分北方地区盖平房的一些事。

20世纪80年代以前，鄂尔多斯还没有住宅楼，那时，居民住的全是小平房。

那时的住宅主要是砖瓦房和土平房。

70年代以前，住宅根据"阴阳"规划。北方地区盖房讲究坐北朝南，在盖房前，要请专业人士看风水定位。后来，由于城里的地皮紧缺，没有了讲究的条件，只能随坡就势，最大化利用那块有限的宅基地。

砖瓦房在当时是住宅中最上档次的一种。那时，乡村和郊区还没有砖瓦房，在城里，砖瓦房也只有有钱人和公家才能盖得起。

砖瓦房用大块硬石做地基，主体用机砖和沙灰砌筑，用水泥勾缝。门窗横平竖直、顶面一线，青蓝雾罩的玻璃透亮，照得家里明亮又温馨。门头上的几层出檐在视觉上有一种大檐帽的庄重与威严，屋顶是45度斜坡，呈等腰三角形，两面铺着红瓦，脊瓦紧扣搭成一条平行的直线，屋脊的高度有五米多，整体看，高高大大、方方正正、清清爽爽。

讲究一点的人家，屋脊的两头和房檐的四角做上挑檐，让这幢漂亮的建筑有了一种欲将展翅高飞的感觉。

屋内，用细沙铺红砖地，平时用水清洗；炕沿和炉台用高标号水泥抹得平直圆润，水泥干透前，抹一层红油浸渗，再进行细抹。干透后，经平时手和衣服的不断抚摩，慢慢有了包了浆的手感。炕上铺一整块厚油布，颜色和格调与腰墙、门箱、躺柜和方桌一致，下炕，整整齐齐叠着一摞新绸缎面儿铺盖，旁边放几个圆滚滚的、苦着大红枕巾的荞麦皮枕头。

地上的门箱、躺柜上放着一个闹钟、一台收音机和两个玻璃相框，拐角有一台缝纫机。紧靠炕沿，安一个一米高、打扫得干净清爽的洋炉子，炉中的火散发着温暖的光，炉上，电镀水壶"咕嘟嘟"冒着幸福的热气，壶盖被蒸汽揎掇得快乐地跳着舞。

屋顶用方木找平、木条打底，与墙面一起用"麻捣灰"抹平，粉刷得白净，雪白的墙上贴着散发着油墨香味的杨柳青年画、鱼娃及样板戏的海报。

客人进门，一种敞亮、温馨的舒适感扑面而来。

20 世纪 80 年代以前，小平房的比例占到了民居的百分之八十以上。

小平房一般用土坯或干打垒砌墙，门面用砖包一层"12 墙"，叫"里生外熟"。

墙的高度达到两米以上，在墙上纵向放一根檩子做房梁，梁上搭稀疏的粗椽，找出屋顶坡度，再搭一层较密的细椽，细椽上铺两层柳笆，柳笆上压一层厚厚的莐泥（掺糜草的胶质泥）找平，待莐泥干后，最上面抹一层防水黏土。

上梁前，在墙上掏出烟道，屋顶上砌好烟囱，盘一盘大炕，连着一个可放一大一小两口铁锅的炉台。

讲究点的，墙用白灰抹平，屋顶用报纸打底，糊上一层麻纸，刷一遍白灰。

经过以上几道工序，小平房就能"扫炕铺毡"入住了。

盖房是一个家庭最大的事，盖房需要好几年的积蓄。春天盖房，头一年杀一头猪，腌一大罐猪肉，再积存下些白面、软米和干粉条。

盖房的匠人有专职挣工资的，盖小平房大多是请亲戚、朋友帮忙，不挣钱，除了交情，还为那几顿好吃喝。

那时，油糕粉汤、猪肉炖粉条就是宴席上的两道硬菜。炖肉太奢侈，一般吃不起，烩菜达到精粉精肉，在事宴上已是上档次。平时，面条、馒头、荞面、粉汤、油饼就是好吃的。那会儿大米少，菜里没油水，陈年糜米和玉米面吃着扎喉咙，难以下咽，算粗粮。

盖房是一件苦重营生，主人须每天至少给匠人和帮工做一顿油水大一点的硬茶饭做支撑。

遇上不懂"哈数"的主人，匠人会提醒关键工序的讲究，一方面为庆祝阶段性成果，另一方面也是多年留下的吃喝由头。打地基要吃一顿油糕粉汤，上梁时要吃馒头猪肉烩菜，封顶时再吃一顿油糕，这叫"上梁馍馍'压栈糕'"。入住时，要吃一顿油糕粉汤，说法是"搬家不吃糕，一年搬三遭"。

遇上小气的主人，匠人会用一些特殊手段往下"留吃口"。比如，在烟道中部夹一张牛皮纸，在屋顶风口处埋入一只空酒瓶。

当主人发现炉子倒烟或新房有异响后，绞尽脑汁也找不出原因，只得将匠人请回，给吃上一顿好的，恭恭敬敬地敬上几杯烧酒。匠人装腔作势地诊断一番，然后爬上屋顶，往烟囱里浇下一瓢凉水，揭开瓦片取出瓶子，快速准确地解决了困扰主人多日的难题，不但混了一顿好吃喝，还留下了一个技艺精湛的好名声。

随着新时代的到来，改革开放让中国经济得到了快速发展，住宅条件也有了极大改善，人们住进了高楼大厦和别墅小区，城里的小平房逐步经过拆迁开发，已渐渐消失在了人们的视线中。随着人们生活水平的不断提高，人们开始养生，讲究健康饮食，从此，美食也不再只是肥肉大酒。随着建筑的机械化，建设管理秩序的规范，人们综合素质的不断提升，那些盖房中的陈规陋习也渐渐消亡，淹没在了历史的长河中。

# 东胜有个飞机场

那时候，小城不大，也就一千多人，我们也不大，也就七八岁。

那时出门主要靠步行，经济条件好一点儿的骑自行车，从伊盟拖修厂到郭家湾村三四公里路也算下了一次乡，去十几公里外的罕台庙乡就算出了一趟门。听大人说，东胜北郊有一个飞机场，距我家有十几里路，对我来说，那可是一个遥远的地方。

小时候，喜欢看打仗电影，在我们幼小的心里装着一个英雄梦，先是想当解放军、警察，后来，想当飞行员、宇航员……那时候，东胜的飞机场、雷达站、骑兵连和军分区是部队所在地，门前有荷枪实弹的战士站岗，在我的心中有一种威严和神圣感，我认为，这几个地方肯定是我未来实现理想的地方。

抬头见飞机从天空拖着白色尾巴飞过，想象自己穿着一身帅气的飞行服，戴着面罩和护目镜，一脸庄严冷峻驾驶着飞机与敌机遭遇，在蓝天上上下翻飞，追逐着发射枪林弹雨，把敌人打得"屁股"冒烟、抱头鼠窜、掉落深渊、爆炸起火，心里感到一阵阵莫名的激动，经常会在当了飞行员的梦中笑醒。天天急切地盼望着，能去看一看飞机场、飞机和正在激战中的飞行英雄。

十一岁那年，我终于跟着大人来到那个朝思暮想的飞机场。

远远看见一大片平整的空地上停放着两架闪着银光的小飞机，由于隔着围栏无法靠近，连飞机上的国旗和编号、飞机旁边的人都看不清楚。印象较深的是，在东北竖着一座孤零零的圆形小塔楼，最上层是透明的玻璃墙，塔尖有三个像勺子样的金属壳不停转动着。

等了很长时间，直到离开，也没等到飞机起飞。

这就是飞机场、飞行员给我留下的初次印象。没有想象中的雄浑大气，没有电影中激烈的战斗场面，我的心里有点儿失落。

后来听大人说，东胜飞机场建于 1959 年，平时，只有两架"安－2型"飞机，主要任务是季节性营运和执行紧急军务。

长大后，学了一些地理和水利知识，出了几次远门后才弄懂：鄂尔多斯人去包头和北方城市要跨越黄河，那时，河面上只有一座浮桥，丰水期水位上涨时，需拆掉浮桥用拖轮摆渡，冰面全部封冻后，人们可以在冰面上行走。

每年的入冬前和开春后的两个时段，因上游的宁夏段黄河封冻晚、消冻早，与包头段黄河产生了冻、消时差，造成下游的达拉特旗段黄河产生了流凌现象，需要拆掉浮桥让流凌通过。此时，无法摆渡，在河面未冻结实前，冰面上也无法行走，彻底阻断了黄河两岸的交通。遇到紧急情况或军务，飞机成了唯一可选择的交通工具。流凌严重时，冰块淤积会抬高河面，造成两岸防洪险情，得用飞机投弹炸开冰面疏导流凌通过。在当时，东胜的飞机对黄河南岸的应急交通有着不可替代的作用。

1983 年 10 月，包头黄河大桥建成通车，包头至东胜航线停运，小型飞机失去了它的优势和作用。

后来，小飞机用于飞播造林、喷洒农药和气象服务。改革开放后，小飞机还曾是东胜城市空中旅游的交通工具。

1989 年夏天的一个上午，有幸第一次坐上小飞机，在东胜上空转了一圈。

十几个人，分两排面对面坐在飞机的马扎上，挤在震耳欲聋的狭小空间里，飞机盘旋上升着来到东胜老城的上空，在几百米高空透过飞机的小圆窗向外俯瞰，小城的全貌尽收眼底，建筑变成了积木玩具。

半个多小时的盘旋颠簸，让我产生了严重的晕机，强忍着熬到终点。花了五十块钱买了一次难受，从此破灭了当航天员和飞行英雄的梦。

几年后，机场关闭，机场的那块空地列入了城市建设范围，成为东胜城区的一部分。飞机场从此淡出了人们的视线。

进入新世纪的 2007 年，在伊金霍洛旗建成的大型机场正式通航。从此，国际范儿、豪华版的"鄂尔多斯国际机场"闪亮登场，成了祖国北疆亮丽风景线上的又一亮点。

多年以后，那个飞机场慢慢淹没在东胜人的记忆深处。

只有在给外地人指路时，20 世纪 70 年代以前出生的东胜人，因记不起原飞机场所在地小区的名字，还会脱口而出提起东胜的那个飞机场。

# 东胜体育场

提起东胜体育场，大家想到的是"全民健身中心体育场"，就是人们常说的东胜北出口那个恢宏大气、充满时尚感、获得中国土木工程詹天佑奖的"菜篮子"。而我要说的是东胜的那个老体育场，如今的"伊克昭广场"的前身。20 世纪 70 年代以前出生的东胜人，都记得那个体育场。

80 年代以前的体育场与现在的伊克昭广场、全民健身中心体育场的结构和功能完全不同。

那时的体育场是沙石地面，四周是两米高的清水墙，南墙上一大一小两个门。北墙与伊盟一中隔着一条街，西墙外从北向南是伊盟体校和鄂尔多斯报社，南墙路对面是东胜图书馆，东墙外有一条小土路，紧挨着伊盟盟委的菜地。体育场内，正北中央，有一座砖木结构的主席台，西北角是一座用机砖砌筑的圆形灯光场，西南角有一座供水深井泵房。

也许是因为东胜人少，也许是因为我们太小，感觉体育场特别大，大得能盛下全东胜的人，大得从南到北得走十分钟。其实，原先的那个体育场还没有现在的伊克昭广场大。

当时，体育场是东胜的一个地标，是唯一能举办大型体育比赛和大型集会的场所。

20 世纪六七十年代，东胜风大且多。一开春，沙尘暴刮得飞沙走石，天地混沌一片，能见度不足三米。刮点小风，也会被刮得灰头土脸，站在体育场的空旷地带，会被风沙推卷得连滚带爬。因此，举办大型活动一般都选择在夏季那个风小的季节。

虽然叫体育场，但举办体育赛事却不多。

灯光场形似一座小型罗马斗兽场，外墙有五六米高。灯光场中间是篮球场，四周一圈梯形看台。北面是运动员出入口，南面是观众出入口。看体育比赛票价一角。

大人们曾带我去过那里，不记得是什么比赛，只记得漆黑的夜里，灯光场上空一片明亮。

记忆中，体育场举办过运动会，但不经常。

那时的体育场，最大功能是"开大会"。

20世纪70年代，体育场经常开批斗会，隔三岔五批斗"地富反坏右"。被批斗人脖子上挂着写着自己名字的大牌子，头上戴一顶尖纸帽子，腰弯成个虾米。台下一片嘈杂，听不清台上说什么，跟着台上人举起拳头喊着口号。

有时，把"坏人"拉在卡车上游街。车头上有个大喇叭，在仅有的几条尘土飞扬的马路绕城一周。一路上，广播里宣读着他们的"罪状"，号召大家千万不要忘记阶级斗争，对他们进行无产阶级专政。

被批斗是对一个人来说莫大的耻辱，起初被批斗，有人想不开。但在那个特殊的年代，因一件小事或一句话就会被批斗，见得多了，人们就有些感官疲劳，让批斗会有了一些戏剧成分和喜剧效果。在批斗过程中，发现台下站着一个"牛鬼蛇神"，现场招呼他上来"陪斗"。批斗结束后，摘掉牌子、整好衣冠、掸掸灰尘准备回家，听到背后说让他明天再来，吓得赶紧回家躲了起来，再也不敢来这里凑热闹。

被批斗的肯定吃了一些苦头，但过后，没人记得他们的名字，也不知道他们犯了什么错。

留下深刻印象的是批斗"流氓犯"。当挂着大牌子的"流氓犯"被游街后，成了小城街谈巷议的话题，他们也成了小城知名度最高的人。以至于四十多年后，老东胜人提起此事仍然记忆犹新。

最引人注目的还数间隔一两年一次的"公审大会"。因为要在体育场公审、宣判，意味着有死刑犯。

此后一段时间里，人们添油加醋叙述着执行死刑的细节和过程：有人知道死刑犯临刑前吃的什么，宣判前喝了多少酒，宣判后死刑犯的不同表现。甚至还知道，死刑犯在听到宣判后多数会大小便失禁，因此，死刑犯的裤腿得用麻绳提前系好。

间隔一两年就会召开一次公审大会，让大人不断有新的案例去教导和诈唬自己的熊孩子，让他们老实听话。

体育场的另一个功能是，每年春节，举办踩高跷、搬旱船和民间戏曲表演。正月十五，在体育场和公园燃放焰火和举办走迷宫、猜谜语等活动。

改革开放后，东胜人的思想和行为发生了转变，开始将精力转移到搞活经济上，体育场的功能随之转变。此后，体育场经常举办产品促销和摸奖活动。

1998 年，政府对体育场进行了重新规划，由内蒙古兴泰公司对体育场进行了扩建改造。拆除了围墙和主席台，将体育场进行了硬化、美化，设置了花坛、草坪、喷泉、雕塑，竖起了彩色大屏幕，搭起了新潮的舞台，体育场更名为伊克昭广场。从此，体育场华丽转身，成了政府部门宣传、社区窗口服务、居民休闲娱乐活动场所。

十几年后，东胜的经济发展步入了快车道。一年四季，伊克昭广场每天热闹非凡，人们在广场悠闲地散步、放风筝，孩子们在广场上追逐嬉戏。从黄昏开始，俊男靓女大妈轻歌曼舞，音乐、霓虹彻夜弥漫在广场的夜空……

前几天，与同龄人提起那时的体育场，才恍若隔世地猛然想起那些陈年往事，已在老东胜人的记忆里变得遥远而模糊了。

原来的那个体育场，见证了一段特殊历史时期，上演过一幕幕精彩的历史大戏。如今的伊克昭广场，还将继续演绎和见证东胜的一个又一个辉煌的未来。

# 冬天的故事

五十岁以上的人有一种共同的感觉，那就是现在的冬天没有那时候的冬天冷了。记忆里，20 世纪 70 年代的冬日冻得凛冽、冷得刺骨。

高原的气候变化多端。人们对气象台预报下雨或下雪持怀疑态度，但都承认：预报寒流和大风降温的准确度几乎是百分之百。

听到寒流要来，我打了一个寒战，条件反射地裹紧了衣服。

寒假的前几天，正是"头九二九冻烂碓臼"的极寒节气，寒流会伴随凛冽西北风和零星飘雪频繁造访。太阳仿佛也惧怕寒流的淫威，躲在了寒风形成的薄云后面，被寒气挤压成了一个亮点，发着暗淡的橙色光。

放学时，天已擦黑。街上的人很少，家家户户关门闭户，仅有的几家供销社、小饭店也上了板儿。懒散的本地狗挤进家里，趴在炉台旁的地下打着盹。偶尔，有一家将门拉开一条缝，带出一股白汽，隔着门缝朝院子里甩出半盆泔水，没等落地，水已成冰。

回家的路上，西北风响着哨音抽打着脸，眼睛眯成缝不停地眨才能隐约看见前面的路，一不小心，会踏空掉进居民盖房制作土坯挖出的大坑里。寒风冻得人脑门儿发紧、反应迟钝。脸上像有许多小刀在划，耳朵已没了知觉，通红的鼻尖上吊着结了冰的鼻涕。磨得露出鞋垫的塑料底鞋感觉已不在脚上，白毛雪跳着"旋儿舞"使劲往裤筒、袖口和衣服的缝隙里钻。手不够用，只能快速轮替搓一下耳朵、鼻子和下巴几个暴露在外的部位。距家的四五里路仿佛无止境，走得快要绝望了，终于才看到了自家的门。撩起门帘一头撞入反身将门靠紧，扔下书包快速拍打身上的雪，用露出指头的线手套一把抱住烧红的炉筒。炉筒发出冰雪融化的"滋啦"声并冒起一股热气，马上闻到一股烧煳味，手却没有感觉。下意识地赶快将手移开，脱掉烧黑的手套，指肚和手掌上出现了白色的烧痕。脱鞋坐在炕沿，抬腿一边烤脚一边用烤热了的手不停揉搓脖子以上的部位，十几分钟后，才从木讷中慢慢缓过神来。

家是一排四间低矮的小土平房，盖房的材料都是父亲捡拾积攒的。墙是干打垒"表"了一层旧砖，本地人称为"里生外熟"。门窗不是统一的样式，有老式小格子木框糊着麻纸的，有新式大窗眼的，上面是拼接的玻璃。上冻前，在窗上加一层塑料布。门有合页的，有木轴的，一开一关发出"吱吱扭扭"的响声，门缝可以伸进一只手。上冻前，在门上挂一个用麻袋、碎布拼接的门帘。屋顶用檩椽、柳条搭建。

进门后，得适应一会儿才能看清屋内的物件。门口，顺着门缝被风吹进一条菱形雪带，门后的水缸里结了一层冰，中间有一个正好能伸进水瓢的洞。

棉衣棉裤是哥哥姐姐顶替下来的，因长时间没有拆洗，裤口、袖口边呈皮筒状，可独自站立。无内衣可穿，皮肤直接接触冰冷的棉衣裤油光的内层。早晨起床，冷得胳膊腿伸不进棉衣裤里，干脆头一天晚上就穿着棉衣裤睡觉。为了美观，放下破棉鞋穿着单布面塑料底鞋，手脚长出了冻疮。冻疮好后形成的疤奇痒难忍，每晚得用开水烫才能睡觉。

一盘大炕人挨人睡着十来个。深夜里，西北风吹过，塑料布伴随着房顶旧瓷盆、小石子的掉落，"哗嗒哗嗒""噼噼啪啪"能响整整一黑夜。炉中火苗忽明忽暗跳跃着，发出幽幽的光照在檩椽、柳条裸露的黔黑的屋顶上，陈年蜘蛛网像倒吊在梁上的一条条黑虫晃荡着，随时可能掉下来。联想大人们讲的恐怖故事，觉得头皮发麻，不由自主用被子把全身紧紧裹成了一个蚕茧。

寒流到来的凌晨是一年中最冷的。公鸡冻得缩在窝里，在架上与母鸡挤在一起打鸣，发出不连贯的、跑了调的鸣叫，没有了往日的悠扬和嘹亮。

鄂尔多斯高原最寒冷的时节也就两三个月，寒流会随着天气渐暖慢慢变弱。春节一过，太阳又一次统治了北方大地，温和地照在白雪覆盖的银白色的原野上。这时，已感受到，春天就要来了。

冬天是休闲的大好时光。男人们经过了一个夏天的辛勤劳作，冬天里，有大把时间聚在一起吹牛聊大天。

知道大家要来，好客的女主人提前烧好了热炕，地上距地半米高的洋炉子上的水壶"咕嘟咕嘟"地冒着热气，温暖的屋子里散发出砖茶的清香。

午饭后，男人们三三两两陆续往一处聚。

像是约定好的，按年龄自然坐在了自己的位置上。中年人坐在下炕和后炕，觉得冷就拉下被子盖在腿上；年轻人坐在炕沿，间或站起，抱着炉子烤一烤。大家还未坐定，院里传来底气十足的"腾锅头腾锅头，听老汉给你叨西游"的吼声。声音落地，一个上了些年纪的壮汉也进了门，大家赶忙将离灶台最近的热锅头让给老者。中途有小孩子来凑热闹，将门轻轻推开一条缝，猫腰溜边坐在了门口旁的小板凳上，两手交叉插入袖筒，冷得不住气吸溜着快过了"河"的鼻涕。

一袋烟的工夫，不到二十平方米的房子里已坐满了人。他们大多是大院里的瓦工、木工、搬运工和赶车的。

不大一会儿，旱烟、蒸汽降低了屋里的能见度，臭脚味、旱烟味混合成一股特殊、强烈的"男人味儿"，低矮破旧的房子里充满了富贵人家少有的烟火气。

等老者坐定，大家哄吵着要求他兑现"叨西游"的承诺，让他一通歪理糊弄。大家知道说不过他，就转了话题，开始你一言我一语地说评书、讲故事、评道理。有时，确信没有女人在场，把小孩请出去后，会讲一些荤一点儿的幽默段子。有时，会逼着会唱的来一段。这时，"刘干妈""王成卖碗"等二人台和晋剧、秦腔唱段从小屋里传了出来。

临近饭点儿，一中年男人压低了声音，做出神秘的表情示意大家安静，激起了大家的好奇心。大家不由自主伸长脖子往前凑，只有老者靠着墙，微闭双眼悠闲地吸着烟锅。突然，中年男人嘹亮地放了一个屁，大家笑骂着一哄而散。

寒假的好天气里，和煦的阳光透过门窗洒在坑洼的地上，照得玻璃闪闪发光。这时，我们注意到了玻璃上的"画"。寒霜是一位很有创意的印象派画家，每天都会在玻璃上刻印出立体、精美的风景画，远看，有乡村、森林、山峦、河流、湖海、大漠……细看这些画，是由大小不同、形象各异的六边形冰花组成，画的形状和大小千变万化，在晨光映射下，一幅幅冰雪画晶莹剔透、闪亮夺目。

假日的清晨里，我们赖在母亲烧热的暖炕上，趴在被窝里长时间地欣赏窗上的风景，争吵着哪一幅最好看，评选哪一幅为第一名。让贫穷破旧的家充满了童趣，甚至，还有了一些艺术气息。

# 冬天里的温暖

鄂尔多斯属温带大陆性气候，数九寒天，最低气温可达 -25℃。入冬后，需要想方设法提高室内的温度。

20 世纪 70 年代以前，家家户户的平房里都有一盘连着炉台的大炕，炉台的烟道有两个出口，一个"直洞子"，一个"炕洞子"。夏天做饭时，用直洞子直接将热量排放，冬天换成炕洞子，做饭过程中，炉火顺带加热了火炕。

本地人有句老话——家暖一盘炕。寒冷时节，关门闭户，吃过晚饭，一家人坐在滚热的炕上，围着小方桌，披着棉衣皮袄，在一起聊天、讲故事。

有的人家用"过火"燃一个火盆，围着火盆抽烟、烤火。

20 世纪 70 年代后，土产门市部开始卖洋炉子。

在厨房、卧室、客厅混用的房间中央，用砖垫高洋炉子，架空固定好铁皮炉筒，设置一定坡度，将炉筒连接在靠近屋顶的烟囱上。火炉中的炭火被西北风吸得呼呼响，炉子、火筒散发出的热量使室内温度快速升高，让家人们感受到了寒夜里的温暖。

洋炉子热得快冷得快。临睡前，加上满满的一炉炭，不到一个小时，煤炭燃尽熄灭，屋里迅速冷却，须趁暖和钻入被窝，裹紧全身，防止被窝内的热量流失。

清晨，除了被子里，室内温度低至 0℃ 以下。漏风的门窗结着一圈厚厚的霜，门窗玻璃上画满了晶莹的窗花，门后的水缸也结了冰。

母亲把火炉重新点燃，室内温度升起来。钻出被窝，快速穿衣，跑步去上学。有时，衣服冰凉得穿不进去，怕迟到被老师批评，干脆晚上穿着棉衣裤睡觉。

火炕加洋炉子的取暖方式存在很大安全隐患，因炉子倒烟，每年都会发生几起一氧化碳中毒致人死亡事件。

20 世纪 80 年代初，东胜开始兴建独立办公楼，一座楼房配一台锅炉进行供暖。

20 世纪 90 年代，家属房开始时兴安装土暖。土暖是一户一套独立的供暖系统，将锅炉里的水加热，用热水推动冷水形成循环，用暖气片给每一个房间供热。土暖锅炉与客厅、卧室、书房隔离，提升了采暖的安全性。

这种供暖给每个房间提供了均匀的热量，温度维持的时间较长。但由于小平房的保温性差，房间加热慢，室内温度很难达标。上班前，加上满满一炉炭，下班回家，马不停蹄开始打炭、烧火、做饭。吃了晚饭，家还没暖和起来。一家人穿着棉衣、披着毛毯，挤在三人沙发上一起看电视连续剧。

上冻前，每家都要储备一车大炭。男主人要邀几位好友、同事或同学将炭搬进炭房。那些年，每年单位给职工拉炭，成了好友、同事、同学小聚的 个由头。

在那个年代，可以说，每个成年人都烧过锅炉——男人在工厂或单位烧大锅炉，女人在家里烧土暖锅炉。每天有一项雷打不动的任务：打炭、烧火、掏炉灰。隔一段时间清理一次烟道，保养一下漏了水的土暖炉。进入冬季，居民区和工厂的烟囱冒着黑烟，天空中飘浮着丝丝黑色烟尘，空气中充斥着煤焦油的味道。人们的指甲、鼻子和皱纹里残留着煤黑，城里的麻雀像一只只小乌鸦。

20 世纪末，开始开发住宅小区，一个小区建一座锅炉房，住宅小区实行集中供暖。

进入 21 世纪，大多数的居民住进了楼房，未拆迁的平房也陆续接入了统一供暖。

2011 年，鄂尔多斯建成了全国文明城市，几年内，关停了居民区的小锅炉，实行了全面的统一供暖。

现在鄂尔多斯环境优美，空气洁净清新。家家住楼房，水电气暖一应俱全，用上了天然气、电磁炉、电饭煲、微波炉、热水器……再也不用天天打炭、烧火、掏炉灰了。

寒冷的冬季，室内温暖如夏。有时，室温太高，需要开窗或调低供暖温度。

全民烧锅炉的历史成了茶余饭后的笑谈，打炭、烧火、掏炉灰的经历已成了偶尔才能想起的遥远的过去。

十几年前的元旦，我带队去了一趟华东五市。提前了解到，那里的最低气温不过 –5℃，自以为"曾经沧海难为水"，这样的小寒对经历过大寒的我那是小菜一碟。没想到长江沿岸的湿冷空气和室内外无温差着实给我上了一课，让我在他乡的凄风冷雨中特别想念鄂尔多斯冬天里的温暖。

经历了五十多个寒来暑往，走遍了祖国的大江南北，如今，我对鄂尔多斯冬天的"温暖"有着无限的眷恋和不舍。

听到网上一句流行语，让我对那次旅游的经历产生了强烈的共鸣——你在南方的艳阳里大雪纷飞，我在北方的寒夜里四季如春。

## 打猎那些糗事

可以算作我第一次打猎的，应该是在十二岁时我与邻居小哥的一次打鸟。

儿时，我喜欢鸟，迫切地想把小鸟放在笼子里据为己有，观赏它漂亮的羽毛，听它快乐地歌唱。训练它们说话，向客人问好；让它们听从指挥，随时落在我的肩上。于是，多次央求邻居小哥带着我去打鸟。

盛夏的一个星期天上午，邻居小哥帮我做了一把弹弓，我们一起来到东胜近郊的东沙渠村，在山沟里的一片柳树林里开始打鸟。

这次打猎，是我一生打猎失败的开始。整个上午，我没打到一只鸟，当邻居小哥将他的第一只战利品递给我时，把我吓得不轻。因为他递给我的竟然是一只开了膛、心脏还在跳动的即将死亡的小鸟。

接近午时，提着五具支离破碎的鸟尸返回的路上，我失魂落魄。这根本不是我想要的结果，我想养鸟，而不是收获一串肢体不全的死鸟。看着那些刚才还在树林里活蹦乱跳的小生命瞬间变成了毛与肉的混杂物，我的心口像堵上一块冰凉的石块，眼眶也不由得一阵阵发酸。

快到家时穿越马路，我一脚踏空，条件反射地将胳膊肘瞬间卡在了路边的一个张着大口的自来水井口上，井圈将我的胳膊和腿蹭破了皮，那几具破碎的鸟尸也被我扔了一地。

我一跃跳出，顾不上疼痛，捡起那些零碎儿，快步跑到我家东墙外的那片空地上。我蹲下身来，在沙土地上刨出一个小坑，将那几具魂归天外的小鸟尸体轻轻地放了进去，怅然若失地注视了一会儿，慢慢地将它们掩埋了起来，堆起一个小土堆，在上面插了一根小棍，起身退着离开，心里暗暗发誓：再也不会干这种无缘无故的杀生之事。

这就是我第一次失败又狼狈的打猎。

经受了这次挫折，我还是没有放弃那个养鸟的愿望。

与我经常一起玩耍的小学同学孙永飞的家住在郊区，他非常自信地告诉我：我可以帮你实现养鸟的愿望。

周末一个明朗的下午，他带我来到他家附近，我们在水库旁边的树荫下设伏。一个多小时后，用铁丝编织的"扣板"成功捕获了一只有着红白相间羽毛的漂亮小鸟。

捧着那只小鸟，我激动万分地转身向着家的方向奔跑，忘记了对同学说声谢谢。我不敢用力，怕捏伤了它，又不敢放松，怕放飞了它。一路上，那只小鸟在我的手里不断地挣扎、尖叫。我加快了脚步，一路狂奔，紧张得浑身大汗。

我把那只小鸟放进了提前用铁丝编织好的鸟笼里，给它倒上清水，用自己舍不得吃的大米饭喂它。可它却毫不领情，不但不吃不喝，而且还在鸟笼里不停地乱飞乱撞，嘴角撞出了鲜血也不停歇。我将珍藏了好长时间的冰糖碾碎放进水槽里，我吹着口哨，给它作揖，就差给它下跪，用尽了办法想让它平静下来，但它始终不为所动。

整整一夜，它丝毫没有被我感动的迹象。那股誓死不从的劲头终于战胜了我脆弱的神经，我无奈地、一百个不情愿地打开了鸟笼，将它放归了天空。

将刚刚到手的小鸟放飞，让我痛恨我的无能，我开始小瞧自己，觉得自己"心若绕指柔"，根本不配当一个钢筋铁骨的男子汉。

初二暑假里的一个上午，在伊盟卫生局工作、经常在旗下研究地方病的二哥突然心血来潮，主动提出带我出去打猎，着实给了我一个惊喜。

这应该算是我第一次正式的打猎。

我们骑着自行车来到了东胜的远郊塔拉壕乡，埋伏在一排茂密的沙棘林后面。不一会儿，二十米开外，发现一只灰色的野兔。二哥信任地将步枪递到我的手中，教给我瞄准射击的要领。我紧张得微微发抖，认真地三点一线对准了野兔，用干燥天气里无缘无故出了汗的手扣动了扳机，子弹呼啸着在野兔右边二十厘米的地方溅起一朵小土花。我重新装弹，再次瞄准了那个听到枪声站在那里发愣的傻兔，努力端稳，扣下了扳机，子弹落在了猎物左侧十厘米的地方。枪响过后，那只兔子好像才突然明白过来，快速转身钻入了一大片沙棘林中。

两人在大大的太阳下转悠了半天，再也没看到一只野兔的影子。

回家的路上，二哥一脸的不悦，不住气地数落我："你真是一个'妨祖圪蛋'（当地的粗话，类似于坏蛋的意思）！"因为这次打猎，是二哥打猎历史上的第一次空手而归。

我赔着憨笑给二哥解释："我敢是第一次打猎哇，打不中情有可原。再说，野兔的肉太瘦，不好吃，塞牙。"

这次正式打猎，也标志着我打猎生涯的结束。因为我周围的人都说，只要有我在，他们就什么也打不着。

我也发现，我的心太软，当瞄准那只野兔时，我觉得下不去手，打心底里不想无缘无故结束一个无辜的、鲜活的生命。当我扣动扳机的一瞬，我想的却是：它可能还在哺育后代，它的配偶如果没有了它会多么伤心。在我射偏后，我的心里不是失望和懊恼，而是庆幸自己成功地没有打中。在主观上，我的确有故意不射中的企图。

以后，再有人邀我打猎，我一律拒绝。至少，与朋友在野外出游，我再未朝着动物开过一枪。

一次，朋友请客，去了才知他们打了几只野兔。

收拾猎物时，看见从一只野兔的肚子里掏出了四只已成形的小兔。我一阵反胃，起身躲开。开饭后，我只吃了点蔬菜，未动一筷子炖肉。

二十年前的一个夏天，我与朋友来到水库边游玩。一只灰色的大鸟在我们身边突然飞起，我朋友随手举起猎枪，我阻止未及，那只大鸟在枪响声中直直地掉了下来。

当他弯腰捡起那只被打成破布一样的死鸟时，随和的我狠狠地对着他大吼了一声："你打它有什么用？！"

面对我突然的不满与愤怒，他有些吃惊，在我的怒目中低下了头，一脸的惭愧。

十几年前，鄂尔多斯开始实行"禁枪"，我打心底支持政府的这一举措。

在"收枪禁猎""退耕还林还草"几年以后，走在鄂尔多斯的乡间田野，会经常遇到野兔、野鸡在旷野里奔跑，见到大型飞禽在水中聚集嬉戏。最近还听说，在偏远的牧区，发现有狼和大型野生动物出没。

生活水平的提高极大地提升了餐饮文明，人们已不再将野生动物当作美食了。

2020 年伊始，一场突如其来的新冠肺炎疫情放慢了人们的生活节奏，提升了人们对野生动物的认知。政府将出台新法，对野生动物的捕杀和餐食行为进行严格管控，这必将杜绝将野生动物当成美食的陋习。

今天，鄂尔多斯已是全国文明城市，高原小城处处呈现出草青水碧、绿树成荫、花团锦簇的美丽景色。

如今，野生动物也成了鄂尔多斯的一道亮丽的风景。

# 大山里的幽灵

20 世纪 70 年代前，矿区可用一个"黑"字概括。

矿井周围，天黑、地黑、煤黑、人黑，眼前是无边无际的黑。矿区的居民区，街道黑，房子黑，家里的家具和铺盖都是黑的。晴天，空气中飘浮着黑色灰尘；雨后，地上积起一片片黑色水塘。矿工出井后，通身黝黑，张嘴露出两排白牙，眼睛一眨，露出两个白眼仁。没有天天洗澡的条件，只能这么黑着，矿工还有另外一统称——"煤黑子"。

自古以来，采煤就是男人的工作，也是勇敢者的职业，更是一个死亡率极高的行业。

行驶在陕北山沟里的公路上，可以看到两侧沟崖上裸露着不均匀的黑色的煤层。

20 世纪 40 年代以前，陕北地区分布着许多小煤窑，其中最有名的称为"丈八崖""二尺窑"。

"丈八崖"，即窑口开在沟底与山顶之间的山腰间。"二尺窑"，就是窑口的高度只有二尺。

将一根绳子套在脖子上，绳子从两腿间穿过，后面拉一个柳筐。从沟底垂直爬上窑口，举着电石灯爬进几十米深的二尺窑内。固定好电石灯，用小錾小镐把煤抠下来，用小锹小耙装满柳筐，转身爬出，把柳筐拉出来，装到沟底的毛驴车上，拉到距煤窑十几里外的集市上去卖。

条件好一点儿的，做一条棉布带子，没条件的，用麻绳。"煤黑子"的脖颈上有一道血印，时间长了，成了一条铁硬的"死肉"。

当地人称这种采煤方式叫"两圪垯石头夹着一圪垯肉"。如果运气不好，进去后煤窑塌了，连尸体都挖不出来，就算就地安葬了。

20世纪70年代，北方地区分布着许多"掘进式"煤窑，矿工在巷道内打眼放炮采煤。随着不断推进，形成了纵横交错的地下巷道，最长的几十公里。不熟悉地形的人，会迷失在巷道里。

矿工在一盏电石灯陪伴下，穿行在距地面三百多米深、没有任何声音的巷道。巷道内是死亡般的寂静，感觉自己就像地下的一个幽灵，像大山腹中的一只老鼠和小虫般渺小。

这种煤窑分"干窑"和"湿窑"两种。

干窑的地面上有一层细细的煤粉，踩上去感觉像面粉。采煤的炮响过后，窑内伸手不见五指，十几分钟后，才能看见对面三米内矿灯模糊的亮点。矿道内粉尘飞扬，喉咙像卡了一团棉絮让人呼吸艰难。戴着口罩会影响视线，甚至无法干活儿。在干窑里工作几年后，会得肺矽病，得了这种病会不断咳嗽、浑身无力。

干窑又分火窑和低温窑。由于矿井里没有女人，在火窑里，矿工会光着身子干活。瓦斯或粉尘达到一定浓度，遇明火会发生爆炸。

湿窑的窑顶上不断滴答着水，地下有片片积水。在窑内，不穿衣服非常阴冷，穿着衣服用不了多久会全身湿透。长年见不着太阳，会得风湿病。长年的湿气，会让男人的器官出现问题。

一旦打穿水系，会造成透水，矿工们时时面临着危险。

煤窑里，经常发生冒顶事故。

炮响后，炮工开始排查哑炮，矿工清理巷道，安检员给新开辟的巷道做支撑。一次，一名安检员抬头看着头顶的巨石犹豫着不敢上前，引起了正在清理巷道的老矿工的不满，他骂骂咧咧一把夺过他手中的锤子，提起一个支墩一个箭步上前，用力将原支撑于顶板间的木楔敲了下来。一旁的安检员下意识地将身子往后一缩，只听轰隆隆一声闷响，大家被飞起的煤尘笼罩在了黑暗当中。

"不好，出事了！"大家互相呼喊，不断询问什么情况。几分钟后，事故中心最先清晰了起来。大家将矿灯聚在一起照过去，老矿工在落下的顶板边缘露出半个脑袋、半条胳膊，半个脸血肉模糊，一只眼眼球飞出成了黑洞，半条胳膊耷拉着，感觉已与身体分离。年轻的安检员直竖竖地站在那里，泥塑般一动不动，石板边沿就在他的脚边。

一个矿工破声大叫："快救人！"大家如梦方醒，一拥而上，一起用力想搬起那块巨石。由于用力过猛，将岩石的边沿掰掉。十几个汉子一齐全力再试，根本搬不动已断成了两半的石板。有矿工用硬物去抠石板下的煤层，发现巨大的顶板在锤震下，石板下的煤层已很松软。没费多大工夫，就在石板下挖出一条通道，将老矿工平移了出来。此时的老矿工，身子已成平面，衣服像装了杂物的布袋。

这是矿井里发生的很常见的一起冒顶事故。

由于矿难频发，穷困山区的女人来到矿区主动找"煤黑子"结婚，婚后，购买两份意外伤害险。等男人出事后，领了保险和煤矿的赔偿远走他乡，另起炉灶，后半辈子就有了着落。

20世纪80年代后期，大型机械化作业极大降低了劳动强度，提高了产能，浅层煤的露天开采和深层煤的综采方式也提升了采煤的安全性。

进入21世纪，煤矿开采实现了机械化、自动化加远程控制，矿工不用下井，在实验室一样的工作环境中操作仪器就可进行采煤作业。

前几年，我到矿区了解水环境情况。见矿区的建筑明窗净几，厂区如公园。

我问矿区的负责人："矿井离这里很远吗？"

他告诉我："就在办公楼北一百米处。"

我问："怎么没看到煤炭和矿工？"

负责人笑着回答："煤经过封闭的链条通道直接上了煤台，矿工的工作环境也很清洁，现在都成了'白领'。"

我才恍然大悟：以前的黑色矿区和"煤黑子"早已成了历史，我的那些老观念也该彻底改变了。

# 高原的情怀

唱起信天游，跋涉毛乌素，跨越库布齐，

西伯利亚的狂风呼啸，

卷起的漫天黄沙，掩埋了过去。

唱着蒙古长调举杯，醉倒在大漠里。

在又一个春风里，

那颗沧桑的心，已泛出了新绿。

# 幸运人生

回顾他的大半生，可用两个字概括——幸运。

生于 20 世纪 60 年代中期，躲过了"三年困难时期"。出生十天后，中国的第一颗原子弹试爆成功，伴随着巨人的怒吼，一个独立自主的中华人民共和国屹立在了世界的东方。

降临在一个全新的时代，推翻了三座大山，穷苦人当家做了主人，让出身移民家庭，贫穷、卑微的他成长在一个没有剥削、没有压迫、人人平等的社会。

童年时期，"红色大潮"席卷着中国，改良着这片古老的大地，重塑着人们的思想。雷锋、黄继光、董存瑞、邱少云、焦裕禄、草原英雄小姐妹等是那个时代的榜样；《英雄儿女》《红岩》《智取威虎山》《狼牙山五壮士》《铁道游击队》《小兵张嘎》等故事涤荡着人们的心灵，塑造了是非分明、大公无私的一代新人。

虽然住着低矮破旧的土房，穿着打着补丁的衣裳，出门靠步行，玉米面、陈年糜米、高粱米、水煮酸菜是家常饭菜，但可以填饱肚皮。回想四五十年代在陕北老家活活饿死的、被恶狼咬死的两个哥哥，我们那真是太幸运了。

虽然贫穷，但没有贫富差距，人与人平等。虽然不富裕，但不自卑，没有抑郁症。相反，年少时经历了饥寒、品尝了苦涩，才真真切切地感受到了日后的甘甜，倍加珍惜来之不易的幸福生活，从心底里感谢为后人历尽苦难、付出了一生的前辈，感恩保卫人民平安、给了我们富足的国度。

七岁去报名上学，因年龄不够，老师开玩笑说："名字不好听，改个名字明年再来吧！"他当了真，当天就硬缠着哥哥姐姐给他起了一个幸运的名字。

生活在一个贫民大院，成长在一个十口人的移民家庭，生活捉襟见肘，几块糖、一个水果、一本小人书都需要用汗水来换取。于是，他经常与小伙伴一起捡废品、拔草、扣土坯……自己挣钱买喜欢的东西。在与大家一起快乐地劳动中锻炼了体魄、提高了能力，养成了吃苦耐劳的精神，塑造了乐观、自强、自立的性格。

父亲为了一家人的生存忙得脚不沾地，偶尔与他相遇，会对他进行简短严厉的训导，从此，他对父亲敬而远之。大哥比他大十五岁，二哥年长他九岁，在他懂事前，他们就离开了家到外地工作。未成年的他，早早地承担起了家庭责任，成了母亲的小帮手。在做家务和担水的过程中，他懂得了责任与担当，学会了忍耐和包容。没有父亲和哥哥给他撑腰，培养了他独立解决矛盾、问题的能力。

因为相貌和身体素质没有潜力可挖，他从小就自然确立了一切靠自己的原则。从此，他独自面对生活中的凄风苦雨，不断修炼内功、提升修养，在熙熙攘攘的人群中，打拼出了一条适合自己的路。

虽然不是最聪明，但遵守纪律、上课认真听讲，学习成绩一直名列前茅。老师从未因他学习成绩和调皮捣蛋找过家长的麻烦，还经常在同学和父母面前夸奖他，让他越来越自信。父母对他放心，给了他很大的活动空间。少年时期，他几乎是与发小、同学、朋友在抓鸟、耍水、爬山、滑冰等游戏中度过。像一株野草，在荒野中，在大自然的烈日、风雨洗礼下自由、蓬勃地生长。

母亲非常支持孩子的学习。做完家务，母亲会一边缝补，一边看着儿女做作业。母亲经常让儿女读课文给她听，爱表现的他，成了读课文的主角，这锻炼了他的表达能力，养成了他读书的好习惯。

青少年时期，他沉迷于美术和音乐，而且，他学会了用视觉、听觉、触觉、味觉去观赏世间的一草一木、一山一石和生活中点点滴滴的美景。

虽然业余爱好影响了成绩，但还是有惊无险地考上了预期的学校，找到了心仪的工作，实现了工作与爱好的统一。

由于音乐、美术特长，让他成了"筷子里的旗杆"，参加工作的第二年，就被前任力荐，当选了团支部书记。

从小吃过的苦、受过的累成了工作的基石。面对心仪的工作，自然会主动承担、认真完成，而且不求回报。虽然情商偏低，在人际关系上经常犯一些低级错误，但服从命令、勇于担当、不计得失的作风和取得的业绩抵消了不足，仍然得到了同事的包容、认可。在完成越来越复杂的任务过程中，能力得到了持续提升。十几年后，从技术骨干逐渐成长为一名企业管理者。

三十多年的本色"出镜"，自然成就了他从能力到思想一路向上的幸运人生，回头看，并未费什么"心机"。

他性格内向，喜欢独处，却不孤独。业余时间里，他静坐书房一隅，有罗贯中、吴承恩、苏东坡、李清照……，有高尔基、托尔斯泰、路遥、莫言、林清玄、王蒙、余华、周国平、严歌苓、余秋雨、梁晓声、冯骥才……，有理查德·克莱德曼、迈克尔·杰克逊、雅尼、崔健、朴树、许巍、刘欢、腾格尔、布仁巴雅尔……，有达·芬奇、米开朗琪罗、齐白石、徐悲鸿……与他一起狂欢，共同抵御着窗外电闪雷鸣，书籍和墨香不断浸润、丰盈着他的精神世界。

婚姻是人生的一次重大转折。相貌平平、身材也不伟岸的他，除了倔强、上进和责任心再无是处，却得到了"班花"的垂青，让别人羡慕，也让他更加地努力。步入婚姻，在锅碗瓢盆交响曲中，懂得了理解与包容，学会用"太极"应对生活中的一地鸡毛。回头看，当初的誓言已兑

216

现了一半：未到老，却已白了头。回想自己的爱情与婚姻，对人生有了更深一层的感悟。

响应计划生育政策，一生养育了一个漂亮、善良、聪慧的女儿。没有养育经验的他，读遍了中外的"育儿经"。正当手足无措时，女儿却自然长大成人，送给了他一个活泼可爱的小男孩。如今，他每天与外孙一起玩耍、嬉戏，感觉又一次回到了快乐的、无忧无虑的童年。

有一天，他突然明白：人生原来是一个圆，绕了一大圈，他又一次回到了原点。只是，此时的他已脱胎换骨、风尘满面。

经历了饥寒的童年、叛逆的少年、迷茫的青年、奋斗的中年，耳顺之年，完成了任务。回顾人生，他感到非常幸运，因为，在他的人生路上，一直有贵人引导、师长教诲、亲人鼓励、朋友支持，让他在遍布岔道、荆棘密布的崎岖的人生路上走出了一条优美的曲线。

他始终认为：他就是这个世界上最幸运的人！

# 我的鄂尔多斯情怀

　　十几年前的一个夏天，为准备博士毕业论文，也为丰富一下个人阅历，我独自一人在内蒙古具有草原和沙漠特色的地区进行了一次实地调研。

　　从北京出发，途经赤峰、呼和浩特、包头、巴彦淖尔等地，几天后，到达了充满传奇色彩的鄂尔多斯。

　　在世界著名的达拉特响沙湾景区停留了一天后，坐上大巴走在"人与沙漠短兵相接"、具有"治沙创新精神"的穿沙公路，一路西行，穿越了库布齐沙海，直奔杭锦旗。

　　在大巴上，看着车窗外的景色，脑子被"辽阔"两个字占满。一望无垠的库布齐沙漠与蓝天白云震撼着我，让大家对造物主的鬼斧神工崇拜得噤了声，生怕惊扰了这位大地上沉睡的巨人。

　　到了锡尼镇的第二天，我包了辆出租车。司机叫巴特，是一个二十多岁、高大帅气、有些腼腆的蒙古小伙，不利索的汉语夹杂着蒙语音。

　　坐车在镇子里转了一圈。知道我是北京来的研究生，巴特更加热情，像一名专业导游，给我介绍了杭锦旗的基本情况和人文历史。午饭后，我提出想去牧区转转，最好能去牧民家里了解一下"退耕还林还草"生态工程实施后对牧民的影响。巴特略一思索，说十几公里外有他一个长辈，征得我同意，我们离开锡尼镇向西进发。

　　驶出小镇不到一公里，走在了沙石路上。道路边界越来越模糊，再往后，基本是在半戈壁半荒漠草原上信马由缰。

视野内，点缀着几个蒙古包和独立的平房小院，户与户相距有几公里，每户门前立着象征蒙古民族的"苏勒德"。

巴特将车停在高处，我们下车，瞭望这天高地阔。

巴特打趣说："往远瞭上一会儿，可以治疗你的近视眼。"

我摘下眼镜，深深呼吸着野草、野花的香气，极目远眺遥遥清晰的天际线，抬头仰望深邃的蓝天和自由的白云，感觉浑身轻松舒坦。望着那高天远地，心胸也变得辽阔了起来。

又行驶了半个小时，停在了一户平房小院外。应声从后院走出一位五十多岁的老阿爸，掸着身上的尘土让我们回屋，招呼着老阿妈烧茶。

我坐在占了房间的一半、铺着满炕地毯的炕上，炕中间一张小方桌上画着蒙古族图案，正面墙上成吉思汗画像上搭着一条蓝色哈达。侧面的柜顶上放着几个相框，相框里一位英俊小伙的几张穿着军装和蒙古族摔跤手服装的照片非常显眼。

通过后墙的小窗，隐约听到屋后巴特在向老阿爸介绍我，接着听到要为我宰羊，着实吓了我一跳。我赶忙下地穿鞋跑到后院，抓住老阿爸拿着刀的手，急切地解释着："我一个穷学生哪能受得了这么高的礼遇，而且我一会儿就得走。"

老阿爸一脸的不高兴："你是从首都远道而来的贵客，怎么能不吃饭就走？"

我求饶般地看着巴特，急得差点儿掉泪。

巴特赶快给我解围："一只羊我们四个人也吃不了。"

老阿爸顿了顿，转身抓住身边的一只趾高气扬的大公鸡，二话不说结束了它的性命，顺手递给了老阿妈。

我再次回屋坐下，老阿爸已洗了手脸换上了一身整洁庄重的蒙古袍。一会儿，穿着蒙古袍的老阿妈在方桌上摆了满满一桌冷羊肉和奶食品，给我面前漂亮的茶碗里倒上了奶茶。

巴特手里提着两瓶白酒进来。老阿爸盘腿坐在炕中间，让我坐在他的左侧，巴特挨着我坐在炕沿。

老阿妈里里外外忙活着。

巴特将三个银碗斟满酒，双手递给我一碗，我摆着双手连声说着"不会不会"。巴特笑着说："男人不喝酒就像男人不长胡子一样难看。"

老阿爸双手端起银碗，说："你从首都远道来我家做客，是我们全家人的荣幸，我敬你一杯！"说完自己一饮而尽。我难却盛情，端起抿了一下，高度白酒的辛辣让我伸着舌头吸凉气。老阿爸笑着说："年轻人没喝过酒就随便吧！"说完自顾自喝了起来，巴特也陪着喝。我扯了一下巴特的衣袖，示意他一会儿得走。老阿爸看出了我的心思，说："年轻人，出了门就不要着急，明天再走！"我说明天还另有安排。老阿爸想了想说："我们这里很少来你这么尊贵的客人，我很想听你给我们聊聊外面的事，十点钟你准时走！"

我给他们讲北京，讲大学里有趣的事，讲我的家乡，讲旅行中的经历。老阿爸饶有兴致地眯着眼听着，不时露出惊奇的神态，巴特一脸的羡慕，老阿妈抽空也过来听。老阿爸给我讲草原，讲驯马，讲他与老友醉酒的故事，讲大雪天迁移牧场的艰难，后来，讲起他与老阿妈的爱恋，大家笑得前仰后合，老阿妈露出少女般的羞涩。老阿妈也和我们谈起了他们远在边疆当兵的儿子，脸上洋溢着兴奋和骄傲。

太阳落山时，老阿妈端上一大盘腌猪肉炖鸡，屋子里顿时充满了浓郁的肉香。

我给二老敬酒，老阿爸用无名指点一下酒，敬天、敬地、敬祖先，然后一饮而尽。巴特给我敬酒，我也学着老阿爸的样子，我的笨拙引得大家开怀大笑。

我们吃着、喝着、说着，两瓶酒很快见了底。

老阿爸轻声唱起了蒙古长调，巴特和老阿妈也随声附和。倾听着优美的歌声，仿佛置身辽阔草原，听出歌声中在诉说着爱情，表达着离愁与希望。夜深人静里，悠扬的歌声在空中回荡。

不知不觉已是半夜，老阿爸说："你的学业是大事，不能耽误。"我看了一眼巴特，老阿爸心领神会："他是两瓶酒的量，但进城就别开车了。"

老阿爸、老阿妈将我们送出门外，嘱咐我们不要着急，路上注意安全。

无月的草原四周黑得深不见底，只有满天的星星在闪烁。车灯照在空旷的草原上一片模糊，只能看到眼前的路，我们认准大方向一路前行。巴特边开车边跟着车载 CD 大声吼唱着蒙古族歌曲，我也随声附和。

一个小时后发现，我们迷路了。

在草原上足足转了三个多小时，才终于上了大路。

告别巴特，回到宾馆，已是凌晨三点。

……

一个月后，我顺利通过了博士论文答辩。

在此后的一段时间里，与老阿爸、老阿妈和巴特在一起喝酒聊天唱歌的温馨场面经常在我的脑海里盘旋，让我的心充满了幸福与怀念。

多年里，每次遇到鄂尔多斯人，我都会给他们讲我的这段经历。近几年，我因生态环境保护工作前后两次来到鄂尔多斯，再次感受了鄂尔多斯人的热情豪爽和能歌善舞。

我曾试着寻找巴特，但由于时间紧，又没有巴特的联系方式，于是，委托当地的同行为我打听。同行笑着说："这里的蒙古男人有一半叫巴特，你准备一个一个去认吗？或许人家早已转了行或像雄鹰一样远走高飞了。再说，这种事在我们这里每天都在发生，你也别把这点小事放在心上。"

而我却放不下，朝思暮想着要再见到他们。

随着时光流逝，我与巴特再次重逢的愿望越来越渺茫，极有可能成为我的终身遗憾。

在巴特和鄂尔多斯同行们的身上，我深切地感受到了鄂尔多斯人豪爽坦诚、豁达朴实和真诚热情的性格，让我对鄂尔多斯这片神奇的热土充满了好奇与感激。

# 鄂尔多斯"酒文化"

鄂尔多斯与陕北为邻，陕北人的倔强、厚重、木讷与蒙古族奔放、豪爽、大气用"酒"在鄂尔多斯进行了充分调和，形成了憨厚、朴实、热情、包容的鄂尔多斯性格。

有一种对蒙古族人民都好酒的误解，甚至有些人认为，蒙古族人民都"今夜不醉不还"地馋酒。其实，我见过的蒙古族和汉族人好酒的比例差不多，和汉族人一样，蒙古族也有不少滴酒不沾的，当然，也有喝二斤不醉的。

蒙古民族有着非常深厚的"酒文化"。

我在草原上参加过纯正的蒙古族喜宴。宴会上庄重典雅的民族服饰，恰到好处的传统礼节，喜庆欢快的婚礼仪式，都包含着深厚的文化内涵。对客人最高的礼遇是在宴席上"放羊背子"和主人全家一起用连续不断的歌声为客人敬酒。酒过三巡后，由客人互敬，自行掌控。宴会的时间很长，甚至是彻夜欢乐。席间，发现年轻人过量或拼酒，年长者会平和善意地制止。喝至中途，随着马头琴声大家共同唱起欢快、悠扬的蒙古族歌曲，所有的客人都会被那种气氛感染，不由得融入其中。歌声一直唱到月明星稀、唤出东方晨曦，感觉蒙古族祝福的歌三天三夜也唱不完。伴随着歌声，有人会自发走到人群中间跳起舒展优美的蒙古族舞蹈，骨子里浸透着音乐天赋和舞蹈才能的蒙古人豪爽大气、热情奔放在此刻得以充分的展现。

宴会的全过程大家都是以酒助兴，用马头琴伴着歌声和舞蹈传达着快乐喜悦的心情，表达着对远方客人的欢迎和尊重。

他自称鄂尔多斯陕北人，在鄂尔多斯长大的他也受到了蒙古民族酒文化的浸润，形成了自有的一套"酒理论"。

年轻时参加了一次单位团聚。酒至半酣，蒙古族大领导让他给大家提出倡议。他站起 一时紧张无话，就主动自饮了一杯。领导问："又没让你喝酒！"他笑答："喝了这杯就代表我醉了，如果我说了错话，那是酒说的；如果说得好，领导一定会认为年轻人喝多了都这么有水平，平时应该水平更高！"

一番话说得在座的同事哄堂大笑、频频点头。从此提振了他在众人面前表达的自信，在他内向、木讷的性格里开始融入了幽默和豪爽。

毕业三十年后第一次同学聚会，部分同学端着个架子互相暗中较劲，场面有些冷甚至尴尬。他站了起来对大家说："今天是同学聚会，我们之间的身份就是单纯的同学关系，在这里，没有领导也没有富豪。领导也是你们单位的领导，不要在这儿给同学来当领导；如果真的有钱，就给困难的同学赞助点儿，从今后，同学们都尊重你、抬举你，每次同学聚会都会把你安在正席上！"

话音一落，同学们齐声鼓掌叫好，一下打破了僵局。

席间有同学站起："我提议，如果以后在同学聚会时再有人称呼职务，其他同学要在后面给加一个不雅的字！"大家齐声赞成。

从此同学聚会，再无人称呼职务，领导同学也变得谦逊低调，普通同学也不在领导同学面前低三下四。有钱的同学还慷慨解囊，让贫困同学得了一些实惠，解决了困难同学的一些实际困难。席间，无论官职、不管贫富，均以"必须喝潮、不许喝醉"为原则。喝酒时同学们互相照顾，每次都能喝得气氛热烈、尽欢而散，达到了"喝一次酒顶握三回手"的效果。

多年来，也许确实是酒量不济，他对给人灌酒或以醉为目的的喝酒方式极不认可。

二话不说，先干两碗，剩下就是自说自话、胡言乱语，吐得昏天黑地。一天三场，喝得不知姓甚，喝得寻不见家、认不得老婆。本来已醉，有人还在打劝，醉者不知，在"坏意"地劝说下一饮再饮，醉得不省人事、丑态百出。

面对这种局面，他会单独在耳边悄悄告诫："做人必须实在，喝酒可以耍滑！"

他最喜欢的喝酒方式是：假期或周末，请一位德高望重、胸怀博大的长者，请两个风趣幽默、能歌善舞的智者；邀一二才华横溢、志趣相投的知己，约三四知根知底、心地善良的挚友，相聚五六人，"四两保底不封顶"。

第一阶段喝的是赞美、尊敬与感恩。

第二阶段喝的是幽默、睿智的故事。

第三阶段喝的是回忆、童年和欢乐。

第四阶段由一人牵头，共同唱起最熟悉的老歌。大家仿佛在《乡间的小路》《垄上行》碰到了《采蘑菇的小姑娘》，和《同桌的你》在《外婆的澎湖湾》《踏浪》，与《蒙古人》一起《陪你一起看草原》见到了《父亲的草原母亲的河》……沉浸在连续不断的老歌里，大家彻底打开了心扉、放飞了自我，仿佛又回到了欢乐童年，从心底里真切地感受到生活的幸福、快乐与美好。

"好酒、好菜、遇好人，人对、事对、喝不醉"，"不喝酒时是观众，喝了酒都成了歌手"。相聚者在不断地欢歌笑语中增进了友情，在节假日里享受着生活，让工作的紧张和压力得以彻底释放……

有人对喝酒极不认可。他与人有一段对话。

问："酒是好还是坏？"

反问："馒头是好还是坏？"

回答："当然好！"

反问："一顿吃几个？"

回答："一个半！"

反问："一顿吃六个会怎样？"

……

其实，好坏不在酒，而在人。

# 酒香弥漫的鄂尔多斯

鄂尔多斯酒厂生产鄂尔多斯酒。鄂尔多斯原酒厂建在东胜老城的南门外，后来，经过两次搬迁、扩建，现已建成规模宏大的鄂尔多斯酒业园区。

我生长在鄂尔多斯，曾亲历和耳闻目睹了很多鄂尔多斯酒的故事。

## 印象鄂尔多斯酒

五六岁时的一个寒冷冬日，母亲牵着我经过鄂尔多斯酒厂。酒厂的上空飘散着白云一样温暖的白色蒸汽，一股蒸馒头的味道越墙而出，弥漫了整个街道。母亲告诉我，那是酿酒酒糟的味道。此后路过酒厂，我总要驻足，那种香甜深深刻印在了我的味觉记忆中，让我对鄂尔多斯酒产生了特别的好感。后来，看到电影中英雄豪杰大碗喝酒，心中暗想，等长大了也要这么喝一次。

那时候，鄂尔多斯酒非常金贵，办宴席上精装鄂尔多斯白酒，是一件非常体面的事。

娶媳妇之前，男方要去女方家"探话"。女方提出：娶亲时，男方要带两瓶用红绳拴着、贴着红双喜字的鄂尔多斯白酒。娶新娘时，要用男方带来的酒给女方亲戚敬一圈。敬完，女方在剩余的酒里放入木炭、香烛、葱段和炒米。婚礼结束，将两瓶象征着长长久久、红红火火、甜甜蜜蜜、生生不息的"吉祥物"保存在小两口的新房里。在以后的日子里，每逢喜事都要喝一杯。

参加工作以后，我也曾尝试"大碗喝酒、大块吃肉"，但终因酒量不济，酒后没展现出豪迈，反而有些狼狈。于是，改用小杯细品，慢慢也品出了一些鄂尔多斯酒的甘醇。从此，饭前小酌两杯醇香的鄂尔多斯白酒，也成了生活中一点小小的情趣。

## 母亲与鄂尔多斯酒

鄂尔多斯酒厂有一个不成文的规定：允许进入厂区的人随便喝酒，但不准携带。

母亲在"搬运社"工作，经常有出入酒厂的机会。单位派酒厂的活儿，爱喝酒的男同事总会抢着去。

装卸好货物后，进入白酒生产车间，用搪瓷缸接上高于 65 度的鄂尔多斯"腰窝酒"，喝半茶缸马上起身。鄂尔多斯腰窝酒喝着软绵绵的，感觉没劲，但走出酒厂的门，被风一激，马上会晕晕乎乎、头重脚轻。酒量大的，一路醉眼迷离、飘飘欲仙，能强打精神完成任务。酒量小的，会站立不稳，拉着车一路摇摆醉倒在半路，就地枕着车辕睡上一觉，经常耽误了任务，受到领导的批评。

但以后再有去酒厂的机会，他们还会主动请缨，重复上演同样的喜剧。

在酒厂拉货，母亲也会品上一点。晚年的母亲，在节日里也会喝上两小杯，但母亲经常说："还是鄂尔多斯腰窝酒好喝！"

## 父亲与鄂尔多斯酒

退休前，父亲从不独自饮酒。20 世纪 90 年代中期，退休后的父亲做点小买卖，经济宽裕了一些后，父亲喜欢上了喝酒。

多年来，父亲只喝鄂尔多斯散白酒。父亲喝酒很有规律：每月去酒厂打一次酒，每次十五瓶。

家里最暖和的锅头永远放着一瓶温热的鄂尔多斯散白酒。父亲喝酒的方式简单而直接：干活累了，进门上炕，咬开瓶盖嘴对酒瓶喝两口解乏；吃饭前，喝两口开胃；临睡前，喝两口助眠。

有客人时，父亲才会用酒盅。父亲让母亲捞一碟咸菜，炒一盘鸡蛋。他们一边品酒，一边拉着生意、谈着年景，不时举杯示意。他们喝得不紧不慢、悠闲自在，好似品着友情，喝着乡愁。

喝酒让原本沉默寡言的父亲变得善谈，还有了些幽默。父亲盘腿坐在锅头，抿上一口鄂尔多斯酒，给我们讲一些民间传说和为人处世的道理，偶尔，会给我们讲起他的特殊经历和一些可笑事。我感觉，鄂尔多斯酒让不识字的父亲变得风趣，变成了一位有着深厚文化底蕴的人。

## 鄂尔多斯酒在俄罗斯

20世纪90年代初，东胜团委组织郝家圪卜村菜农到俄罗斯进行农作物技术交流。两年后返回，带队的团委书记吕文光向我们讲述了鄂尔多斯酒在俄罗斯的一段经历。

打听到俄罗斯人好酒，出发前，他们带了二十几箱鄂尔多斯白酒。

经过几天的长途跋涉，到达了指定的蔬菜基地。

第二天清晨，驻地来了十几个当地人，经过翻译，才知他们是奔着鄂尔多斯酒来的。

为了与当地人处好关系，吕书记请他们喝了一顿鄂尔多斯酒。没想到，俄罗斯人的酒量奇大，65度鄂尔多斯酒，十几个人一顿竟然消灭了二十多瓶。

以后，当地人带着当地产的皮毛、山珍、鹿茸等高档土特产，隔三岔五来驻地"蹭酒"。为了细水长流，吕书记制定了严格的鄂尔多斯酒管理规定，但还是没能抵挡住好酒者的攻势，不到三个月，在当地人验证了鄂尔多斯白酒全部被消灭之后，基地总算是清静了许多。

通过用鄂尔多斯酒外交，赢得了当地人的信任和支持，蔬菜种植交流工作开展得异常顺利。

回到东胜，我们用鄂尔多斯白酒给吕书记接风。

宴会上，吕书记心情激动地说："离开鄂尔多斯，我们会更热爱家乡，走出国门，我们会更加热爱祖国。其实，我们有着数不尽的珍宝，因为易得，我们往往视而不见，在异国他乡，我们才会倍感珍贵、倍加珍惜！"

## 鄂尔多斯酒在南方

2004 年，二十多个同事组团在海南旅游，出来十天后，大家都有些想家。

一次午餐，发现柜台上放着一排鄂尔多斯白酒，大家惊喜之余，一致同意，用家乡的酒在异乡醉上一场。

几杯酒下肚，感觉又回到了鄂尔多斯那蓝天白云的怀抱，仿佛融入了辽阔原野，闻到了草原的清香。蒙古族同事带头唱起了"祝酒歌"，大家齐声附和，变成了大合唱，引来外地客人的围观和惊叹。

周围的游者也不由自主地起立，端起茶杯，跟着唱起那首雄厚、苍凉、悠扬的歌，一曲唱罢，他们发出了惊呼和热烈的掌声！

母亲河日夜流淌、奔流不息，环抱和宠爱着鄂尔多斯这片神奇的土地，将鄂尔多斯装扮成一位美丽的新娘。在这片天高地阔、风光优美、气候宜人的大地上，种植着大片甘甜的玉米、高粱，酿出了人间甘露鄂尔多斯酒，塑造了热情、豪爽、敦厚、诚信的鄂尔多斯性格。

# 饺子里的智慧

中国人生在最讲究亲情和团圆的国度，节日里，儿女们都要回到老人身边，特别是过年，遍布天南地北、国内海外的游子都要想尽办法与老人团聚，形成了地球上人类一次最壮观的大迁徙。

一家人团聚，吃什么、怎么吃是团聚后的一项重要内容。中国的餐饮文化中蕴藏着深邃的智慧。我认为，在浩如烟海的中国舌尖文化中，最具特色的非饺子莫属。

吃饺子，是中国家庭团聚的一个传统节目。家庭团圆要吃饺子，迎送客人要吃饺子，除夕吃隔年饺子，立冬防冻耳朵要吃饺子。

做饺子的过程是一个大家庭的集体活动。包饺子的几道工序是相对独立的，和面、切肉、剥葱、捣蒜、拌馅、擀饺皮、包饺子、煮饺子，最后收拾"战场"，需要全家老小一齐上阵、团结协作、分工负责。

这时，饺子已不光是一种美食，已成了传统文化的承载者。一大家子人围坐在一起，有说有笑包饺子的场面，展现出一幅祥和喜庆的中国家庭"欢乐人和美"的图景。

男人对美食味道要求相对较高，舍得放肉、下重调料，因此，切肉、拌馅自然成了馋嘴男人们的事；和面、擀饺皮虽然也有一定的技术含量，但对饺子的味道不会产生质的影响，可以让没有经验、体力充沛的年轻人去做；剥葱、捣蒜的活儿可以交给孩子们，他们可以坐着小板凳到角落里去干。包饺子可以全员参与，当然要培养几个好奇心强的小朋友。

包饺子的过程中，大家讨论着怎么煮饺子才能让饺馅不老、饺皮不破。经过辩论，最终，能说会道的"逞能货"女婿荣幸中标，承担了煮饺子任务。但大家并不服气，饺子出锅后，边品尝边对照多嘴女婿煮饺子高论对每一个饺子进行仔细验证，在终于找到了破绽，举起一个失败的案例向大家展示后，全家人会夸张地为他贺倒彩，将这种热烈和喜庆推向高潮。

在包饺子的过程中，大家手不停，一直互相交流着一年来经历和听到的新鲜事。

男人们谈收成，谈工作，谈外面世界的精彩与无奈，谈人情冷暖，谈国家，谈世界，谈天气，谈经济，谈科技，谈宇宙，最后谈到 UFO 和外星人……

女人们谈做饭，谈老公，谈父母，谈孩子抚养和上学，谈减肥，谈保健，谈物价，一直谈到食品安全问题……

孩子们起先还好奇地听着，一会儿就没了耐心，开始互相对比谁包的饺子最难看，起哄吵闹的声越来越大，最后发出了海豚音，严重地影响了大人拉话，被大人训斥得一哄而散。央求母亲拿出礼花炮，跑到屋外放鞭炮去了。

智慧的老人在包饺子的过程中一切听从着儿女的指挥，做着拿工具、找家什、收拾醋酱油的打下手活儿。克制住起身帮忙的冲动，坐在不影响儿女们干活的利静处，眯着眼睛欣赏着他们的家庭和睦、事业有成的儿女们在一起说笑着、协作着。

男人们吃得满头大汗，拍着肚皮推开饭碗，点燃一支烟，半躺在沙发上，嘴里嘟哝着因为做得太香，有点儿吃撑了，需要"圪躺"一会儿的那些不着边际的理由，收拾"战场"的任务理所当然就落在了女人们的身上。

整个包饺子、吃饺子的过程不但让大家品尝了中国的传统美食，而且是一大家人一次愉快的联欢活动。

232

再好的团圆最终都要以难舍的分别画上句号。几天后，孩子们要各奔东西。父母不拦也不能拦，他们甚至不能掉泪，中国的父母知道，忠孝不能两全，好男儿志在四方，孩子有他们的事业，迟早要远离他们去广阔天地做更大的事。

临行前，父母会再给儿女们包一顿饺子，给饺子赋予了别离牵挂的寓意。告诉儿女，老人是皮，儿女是馅，父母无法用他们日渐孱弱的身体一直把孩子们紧紧包裹在一起，他们将愿望化作饺子，用饺子皮来包裹孩子的心；他们希望儿女像饺馅一样团结在一起，共同抵御严寒酷暑和生活的艰难。

含蓄的中国父母用包饺子教会儿女思念与牵挂。

中国的父母知道，总有一天他们会逝去，他们教会了儿女包饺子，让儿女经常聚在一起包饺子，那样，在他们离开后，包饺子的团圆和谐的图景就会经常在儿女们的家中展现，让这种团圆文化一代一代传承下去。

父母知道，总有一天，他们的儿女会明白父母那颗无私的、如火山一般炽热的心。

父母也知道，孩子们迟早有一天会明白他们的希望，明白饺子里包含着的智慧。

# 感恩玉米面

20世纪80年代以前是计划经济，城里人凭票证购物。粮食按人头配给，未成年人每月口粮十几斤，重体力劳动者三十多斤。

供应粮主要有玉米面、白面和糜米，还有少量的小米、荞麦、莜面、软米和大米，有一段时间，还配给陈年高粱米和无糖红薯干儿。

我百思不得其解：头年还是澄黄美味的甜玉米，为什么隔年就变成了扎嗓子的、难以下咽的粗粮。

由于玉米面占到了供应粮的一半以上，成了左右一家人温饱和幸福指数的主要指标，如何让玉米面吃起来顺口一些，就成了每个家庭的一件大事。于是，大家绞尽脑汁、想尽办法对玉米面进行改良。

二十岁以前，除了过年和重要的节日，"玉米面窝窝"几乎每天一顿。

玉米面窝窝有两种，纯玉米面窝窝叫"烫面窝头"，在满汉全席中还有一席之地，当然，名称比较高大上，叫"御膳窝窝头"。我想，皇帝吃的窝窝头肯定与民间的不同，否则，满汉全席在我看来也就一般般！

烫面窝头的做法是：将玉米面用"爆滚水"和好，捏成拳头大小像山的形状，小山是中空的，所以又称"大眼窝头"。

刚出锅时，大眼窝头有着金子般黄灿灿的磨砂感，趁热吃有些黏甜。冷却后发僵发脆，风干后硬如石头。

另一种是用发过的玉米面蒸的"起面窝窝"。头天晚上，将玉米面拌成糊状，放在紧靠灶台的热锅头，第二天下午，发好的面会发酸、起泡。放入一把碱面或小苏打，掺入一些白面快速搅拌均匀，摊在后锅的蒸笼里，用大火蒸二十分钟。揭锅，将一整块金黄色窝窝用菜铲子分成十几个小方块。

起面窝窝软软的、虚虚的，表面有一层光滑的膜，发着温柔的光，切割的断面有气泡。形象、味道、口感有点儿像蛋糕，有想象力的人给她起了一个贴切的名字："发糕"。

我们那一代人对发糕有着深厚的感情，因为它每天都不离不弃地陪伴着我们。

还有一种窝头叫"假馒头"，就是给烫面窝头穿了一身白面外衣。由于做工复杂又浪费白面，见过别人吃但我们没做过。

我很小时就主动帮着母亲蒸窝窝，这让我得到了爱劳动的好口碑和母亲对我的偏爱。天长日久，锻炼了我的敏感的味觉——可以提前鉴定发糕碱大小，后来发展到可以闻出饺馅味轻重，成了一名品尝家常饭的高手。

其实，不是我天生勤劳，而是因为馋。我帮母亲的初始目的，是为了能在玉米面里多掺些白面，让发糕的口感顺滑一点。全家人对我蒸的发糕一致认可，夸赞我蒸的发糕像馒头一样好吃。只是到了月末，母亲会盯着早早就见了底的白面瓮发呆。

夏天，母亲经常用玉米面"刷凉粉"。凉粉凉凉、滑滑、黏黏、软软的，吃着顺口又败火，我们都喜欢。

但凉粉"水性"，吃了三大碗，把肚子撑得滚圆，尿上两道肚子就空了。中午吃得肚子鼓胀，却饿得等不上开晚饭。用玉米面刷凉粉需要放入定量的"蒿子"，才能让凉粉有黏性，吃多了会便秘。

"钢丝面"是对玉米面的一项重大改革，是粗粮细做的一大创新。彻底打破了玉米面无法做成面条的传统，让玉米面的形态和口感发生了质的改变，受到很多人的青睐。

将玉米面经过高温高压，制成细细、硬硬、均匀的圆形面条，像金黄色的挂面。

我反对挑食，但我的胃对钢丝面根本无法适应。吃了两顿就再也无法忍受，要求母亲在做钢丝面的时候给我蒸几个窝窝，即使是那种我最不喜欢的、不掺白面的烫面窝头也行。

若干年后，玉米面退出了人们的餐桌。但有些好事者开始"返古"，让餐桌上又出现了玉米面窝头，更有甚者，还要了钢丝面。如今的玉米面窝窝已进行了彻底改良，做工精细，去掉了玉米皮，甚至是用小麦面加色素制作，配料也精制、讲究，但我还是没胃口。对待钢丝面，我的态度更加强烈，要求当场撤下。因为一见到钢丝面，我的胃会隐隐作痛。后来才发现，我得了钢丝面反射综合征。

无论是从名称、味觉、视觉、触觉上，"摊画儿"可算作玉米面食品中的上品。

摊画儿用一种特殊的灶具——"画儿鏊子"制作。画儿鏊子那种黑黑、厚厚、圆圆、笨笨的样子就很可爱，有一种憨厚朴拙的美。

玉米面中放一点糖精，掺入三分之一白面，加入温水，搅拌成均匀的稀糊。提前将画儿鏊子加热。一根筷尖上扎一颗顶面削平的土豆，沾上素油，抹在烤得滚烫的画儿鏊子表面。遇高温油珠四溅，伴着噼噼啪啪的声响跳着舞蹈，阵阵油香溢满了小屋。舀满满一勺面糊，从中间向外转着圈摊成薄饼，盖上厚重的铁盖儿。一会儿，焦香的味道弥漫开来，充满了整个家，将我们包围在一屋子的香味中。揭开上盖儿，摊画儿的表面布满气泡，沾油的一面烤得焦黄。母亲将摊画儿快速铲在盆内。一刻不离母亲的我伸手快速揪了半块，边吹边倒着手，迫不及待地塞入嘴中。那种香甜让我产生了错觉，感到滚烫也成了香味不可分割的一部分。

回想那个情景，那种实实在在的香甜还在口中回味。

以上说了一些玉米面的不好，有些愧疚，感觉自己是一个忘恩负义的人。

　　是啊！我应该感谢那些看着不起眼、吃着不顺口甚至还会让我胃不舒服的玉米面。因为在我成长的二十多年里，是它给我们提供了成长所需的主要营养，让我平安健康长大，让我感受生活的艰辛与苦涩的同时，也让我真真切切地感受到了如今的幸福与美好。

# 憨憨的土豆

土豆原产于南美洲安第斯山区，学名为马铃薯，16 世纪漂洋过海来到中国，在中国的沿海地区被称为洋芋、薯仔、荷兰薯。辗转来到北方地区后，终于找到了它的理想之地，在这里牢牢扎下了根。北方人给它起了乳名，亲切地称它们"土豆""山药蛋""洋芋圪蛋"。

貌不惊人的土豆在泥土里吸收着地气，营养价值极高。丰富的蛋白质和氨基酸藏在小小的土豆中，膳食纤维和钾盐含量可与苹果媲美，既可是主食，又可是菜肴，可称为十全十美的食物。

土豆生长周期短、耐旱，适应 16—18 摄氏度气温，除了盐碱地，可以在任何松软的土壤中生长，在沙壤地里长出的土豆品质更好，非常适合干旱少雨、冬长夏短、气候凉爽的陕北地区和鄂尔多斯高原环境。

土豆进入陕北后，由于产量高、价格低廉、便于储存、"亦菜亦粮"的特性，在很短的时间内，就成了黄土地上的宠儿，在这片广袤的黄土大地上蓬蓬勃勃地繁衍了起来。以后，跟随着陕北人从口里来到口外，扎根在了中国北方地区和内蒙古广袤的大地上，成为贫苦大众主要的食物和热量来源。

在那个困难的时期，土豆为中国北方地区人口繁衍和发展起到了不可替代的作用。

土豆有着"吃皮耐厚"的性格，适宜各种烹饪方法：可以烩、炒、炖、煲，可以蒸、煮、烧、烤。形状可以随意变化：可以切剁成块儿、片儿、条儿、丁儿、丝儿，捣成泥儿，土豆粉可以做成粉条。

土豆是一种非常包容宽厚的食材，可与众多食材任意搭配：白菜、酸菜、面食，牛肉、羊肉、猪肉，沙拉、番茄……

土豆有几种绝配：番茄薯条、土豆烧牛肉、猪肉土豆烩酸菜、酸辣土豆丝、过油肉土豆片、盐汤胡麻山药丸子等等，味道真的好极了。

土豆进得了寻常百姓家，也上得了豪门盛宴，西洋菜品中常见土豆的身影。土豆与番茄搭配，让土豆身价倍增，此时的土豆已是薯条，完成了华丽变身，苗条身材穿着金装番茄红裙，典雅大方像都市舞娘，展现着妖娆气质和婀娜风姿。

土豆与沙拉、孜然搭配就展现出印巴异域风情。

"猪肉土豆烩酸菜"是北方地区的一道家常美食，在三种食材的完美合作下，这道菜产生出一种"上瘾"效应，让人欲罢不能——几天不吃就想得不行。对于这道菜让人上瘾的深层次原因，我个人建议，值得学者好好研究研究。

由于本地人做饭顿顿不离土豆，让陕北和鄂尔多斯婆姨们对土豆产生了高度的依赖——没有了土豆，她们就不会做饭了。

土豆在促进家庭和谐、团结，提升家庭幸福指数方面扮演着非常重要的角色。

秋季，组织家人到郊区收玉米、刨土豆是北方地区大人小孩都喜欢参与的一个保留项目。

农村亲戚知道，城里人下乡帮着收秋只是一个由头，干活在其次，目的是在节日里放松一下身心，呼吸一下新鲜空气，感受一下鸡鸣狗吠的恬淡生活，欣赏一下陕北秋高气爽或鄂尔多斯的天高地阔和蓝天白云，顺便舒展筋骨，锻炼一下身体。再直白一点：主要是来品尝一下现烤玉米、现烤土豆，再吃上一顿现炖山羊肉。

刨土豆、掰玉米还不到一小时，就点燃了土豆蔓子。大火大烟渐息，将十几颗比较"栓整"（方言，漂亮好看的意思）、大小适中的土豆扔进热灰里，十几分钟后刨出，用木棍刮掉表皮的黑灰，快速一掰两半，一股异香伴着热气扑面而来，边吹边就着蔓菁丝一气吃下两个才觉过了瘾。孩子们学着大人的样子，吃得满手满脸的黑，互相指着对方大声笑得前仰后合，欢乐的场景让亲情、幸福、和谐的味道漫延开来，抛向高空，传向远方。

土豆没有水果的华丽，没有瓜果的芳香，没有葱椒的泼辣，也不将果实顶在头上。土豆是土的、低调的，它在泥土下悄悄生长，只有在收获的季节，才将丰盛的果实呈现，证明着自己的价值。在千家万户的餐桌上，心甘情愿地默默充当着配角。

土豆的外表粗犷憨厚，实则充满了质朴的智慧，它有一颗光洁而平静的心，让人感受到一种温良可靠的安全感，像极了鄂尔多斯和陕北人。

# 质朴的黄萝卜

黄萝卜是一种生长期短、产量高、适合在干旱寒凉的北方黄土地上生长的植物。在鄂尔多斯和陕北地区，一般在秋季小麦、糜米、玉米收割后，与大白菜、蔓菁一起补种第二茬。由于黄萝卜的这些特性，在困难时期，人们会在秋季大量补种黄萝卜，以补充冬季短缺的食物。

20 世纪 90 年代以前，在鄂尔多斯和陕北地区，黄萝卜仅次于大白菜和土豆，冬储量排在第三位。

黄萝卜在食物中是一个尴尬的存在：既不算严格意义上的蔬菜，也不是粮食，更算不上水果。

黄萝卜有着倔强的性格，人们用各种烹调方法对黄萝卜进行改良，但很难改变黄萝卜有些僵硬的口感和那股淡淡的甜味。在那个缺肉少油的年代，用黄萝卜炒菜，味觉不如白菜；用它烩菜，不如土豆好吃；腌成咸菜，不如蔓菁、玉头清爽；拿它调凉菜，口感不如黄瓜；经过蒸、煮、烧、烤，味道不如南瓜和红薯；把它当主食，填不饱饥肠辘辘的肚皮，甚至，吃多了还会反胃。

在那个饥饿的年代，首先得解决温饱，然后才能考虑味觉感受。如何将数量不小的黄萝卜制作成可口的食物，用它填饱家人的肚皮，是每个家庭面临的现实问题。

当然，黄萝卜还是有一些优点的。

上小学时，黄萝卜是我们每天早餐后的一道甜点。

在寒冷的冬季，头一天晚上，从一大堆萝卜中挑选两个品相好、身材顺溜、小屁股的黄萝卜，放在室外窗台上冷冻一夜，第二天带到学校。早自习后，同学们围着烧得通红的洋炉子，将窝头烤成焦黄的颜色。咬上一口散发出烤香的窝头，啃一块冻得铁硬的黄萝卜，还真有点冬天抱着火炉吃冰激凌的感觉。

最成功的改良，要数用黄萝卜做饺馅。

削掉黄萝卜的根须，刮皮洗净，擦成丝，放入开水里焯三分钟后捞出，挤出多余的水分，攥成一堆圆球，细细剁碎，加入油盐、酱醋、葱蒜和调料，搅拌均匀，就是黄萝卜饺馅。如果有肉丝，那可是当时最好的美食。大家亲切地称黄萝卜馅饺子为"黄大肚"。这种略带甜味、没有油水的饺子也只能在节日里才能吃得到。

中国人都知道"好吃不过饺子，舒服不如倒着"。如果一个人经常能吃到黄大肚，背后会被人羡慕嫉妒恨地咬牙"夹扭"（讽刺）："不要看那'家斯'穿得烂、走得慢，人家可是'偏食圪蛋'（饺子）家常饭！"

每年，我们都能吃几顿"油梭子黄大肚"。

油梭子就是动物油脂提炼后剩余的残渣。如今，年轻人会将它扔掉，而那时，油梭子可是我们日常生活中难得的美食。

那个时代的人，都对油梭子黄大肚饺子有着深厚的感情，直到今天，同龄人相聚，还要点一盘油梭子黄大肚饺子当"腰点"。只是此时，人们的口感比以前细腻挑剔得多，每个人对美食都有自己的独到见解。

一次同学小聚，点了一份油梭子黄大肚蒸饺。一位美食家同学当着众人，向厨师提出改进建议：黄萝卜与油梭子的比例要三比一，少放一点盐、酱油和调料，以保留黄大肚那种特别的味道；将油梭子用大火炼成焦黄，但要在油梭子里保留一点油。他向同学们解释：这样做出的油梭子黄大肚蒸饺咬一口，不但能品尝到烫、脆、鲜和黄萝卜淡淡的甜味，还可让油梭子里的油香在嘴里长久地回味。大家听后，咽着口水，鼓掌表示赞同。

说实话，遍尝了几十种饺子后我的评价是：黄大肚的味道绝对没有猪肉韭菜、羊肉香菇、鸡蛋虾仁馅饺子好吃，但每次朋友相聚都会上一盘黄大肚。我认为：吃黄大肚时，我们品尝的是儿时的那些美好，黄大肚那种特别的味道，犹如一组密码，已深深镶嵌在我们的味觉记忆中。

更让我们惊喜的是，在制作黄萝卜馅的过程中，会得到一个意外的收获——"萝卜甜甜"。

焯过黄萝卜的水经长时间熬制，会变成一种棕色黏稠的美食，那就是萝卜甜甜。

那时，糖非常稀罕，凭票供应，根本满足不了我们对甜味食品的需求，萝卜甜甜自然就成了糖的替代品。

母亲熬好萝卜甜甜，分给我们每人一点，然后将剩余的藏起来。但无论藏得多么隐蔽，都会在一段时间后慢慢消失。我们用它拌米饭、沾发糕、泡水喝，只要不是咸的东西，都可以与它搭配成美味。有时，我们头痛脑热，母亲会将它当药给我们，你别说，喝上一口萝卜甜甜水，马上就觉得没有那么难受了。

萝卜甜甜不但是我们那时的美味，近几年参加宴会，萝卜甜甜还会伴随着油糕，出现在餐桌上。

在我的记忆中，黄萝卜也就这么点儿优点。

20 世纪 90 年代以后，人们的肠胃经历了三十来年肥肉大酒的洗涮，普遍"三高"指标亮起了红灯。每次体检，医生都会强烈建议均衡饮食、健康饮食，黄萝卜的优点逐渐显现了出来。

照着保健菜谱做菜，才发现黄萝卜有很多的烹饪方法。

黄萝卜可以与任何肉食搭配，不但不会改变肉食原有的香味，还可以去腥、去膻，还有补气和平衡营养的功效。

熬粥时，加入黄萝卜丁，是孩子成长过程中最好的一道加餐。

腌制成酸辣萝卜条，味道无可替代。

黄萝卜的色彩赏心悦目，可雕成花朵点缀高档宴会餐桌，给人们带来喜庆，与红椒、黄瓜等各色蔬菜搭配出艳丽的色彩，是餐桌上的一道清爽风景。

查阅了一些资料，才知道黄萝卜还有很高的保健和药用价值。

在北方，民间有一种说法："冬吃萝卜夏吃姜，不用医生开处方。"黄萝卜被中医称为"平安菜"，被誉为"小人参"。

黄萝卜中的胡萝卜素含量极高，可满足人体所需的维生素 A，预防夜盲症；黄萝卜纤维含量高，可改善消化不良，增强人体抗病能力；黄萝卜中的果胶酸钙能降低胆固醇，预防冠状动脉疾病和中风，有降压、强心的作用；黄萝卜中含有一种降糖物质，非常适合糖尿病人食用。

鱼生热，肉生痰，萝卜青菜保平安。

今天，我才发现，在物质生活高度丰富的今天，朴实、低调的黄萝卜，不但给我们保留了儿时那些美好的回忆，丰富了人们的餐桌，还给我们带来了不少意外的惊喜，让我们在品尝美味的同时，也护佑着我们的健康平安。

# 春暖花开燕归来

1992 年的那个春暖花开的时节，一只漂亮的小燕子飞进了我家。它绕着小院考察了两天，开始衔泥筑巢。一周后，一个漂亮的半圆形鸟巢挂在了门窗间的屋檐下。

那只燕子开始围着它的作品飞舞着夸张地鸣叫，引来了另一只燕子。它们并肩落在鸟巢边聊着，好像在品评那个鸟巢。

第二天，它们开始双宿双飞，俨然已是一对恩爱小夫妻。

一个月后，鸟巢里传出细碎的鸣叫，渐渐地，声音响亮了起来。

撤后几步，踮起脚尖、伸长脖子用力向里面看，巢中有几只长着稀疏绒毛的小燕子。

从清晨到日落，两只燕子交替飞进飞出，衔食送入巢中向天张着的几个黑洞一样的大嘴里。

已是盛夏，几只雏燕探出了头，好奇地向外张望。突然，一只燕子飞出了鸟巢，快速掠过，接下来是另一只。有时，它们会排成一排站在巢边，用两只黑亮的眼睛，歪着头好奇地打量着我。于是，我也看清楚了它们的模样。

它们一共五只，样子小巧又精神，一身很绅士的黑色燕尾服，羽翼后是一对剪刀般的长尾，脖颈处有一圈淡淡的粉红，除了嘴角显眼的两点黄色，大小与它们的父母已无二致。

以后，坐在院子里欣赏它们成了我的爱好，因此，我对它们的习性也有了一些了解。

它们飞速极快，快得像闪电划过，飞翔中，根本看不清它们的姿态。它们黎明即出，日落归巢，一整天都在忙碌着觅食。

它们善于在飞行中捕猎，很少落到地面捡拾食物，也不落在树枝上采集浆果，有时会在电线上站成几排，远远望去，像极了乐曲中的五线谱。

下雨前，它们贴着地面快速掠过又猛然升空，晴朗的天气里，它们多在郊外或在高空。我想，这是因为燕子多以飞虫为食，随飞虫起舞，自然形成了它们习性。阴天，湿气打湿了飞虫的翅膀，燕子就随飞虫低飞；干燥天气，蚊虫飞向高空，有蝗虫在田野聚集，从而引导着燕子的飞行路线。

老人们说："燕子选择民居筑巢很挑剔，只要听到有吵闹声，会毫不犹豫地离开。在城市里，被燕子选中筑巢的民居很少。能住燕子的民居，肯定是一个善良和睦的家庭。"

燕子是益鸟，民间视燕子为美好、吉祥、纯洁的象征，所以，人们不会随意捕捉燕子。

燕子是一种清高的动物，与人始终保持着一定的距离，几乎不能被家养。一旦被捕获，燕子会头撞鸟笼，用绝食抗争，直到死亡。

每天清晨，我会被燕子们一长串银铃般的对话吵醒。星期天，我会躺在被窝里，专心欣赏燕子们"吵架"。

清晨里，燕子那种悦耳婉转的长音与平时短促的叫声明显不同，那是一段连续婉转的声音，仔细聆听，还带着些许的情绪，感觉它们是在辩论，抑或是争吵、解释，我甚至可以听出，那是一对恩爱小夫妻在互相怨怼或吃醋。长期听下去，我甚至听出了它们的性格中，还有一丝的小气。

几个夏季的相伴，我了解了它们的生活规律。

花开的季节，它们相伴而来。每年孵化一两窝小燕，一窝四五个。

秋风起时，它们会悄无声息地离开，第二年春天再次返回，开始重复幸福、恬淡、优雅的生活。

几个春秋的相处，我与它们成了朋友。

整个夏季，燕子给我的小院增添无限的情趣与生机。秋天到来，它们离开，院子里安静、萧瑟得没有了生气。它们不在的日子，我会生出些许孤寂。秋风渐劲，寒气袭来，在那些寒冷寂寞的日子里，我很想念它们，它们让我对春天有了更多的希冀。

我们在那个小院里和谐生活了四年，已达成了默契：和平相处，互不打扰。我已视它们为我的家人。

第五年夏天的一个周末，邀朋友在我家相聚。

七岁的女儿拿出了她全部的玩具来招待她的小客人，但她觉得还不够，还想显摆一下我家独有的财富。她搬来梯子，爬上鸟巢，掏出了两只毛茸茸、肉嘟嘟的雏燕让小客人看。我发现后，焦急地催促她马上放回去。女儿惊慌地赶忙将它们放归了原处。

第二天清晨，我发现有两只雏燕跌落在了燕巢下的水泥地上，已没有了生命的迹象。

我很惊诧，也有些无奈，女儿只是捧了它们一下，怎么就会造成这么严重的后果。我很无措，害怕还会有可怕的事发生，不知该如何应对，只能长时间默默注视着它们。有时，我会讨好地向它们吹吹口哨，试着与它们沟通，平复它们的心情，幻想着它们不要再计较。

它们也好像忘记了此事。在接下来的几天里，再没有发生可怕的事件。但那段时间里，院子里好像安静了许多，直觉告诉我，这事肯定还没完。

心虚地度过了一个月，幸存的三只幼燕开始学习飞翔。

一个明朗的清晨醒来，发现院子里一片死寂。我预感到发生了什么，衣冠不整地慌忙奔出家门，抬头看，那个燕巢已空空如也。

我从清晨一直等到傍晚，它们一只也没有回来。

　　这不是燕子该离开的季节。虽然心里抱着它们会回来的幻想，但直觉告诉我，这次，它们永远地离开我们了！它们再也不会回来了！

　　那一段时间我非常失落，经常呆呆地仰望天空，希望能看到它们突然出现，给我一个惊喜。可它们仿佛融入了那片蔚蓝的天空，再也没见到它们的踪影。

　　在很长的一段时间里，我天天期盼着小燕子归来。但时间像一把锋利的剪刀，将我的希望剪成碎片，飘落在清冷的风雨中。

　　我常想：如果我们可以交流，我会真诚地向它们道歉，希望它们明白：孩子们并无恶意，只是因为太喜爱才无意间伤害了它们。我还想：假如它们能够感知我的心情该有多好，那样，它们肯定会原谅我，就会再次回到我身边。我还暗自保证，只要能够回家，我会满足它们的一切条件，以它们最喜欢的方式迎接它们归来。

　　但它们是燕子，它们不会改变原则，它们高傲得让我毫无机会。它们也不会听我絮叨，更无法感知我的思想。

　　就这样，它们将遗憾留在了我的心底，永不回头地消失在了我的视野中。

　　我亲爱的小燕子，你们在哪儿？我非常想念你们！你们在他乡过得还好吗？

# 寻找梦中的天堂

音乐，是来自天堂的声音；音乐，是上苍赐予人们最美好的礼物。好音乐像纯洁的水，可洗涤灵魂；好音乐能让思想插上翅膀，在太空中自由翱翔。

我天生对音乐有着强烈的敏感，年少时，初听一种美妙的音乐响起，我会被惊到。当音乐家也曾是我的梦想，但在前往梦想的路上，横亘着一条没有摆渡的、翻卷着波涛的大河，让我只能"望河兴叹"。

第一次接触音乐是小学五年级。二哥买了一把口琴，那声音将我定住，我忘了做作业，凝神欣赏。二哥出门，从来"不拿群众一针一线"的我潜入二哥的房间，将锁在老式门箱柜里的口琴用铁丝钩出揣在怀里，紧张地跑到第二完全小学的操场急切地开始吹。一串杂乱的声音从口琴中跳出，我努力想抓住那些音符，排列它们的秩序，但无功而返。

为了吹口琴，我成了"惯偷"。

仅两三次，我竟然吹出了调调，慢慢找到了一些感觉。

十几天后，二哥练口琴，我对他说："让我吹吹好吗？"

二哥一脸狐疑地递过口琴，我接了过来，有点哀伤的、流畅的《红河谷》曲调在空中飘荡开来。

二哥惊诧地听完，盯着我看了一会儿说："你拿去吹吧！"说完，二哥转身走了，背影里有些许伤感。此后，我再没有听过二哥吹口琴。

"吉他"在一定程度上改变了我的本性。

上技校后的一个周末，学生宿舍里有同学带来一把吉他。他在那尤物上轻轻拨弄了两下，吉他发出的天籁之音瞬间将我俘虏，让我心跳加速。我夺过吉他爱不释手，不再给他机会，央求带回家一晚。我死皮赖脸地缠，又不能硬抢，他不情愿地答应，但发出警告："如果损坏，要赔一把新的！"我已喜欢得毫无廉耻，马上做出保证，千恩万谢，抱着吉他跑回了家。

一进门，我扔下书包马上练习。虽然吉他是弦乐，与口琴不同，但不一会儿就能用单弦弹奏曲调。一直弹到深夜，凌晨又弹，家人"吼"我："你还让不让人睡觉？！"

交还吉他前，我弹了一曲，把同学吓了一跳，他问我："你以前就会？"我摇头，见他狐疑，又慌忙点头。

我决心买一把吉他。

上技校的第二年暑假，去乌海和银川看大哥、大姐。半路上，在供销社见到一把吉他，标价五十七元。我想看看，售货员不屑地说："不买不许看！"我掂量了一下身上的钱，狠狠地说："我买！"

一把吉他花掉了我三个多月的助学金。背着吉他，摸着空空的衣兜，我心情复杂。家人认为我买吉他就是一次彻底的犯傻，他们问我："那东西是能吃了还是能喝了？"

不管怎样，我得到了我心爱的吉他。从此，我开始到处拜师，走在了求学吉他的路上。

旅行的第二站是银川的大姐家。大姐夫的一个朋友成了我第一任吉他师傅。教了我一个多钟头，我就基本掌握了他仅会的两首乐曲。

回到家，没有教材，找不到师傅，吉他水平止步不前。

我求学若渴，逢人就问。邻居告诉我，后院的崔哥退伍带回一把吉他，我当晚就去登门拜访。

崔哥的性格像他弹奏吉他，激情四溢，让我有一种久违的感觉。在他的指导下，我努力练习，水平突飞猛进。两个多月后，崔哥对我说：

"我已无可教，你跟着我不会有多大出息，我看你画得不错，我给你介绍一个画家朋友，你学画画吧！"我跟着师傅来到他的画家朋友那儿学了一个下午，以后再也没去，因为我还是喜欢吉他。

其实，那时的我不仅胆小，而且自卑，还万事不求人，甚至还有些怀疑自己的能力。但在学吉他的那段时间，我都奇怪自己怎么像换了一个人，变得勇猛而厚脸皮，而且，只要前面有目标，我就会夜以继日地练习，学习能力变得特别强。

我打听到邻院的张哥吉他弹得好。

黄昏，我背着吉他来到他家。张哥家高墙大院，院内狼狗狂吠，我鼓起勇气敲响大门，大门半天才开。进屋见家中在聚会，一群眼睛盯得我如芒在背。说明来意，张哥把我让进里屋，考了一下我的水平，给我即兴弹了一曲，指点了几句弹吉他的要领后告诉我："你不该来这里，你应花钱请个老师！"然后，起身送客。

张哥家那种神秘和压抑让我没了勇气再踏入他家的大门。

从此，我买书练琴，但没有氛围和目标，遇到难题无法解决，让我的吉他水平最终停留在业余、自娱自乐的水平上。

参加工作后，当了十年的团支书，为给单位举办舞会，又学会了弹电子琴，但也没有经过正规的培训。

随着工作责任和生活压力的加大，没了去学习和欣赏音乐的热情，从此，将乐器和音乐梦一起尘封在了家与心的角落里慢慢遗忘，任凭时间将记忆的尘埃在上面堆积。

不知不觉中已过去了三十多年。

一天，接到崔哥电话，邀我共进晚餐。开席前，崔哥给我介绍了他最近拜的一位吉他老师。宴会中，二十七岁的龚老师即兴弹唱了几首民谣，又一次勾起了我对吉他的激情。我们心情澎湃，齐声合唱，又一次回到了那个无忧无虑的快乐年代。

崔哥说出了他的计划：由龚老师指导和策划，争取在一年内举办小型个人演唱会，并邀我为他助阵。借着酒劲，我爽快地答应了下来，还即兴为我们的组合起名"老榆树乐队"。

第二天酒醒后，才觉答应得有些草率。因为我还计划在退休前做一个小结，而且现在还未退休，工作上还有不小的责任和压力，如果再筹办音乐会，将给我渐弱的精力和患有中度关节炎的身体增加不小的负担。但我是一个守信的人，既然答应了就会义无反顾。何况，这也是对生活的一种体验。

目标确定，开始出发。

我们充实和提升了乐器设备，挤出时间开始练习。现在的条件已今非昔比，不但可以在网上学，还可以让龚老师经常给予指导，进行组合排练。

毕竟不是初学，不到半月，我就找回了一些感觉。虽然有些僵硬的老手和切除了甲状腺的嗓音影响了弹唱效果，但在音乐中掺入了一些沧桑与厚重。

没有成名成家的压力，每天沉浸在美妙音乐中，让我那颗已不再年轻的心再次充满了激情与喜悦，这真是人生一大乐事，是一种最高级的享受。

经常徜徉在音乐里，让我深切感悟到：音乐与天堂是相通的！

从此，我认为：人不是死后才能上大堂，天天沉醉在美妙的音乐里，其实那里就是天堂。

# 与孩子一起成长

我喜欢孩子，有了外孙，就更加喜爱得不能自拔。

外孙一周岁前，他的老舅说他丑得出奇，我也只当是一种老讲究——为了让孩子好养活，故意这样说——因为我和孩子的姥姥从来不觉得他丑。我们一刻不离开地盯着那个柔柔弱弱、软软绵绵的小东西，觉得他浑身都是优点。外孙的一举一动、一颦一笑都那么可爱、那么"袭人"。直到他三岁以后，回头再看他以前的影像，胖胖圆圆的小鼻子、小眼像一个肉疙瘩，的确有些丑。但现在看，不但漂亮，而且很帅气了。

近几年，眼光有了一些奇怪的变化。年轻时，在我的眼中，漂亮的小孩很少，我周围的小孩不但邋遢，其中还有残疾和智障的。而现在，路过幼儿园或小学，见到的孩子个个漂亮、帅气，没一个丑的。而且，现在的年轻人个子普遍比我们高大，这种变化是我与周围同龄人的共识。我分析，应该是现在优生优育、孩子营养好的原因，再加上衣着新潮合体，将女孩儿打扮得如花似玉，将男孩儿打扮得自信帅气。当然，我的外孙在其中是最漂亮、最帅气的，连那个前突后翘的小脑袋和那两只扇风耳都显得那么机灵聪慧。

不是我偏爱，在我时时关注的、形影不离的三年多里，外孙的成长和表现近乎完美。陪伴着外孙成长，也给我们带来一路的惊喜与欢乐。

婚姻走过三十多年，工作的压力和生活琐碎让人有些心力交瘁，不同的工作环境和朋友圈让我与身边人的思维、语境产生了很大的差异，甚至出现了沟通障碍。为减少争辩，经常保持沉默或一个人沉浸在书房里。外孙的到来成为桥梁和纽带，让家人有了共同爱好，找到了共同语言，打破了郁闷的气氛，欢笑又一次回归家庭。我们看着外孙会笑、会坐、会爬，开始摇摆着走路，学会自己吃饭，说出第一个词，然后自由驰骋、上下翻飞……外孙的每一次成长都会让全家人惊喜，成了我们的中心和开心果，时时处处给我们制造着欢乐。

一次弟兄座谈，外孙已上小学的二哥深有体会地说："如果见明亮心情有点儿差，就和他聊他的外孙，保证让他的心情马上多云转晴！"大家会心地大笑，一致认可。

喜欢与孩子游戏，应该是我在无意识间弥补儿时的缺憾。我认为，喜欢与孩子在一起和与成人饮酒有同样的效果，就是能远离生存环境的复杂、琐碎与压力，暂时摘下那副快要与脸融为一体的厚厚面具，享受一段难得的、没有功利的童真与快乐时光。

当然，我带外孙是很理性的。我清醒地知道隔代教育的弊端和过度溺爱的后果，因此，我会主动接受晚辈讲述的关于幼儿教育的新知识、新理念，将理性教育贯穿到与外孙的活动当中。

外孙喜欢玩具车，喜欢得抱着玩具车睡觉，而且，三五天就要换一辆。带着外孙去商场，他会让我给他买好吃的，大概率要买糖果。为了控制他吃糖，进商场前，我会与他约定：一次只能任选一样东西，他答应后会认真遵守，而且会直奔玩具汽车而放弃了糖果。

我经常给他买小礼物，考虑玩具对他的影响，我会选择一些技能性玩具：首选可拆装的智力玩具，或选择小乐器代替玩具，比如小鼓、口琴、葫芦丝、口风琴、尤克里里……

我的书房挂满了乐器，摆着很多儿童书籍，桌上铺着水写布，营造出一种浓厚的学习氛围。任由他在水写布上涂抹，任由他胡吹乱弹，我教他电脑打字、绘画，给他讲故事，引导他看书。当然，会让那间书房有些杂乱。

我经常带他去户外，让他认识大自然，了解小动物，体验广场上的信马由缰。每次返回，不是灰头土脸，就是浑身湿透，甚至身上带伤。女儿对此不置可否，而妻子对我的行为强烈抱怨，甚至不允许我再次带着外孙外出，每次都在外孙的强烈抗议下缴械投降。

孩子是大人的翻版，他们一直在模仿我们的言行，他最亲近的人会给他打上深深的烙印。一次，因对职工的低级错误强烈不满，我唐突地在电话里冒了一句："你是不是有病！"说完立马后悔，心里默念，但愿身边的外孙没注意到或根本没听懂。可就在第二天，外孙与他的小姐姐在一起玩耍时，姐姐说了前半句："你是不是……"外孙立马接了过来："你是不是有病！"大家听了哄堂大笑，而我却对我失言造成的后果很是自责，从此在外孙面前更加谨言慎行。

孩子有着很强的学习力，他们在周围的环境中不断地汲取着新知识。一次载着外孙开车下到了地下停车场，外孙问："姥爷，这是什么地方？"我知道外孙怕黑，便轻柔地告诉他："宝宝，这是楼房下面停车的地方。"他若有所思，一字一顿地说："是不是就是黑一点而已。"我吃惊于一个不到三周岁孩子使用语言的恰当。我注意寻找着这句话的来源，几天后，在陪外孙看动画片《小猪佩奇》时，才终于找到了这句话的出处。

在陪伴孩子的过程中，我们也会在孩子身上学到很多优良的品质。外孙经常会提醒我系好安全带，过马路时，他要求我必须走斑马线，每次扔垃圾，外孙告诉我哪些是干垃圾、湿垃圾，哪些是厨余垃圾、有害垃圾，教会了我垃圾分类。其实，我们就是在相互学习、共同成长。

我非常认同"人之初，性本善"。我认为：孩子就是上苍派到人间的天使，他们来时就带着博大的胸怀和对这个世界深情的爱。问孩子："爸爸妈妈谁好？"他会毫不犹豫地回答："都好！"当你伤心时，他会陪在你身边与你一起伤心落泪。如果做了错事，他会带着愧疚含泪请求你的原谅，那种委屈的可怜相能将你的心瞬间融化，得到你的宽容后，他会马上忘掉悲伤，快乐得让你猝不及防。当我做了一件平常事，给他帮了一个小忙，他会夸赞："姥爷，你真厉害！"一句简单真诚的夸奖带给我一整天的好心情。外孙会突然对我说："姥爷，我爱你！"那突如其来的爱，让我感动得几乎落泪。

由于中度关节炎，有了理由长时间坐着工作或躺着翻书、看手机。缺乏锻炼，让日渐发福的身体更加笨拙。领着外孙到户外，成了一项心甘情愿的被动锻炼。外孙两周岁前，我们一起去户外，是我领着他，而现在，他在前面跑，是我在后面努力地追赶。

在承担了工作和社会责任的间隙，我们要多陪伴孩子，真切地感受他们的纯真，接受他们带来的快乐与爱，那是一种最珍贵的幸福。孩子是上苍送给我们最好的礼物，他们的纯真、宽容和欢乐感染着我们，涤荡着我们日渐混浊的思想，让我们重新学会无忧快乐的同时，修正着我们自以为是的言行，拨开我们眼前的迷雾，在这个能见度很低的世界里，回头清晰地看到来时的路。

# 我与供水半生缘

## 前言

东胜开始集中供水至今已走过了五十七年。

在这半个多世纪，东胜由原来的平房小院、土马路、风沙弥漫的小县城变成了高楼林立、道路四通八达、天蓝水清的现代化文明城市。作为基础设施和民生工程的供水，与城市的发展齐头并进，满足了人民日益提高的物质精神文化需求，成为东胜经济健康快速发展的助推器。

说来也是缘分，在这五十七年里，我与东胜供水有一种不解之缘。

我与东胜供水是同龄人。

1964年年底，东胜开始筹建供水站，那年10月，我出生在东胜。

"东胜县（现东胜区）第一期供水工程"庆功大会召开之际，我从伊克昭盟（现鄂尔多斯市）技工学校毕业分配到水厂，成了一名供水技术工人。那年，"东胜县（现东胜区）自来水厂"改名为"东胜市自来水公司"。

1991年6月30日，在"东胜市二期供水工程"施工现场，我光荣加入了中国共产党。

作为一名"资深"东胜人，少年时期，我见证了东胜供水从无到有的历史，参加工作后，又亲自参与和推动了东胜供水的发展与进步。

在这五十七年里，东胜供水的起起伏伏、坎坎坷坷与我的命运交织在一起，成为我生命重要的组成部分。那些付出了青春的过往，牵引着我去追忆那一段值得纪念的、难忘的日子。

## 没有自来水的年代

关于东胜的"水事"，还得从半个世纪前说起。

20世纪60年代以前，东胜的居民都自己打井。有条件的，请专业队伍打一眼十几米深的井。普通人家在院子里挖一眼三四米深的井，水量不够，就将雨水引入井内，澄清后当作饮用水。

部分居民和单位在住户集中点打一眼十几米深的井，上面盖两块大石板，架上手摇辘轳吊水。这种井不安全，曾发生过小孩坠井事故，还有两口子打架，女人想不开跳井的。

"压水井"是将井口全部覆盖，采用杠杆和虹吸原理，将水从井里吸上来。但因地下水补给慢，水位不断下降，经常压不出水。

郊区居民在河槽边挖一个水塘，通过沙土自然过滤后作为饮用水。盛夏，孩子们偷偷在水塘里耍水。秋天，水塘里蛙鸣四起。舀水时，将漂浮物拨拉开，担回家后发现，水里有蛙卵和蝌蚪。冬天，敲开冰面舀水。离水塘较远的，将油桶改成水罐，用驴车拉。

有钱人和孤寡老人花钱买水，让担水成了男人养家糊口的营生。

## 筹建供水站

尽快解决东胜人的吃水难题，是盟委书记暴彦巴图和副盟长田万生念念不忘的一件大事。1964年年底，伊克昭盟行政公署向内蒙古计委申请五十万元用于筹建东胜供水站。供水站由内蒙古建设厅杨宏侠设计，伊盟行署金汉文、包景文和县工交局马应瑞、奇文艺等人负责前期筹备。

县工交局从乌海调来一名供水技术工人谢耀增，从伊盟硫磺厂（驻准格尔旗）抽调秦建凯、许日华、徐广厚、赵乃、屈美元五名工人，组成了六人供水施工队伍。

供水工程建设由崔乘云、赵德山、刘子华三人负责协调管理。

由伊盟第一建筑公司负责建设泵站和水塔，内蒙古机井队勘探打井。

1965 年 3 月 15 日，东胜供水站建设工程正式启动。

那时有一种说法：东胜一年刮两次大风，一次六个月。虽然有点儿夸张，但那时东胜的风的确多且大，特别是开春后的三至六月份，沙尘暴刮起来飞沙走石，能见度不足三米，强壮的汉子被吹得站立不稳。

在漫天黄沙里，供水开拓者开始了他们艰苦的供水事业。

在谢师傅带领下，五名新手很快学会了管道安装。然后，每人带领一支队伍，负责一条管线，以供水站为起点，夜以继日向着居民区延伸。

经过二百多天的奋战，农牧大院和供水站后院的两眼深井试水成功，单井日产水量超过五百吨；容量一百吨的水塔、泵站和办公区相继完工；直径二百毫米、五点二公里供水管网进入了居民区，在居民区建起了九座水房。

春节前，供水站正式投入试运行。当时，供水方式为：将深井水加压至水塔，利用重力流向集中供水点供水，早、中、晚各供两个多小时。

东胜近千户居民吃上了自来水。

当年，东胜县成立了供水站，赵九富任站长，有职工十五人。

东胜供水的历史从此拉开了序幕。


## 欢乐的水房


"和平巷"地处东胜中心。通水那天，居民蜂拥而至，前来观赏听说过、没见过，高大上的自来水是什么样子。

当水龙头流出自来水的一瞬，引来一片惊呼，场面热烈得像明星现场会。那一刻，供水人如聚光灯下的明星，在追星族敬佩的目光中，脸上洋溢着骄傲与自豪。

集中供水十几年，家家必备一口大水缸，定时到供水点担水是每天雷打不动的任务。

从那天开始，供水房成了居民聚集点，成了孩子们的游乐场。临近供水，水龙头下排起了长龙，在等待中传播着小城发生的新鲜事。水声响起，人们蜂拥向前，流水声、敲击声、桶与桶的碰撞声此起彼伏，孩子哭、大人叫，场面极其热闹。

夏天，水龙头下排着洗菜、洗衣服的队伍，男人嘴对着水龙头喝水，用凉水洗头，孩子们打水仗、捉迷藏。冬天里，孩子们在水房周围滑冰、打陀螺。

## 自来水入户

1968 年，供水站在体育场、工人俱乐部和县酒厂打了三眼深井，将日供水能力提升到了两千吨。新建了一座三百吨清水池，改造了供水泵房，改为水泵加压供水。

从此，水塔完成了使命，成为见证东胜供水历史的标志性建筑。

那年，"东胜县供水站"改名为"东胜县自来水厂"。

1971 年，在郝家圪卜村打深井三眼，建起了郝家圪卜加压泵站和五百吨清水池，日供水增加到三千六百吨。

1974 年，在郝家圪卜村打井一眼，新增日供水六百吨。

随着供水量的增加，有了自来水入户的条件。

1980 年夏天，实现了我多年的愿望——拥有一个自己的水龙头，结束了我五年的担水生涯。

那时，还是三个时段供水。在盛夏用水高峰期，会隔天供一次水。

# 东胜的水环境

成为一名供水人，亲历了几次水荒和几期供水工程后才知道：从东胜供水伊始，供需水矛盾就注定是一场拉锯战，产水与需水是天生的冤家对头之间的"PK"，此消彼长、此起彼伏。

历经多年，东胜的供需水矛盾形成了一个规律：小型供水工程竣工当年——供大于需，第二三年——供需平衡，第四五年——需大于供，于是，出现用水紧张，供水工程再次启动。

回头看，这应该是东胜供水之路的必经之痛。个中缘由，还得从东胜的地理位置、地形地貌、地质条件和气候环境说起。

东胜位于"呼包鄂榆"的中心和交通要道，是一个极具活力、发展迅猛的城市。

东胜是鄂尔多斯高原上的高原。站在整体的高度俯瞰：以东"神山"至西"柴登"为"台梁"，形成分水岭。降雨一分为二，一半向南，经三台基水库进入东乌兰木伦流域，在伊金霍洛旗境内与西乌兰木伦流域碰撞形成"转龙湾"，汇入陕西境内的黄河支流窟叶河。一半向北，通过哈什拉川、罕台川、西柳沟和郝赖沟四大"孔兑"（河川），注入达拉特旗段黄河。

东胜全境为丘陵地形。城区范围内，四周高、中间低，城区内高差一百二十多米。整体像一个以三台基库区为把儿的勺子，降雨在城区汇集，向南流入三台基库区。

多年的统计数据显示：年蒸发量是降雨量的五至十倍，形成了干燥的气候特色，这也是东胜地表水稀少的原因之一。

东胜的地下多为"胶质泥"和"砒砂岩"土质，表面覆盖沙土。胶质泥透水性差，砒砂岩含水量少，造成地下水稀缺。降水大部分从南北两侧河川流失，少量渗入砒砂岩断裂的缝隙和孔隙。

东胜的浅井，多取于沙层浅水。百米以下深井，取自砒砂岩的孔隙和裂隙中。深井产量小，补给慢，运行一段时间后，产量逐年下降，造成"抽空"。城区深井，易受到侧渗污染。

截至1996年，水厂先后在城郊范围打井、购井三十多眼，单井稳定日产量不足五百吨。部分水井因水位下降、无法连续开采而停运，部分水井因水质不达标而报废。

2000年，城郊范围内的最后一眼深井退出了供水。

## 艰难的取水之路

1983年，东胜县一期供水工程开工。工程首次开发了东胜南郊昆都伦川、铜匠川河槽内的浅层地下水，采用"渗渠"（截伏流）方式取水。

渗渠是在河川横断面下埋设管壁可渗入水的"无沙涵管"，拦截上游的地下潜水。设置一定坡度，将渗入涵管的水汇入一侧的"大口井"。井口上建设加压泵房，将水送入城区配水厂。

一期供水工程建成了铜匠川、王家坡水源和王家坡加压站、三台基配水厂。为东胜新增日供水四千多吨。工程由厂长贾建民任总指挥，副厂长王福高自行设计、现场指挥。

1984年，随着撤县改市，东胜县自来水厂改名为"东胜市自来水公司"。

1986年，包神铁路经过东胜，实施了铁路给水工程，扩建了铜匠川水源，新建了忽沙图水源，新增日供水两千吨。

1991年，东胜市二期供水工程开工。建成了沙沙圪台水源和白家渠加压站，新增日供水五千吨。

此次工程，东胜供水水源跨越了旗界，进入伊金霍洛旗。

1996年，二期续建供水工程开工。新建了赵家塔和卡卡沟水源，扩建了白家渠加压站和三台基配水厂。日供水能力增加到两万两千吨。

二期和二期续建供水工程由经理杜占泉指挥。投入运行后，结束了长达三十二年定时供水的历史，实现了二十四小时供水。

1999年秋，面对新一轮水荒，应急补水工程开工。将原有部分水源扩建，建成了白家渠、温家梁水源，继续向南延伸，建成了张家塔、忽蝉塔水源。第二年开春，开发了东胜西北的罕台川流域神树塔段河槽，建成了色连、乌拉素、神树塔、杨家沟水源，建设了两座加压站和郝兆奎配水厂，新增日供水一万吨。

罕台川——神树塔水源，跨越了东胜与达拉特旗分界线。

该工程由总经理李炳南指挥。

随着撤盟设市，东胜市自来水公司改名为东胜区自来水总公司。

2000年，东胜启动了引黄工程。由康建民任总指挥，用了五年时间，建成了达拉特旗——东胜一级至五级供水加压站，建成了西柳沟、罕台川两处渗渠水源和铁西一配水厂。

2005年，一期引黄工程竣工，通过五级加压和直径八百毫米输水管线，新增日供水两万五千吨。

2007年，二期引黄工程竣工，建成了直径八百毫米复线和铁西二配水厂，日输配水能力达到十万吨。

当年，东胜区自来水总公司与"引黄办"合并，组建了"东胜区供水总公司"。

那几年，东胜经济发展步入了快车道，城市建设突飞猛进，高楼大厦如雨后春笋，需水量以倍数增加。

2008年，通过五级加压站，将达拉特旗展旦召水源水引入了东胜，新增日供水五万吨。

# 供水人精神

多年来，为保障东胜供水，供水企业实行目标化管理：要求运行设备完好率百分之百，供水水质合格率百分之百。成立了应急抢修小分队，二十四小时坚守岗位，随时准备应对供水突发事件。多年来，"抢修不完不回家"成了铁律。

建厂伊始，供水开拓者就奠定了艰苦奋斗、勇于奉献的供水人精神。

20世纪80年代，大街上经常可以看到供水人骑着自行车，将二百来斤重的铸铁管扛在肩上送往工地。供水施工工地，供水人中午不回家，馒头就着咸菜、喝一口热水就解决了午饭。

供水工程开工前，都要抽调内部技术力量，组建施工管理队伍。野外工地上，吃住都在帐篷内。春天迎着风沙，夏天淋着暴雨，秋天顶着日晒，冬天用篝火取暖。一旦被洪水侵袭，渗渠就会报废。为抢在雨季前完工，一开春就开了工。施工中，管理人员手持手电筒和铁锹，在严寒里彻夜守在工地，随时准备应对洪水的侵袭。

多期的供水工程，形成了水源远距离，泵站大高差，供水设施点多、面广、线路长的现状。最远的泵站距东胜一百多公里，给供水管理和维护带来巨大挑战。

水源至东胜沿途的四十多个泵站里，供水人要连续工作一周。节假日，有一半供水人坚守在供水一线，日夜守护着东胜的供水安全。

# 标准化管理

2016年，由总经理牛云峰带队，实施了"东康连通"供水工程，将乌审旗、哈头才当水源引入了东胜。扩建了忽沙图加压站和新三台基配水厂，新增日供水四万七千吨。

2018 年 5 月，东乌兰木伦流域、罕台川——神树塔渗渠水源完成了它的历史使命，退出了城市饮用水供水。西柳沟渗渠转换为深井水源。按照最严格的水资源管理要求，完成了水源标准化、规范化、精细化建设。

2021 年，铜川镇配水厂竣工投入了运行，为接纳准格尔旗水源奠定了基础。同年，实施了"城网互通工程"，进一步完善了城区供水系统。

## 供水新起点

东胜供水五十七年后，供水范围由十平方公里扩大到二百六十平方公里，供水人口由一千人发展到五十多万人，供水普及率从不到百分之三十扩大到百分之九十九以上，日供水能力从一千吨提升到十二万吨，供水方式由集中、定时、分片供水发展为二十四小时全天候供水。

目前，东胜已形成达拉特旗、乌审旗双向供水，"东（东胜）、康（康巴什）、阿（阿勒腾席热镇）"中心城市"一碗水、一盘棋"，东胜城区供水主网互联互通，配水厂互联互补的安全供水格局。

现在，东胜供水水压稳定、供水水质优良、供水服务方便快捷，实现了"安全供水、优质服务"的宗旨，达到了"用户满意、政府放心"的目标，为东胜城市和经济发展提供了坚实的供水保障。

为迎接新形势下面临的机遇和挑战，供水人正以崭新的面貌、科学的态度、创新的精神、无私的奉献、可持续发展的视野规划和建设着东胜供水的未来。

春天来了，古老的大地又一次焕发出了新绿，那是阳光的功劳、是空气的功劳，也是水的功劳，如果生命的三要素中缺了水，不能想象那将是一个什么样的世界。

为了东胜的美好未来，为了东胜人民的幸福，供水人还将继续付出百倍的智慧、辛勤与努力。

# 吾心安处是故乡

原以为，遗落在陕北的那个小村庄是我唯一的故乡。

1959 年年末，父亲领着全家离开陕北来到鄂尔多斯，几年后，在东胜搭起了一处平房小院定居下来。1964 年，我出生在东胜。直到而立之年，我才跟随母亲第一次回到家乡。

此后，随着交通条件的改善，有一根无形的线牵扯着我经常回去。近三十年里，走遍了家乡的山山水水，重走了来时的路，了解了祖先繁衍生息的那片黄天厚土，探究了家族的根脉。

每次回到家乡，听着熟悉亲切的乡音，看着善良温暖的笑脸，品尝着可口的味道，听着家乡的故事，触摸着父辈的遗物，蓝天阳光下，蒙蒙细雨中，吸吮着青草的芬芳，如婴儿躺在了母亲的怀抱里。

经过五十多年的耕耘，物质与精神一路向上，生活得虽简朴，却也知足。临近退休，有了闲暇，想起过去的点点滴滴，无端地生出些许惆怅。特别是在家乡的往返路上，忍不住胡思乱想：虽然家乡如梦中般美好，与亲人有着天然的亲近，与父母的那个小村庄、老窑洞有着无法割舍的情感，但出生成长在东胜的我对于陕北，只不过是家乡那棵老树上飘落在远方的叶，一个念旧的、经常回乡寻根的鄂尔多斯人，一位行色匆匆的异乡客。

随着时光逝去，这种惆怅越发强烈，总觉得童年的那段时光和快乐记忆无处安放。

一个想法在脑海中跳出：我是否应该有一个自己的故乡！

上网查故乡的定义：

——故乡是出生或长期居住过的地方。

依此确定，我的出生地、哺育我三十多年的那个东胜小城、那处贫民大院、那座平房小屋就是我的故乡。

再看，下面还有补充：

——故：旧的，故人故事。乡：乡村、老乡。

——故乡是记忆的总和，是时间的积累，是诱人的美食，是亲切的乡音，是怡人的风景，是深谙于心的故事，是许久不见的故人。

——故乡是年少时想离开，老了想回去的地方。

这样说来，陕北的那个小山村也是我的故乡。

其实，我原本就有两个故乡：一个是陕北的那个小村庄，一个是我儿时的东胜小城。

我那颗忐忑的心终于踏实了下来。

从此，我将陕北视为我的第一故乡，将老东胜作为我的第二故乡。我要用陕北故乡安放我的灵魂，要在那个东胜小城、那处贫民大院、那座平房小屋去寻找我逝去的美好时光。

近年来，常常陷入深深的回忆。那些童年的经历在脑海中不断闪现。随着黑发覆雪，那些遥远的过去非但没被如水的时光冲淡，反而重复播放得越来越清晰了。

那时的东胜很小，童年的我，跟随着父母的脚步就能走遍。那时，东胜人很少，陕北人很多，聊不了几句，就互相沾了亲。

方圆不到一平方公里的东胜老城有书店、饭店、肉店、裁缝铺、理发馆、钟表店、镶牙店、搬运社、小车队、城关医院、行政公署；外围有粮店、副食店、五金店、百货店、邮局、报社、工人俱乐部、印刷厂；近郊有酒厂、电厂、水厂、拖修厂、汽车站、四分店、泥画社、二完校、盟一中、二中、公园、烈士陵园、体育场、三五部队、军分区、飞机场。

那时，东胜还没有住宅楼。占一小半的砖瓦房都在小城的中心地带，城郊大多是土平房。

我们的大院在老城东南两公里处，属近郊。北挨二完小，南临拖修厂，东临机井队，西与石油队隔一条小巷。三百米外就是"东沙渠"小队。

大院是移民自建自然形成的。起初只有十几户，四周有大片空地和菜地。随着住户增加，十几年后，占了空地、瘦了巷道。盖房取土形成的几个大坑里积了雨水，生出许多小鱼小虫。

春天的东胜小城，沙尘肆虐，沙粒打得脸生疼，吹进嘴里，吃饭硌牙。女人们用鲜艳的纱巾罩头，成了小城一景。

旱季，尘土飞扬。下雨，道路泥泞。

那时，户户相连，邻里亲近。一家吃肉，满院飘香，要给邻家的小孩端一碗。

院里孩子多，不同年龄、不同性别，都有一群自己的玩伴。

大人都很忙，孩子们避开了父母的视线，在野外自然生长。在操场、山坡、树林、草丛中玩自创的、有点危险的游戏。盛夏在水塘里耍水，赤脚、光屁股在大院里飞奔。冬天，堆雪人、打雪仗，在水房边、河槽上划冰车、"打毛猴儿"。

那时，穿新衣时会羞涩，天天窝头酸菜，也不觉得苦。以为生活本就如此。吃到一点好吃的，就会开心好长时间。只要不饿肚子，就能笑得没心没肺。

我的家在大院的南端，面迎一条马路（鄂尔多斯东街）。

通电时，门前架起一台变压器。当时，是现代化标志，我们引以为傲。家乡亲人再上门，就以此定位。

我家的那个平房小院，是父亲靠捡拾建材用了十几年攒起来的。整体呈土黄色，黄土味浓郁，新入住就有沧桑感。院内四间正房、五间南房高低错落、参差不齐。狂风暴雨中，屋里风雨飘摇。

中间那间最大的正房，是全家的卧室、客厅、厨房兼书房，连灶台的大炕能睡十个人。灶台上两口铁锅升腾着热气，低矮的小屋昏暗又潮湿。炕上两条毛毡下叠着一摞旧铺盖。墙上《红灯记》《沙家浜》《智取威虎山》剧照散发着油墨香。

地下放着一对儿父亲用牛车从陕北拉回的板箱，柜顶的相框里有亲人和家人的相片。褚红色板箱上的几朵荷花有些抽象，像五个孩子围着一盏油灯。一个板箱里放着粮食，捉迷藏时，我曾在另一个放杂物的板箱里躲藏。

有一些细微的经历，给了儿时的我新奇，至今也无法忘怀。

一天，午睡醒来，屋里静得吓人。哭了几声，见没人理，抽泣着看墙上的画和房梁。听到响动，爬起，见地上有只灰鼠。见我看它，准备逃，却又停下，与我四目相对。须臾，不再理我，开始打理胡须。清理完后，从容地走入了箱底。我重新躺下，继续看房梁上的爬虫，观赏空中飞蝇的演技。

五十多年里，我的两个故乡经历了完全不同的境遇。

陕北的那个小村庄，至今还有亲人居住。父母的那处窑洞小院，虽经多年的风雨剥蚀，显得沧桑、破败，但从我第一次见到她，几十年里她几乎再没变化。在那里，时间好像停了下来。她如一头温顺的老牛静卧在那里，耐心地等待着我们归来。

而如今的东胜，经过四十多年的飞速发展，已是高楼大厦林立、公园绿地遍布、道路四通八达，涅槃重生为了天蓝云白、空气清新的一座现代化大都市。我那个大院在 20 世纪末被整体拆除，建成了一处高档住宅小区，成了我再也回不去的故乡。

六十年前，全家离开了陕北，如今，我们还能经常回去看看。六十年里，一直没离开东胜，但我的那个小城、那处大院和平房小屋，连同我的父母和那个高度近视的大叔、与母亲聊天的大婶、独自下棋的老师、修自行车的男人、抽水烟的奶奶、有腿疾的敲钟人、说话结巴的汉子、六根手指的小哥……都已离我远去。那几个一起放鞭炮的发小、结伴上学的同学、与我结怨的伙伴、会讲故事的大哥、笑声如铃的美丽姑娘……都已散落在城市的各个角落，很难再相见。

偶尔，回到那个大院，绕着小区走走，想搜寻到那时的旧痕，却无功而返。靠着路边的大树，仰望深邃蓝天，空中的云霞瞬息万变，却还是儿时的景象。

六十年光阴，如水中投入了一粒石子，溅起了水花和波纹后又恢复了原状。看如镜的水面，好像什么也未曾发生。只留下一丝虚无的记忆、满头的白发和岁月的刻痕。

我们是幸运的一代。虽然儿时历经苦涩，如今苦尽甘来，生活富裕而知足。不但拥有丰富的童年的快乐记忆，还能说走就走，回到那个遥远的小山村与亲人相聚，去寻找心灵的幸福与安宁。

魂牵梦绕的陕北故乡凝固了我们的历史，恩深似海的东胜给了我一生的幸福。

以后，我会慢慢品尝东胜曾经的快乐故事，经常回到陕北故乡，去感谢那片黄天厚土的博大恩情。

只有这样，我那颗驿动的心才会幸福地安静下来。